2006. 3. 17

吉沢美幸

まじゅつはささやく

# 魔術的耳語

宮部美幸 著

姚巧梅 譯

# 目錄

出版緣起　駭High，在推理的迷宮中　編輯部　004
代序一　推理小說淺談　賴振南　006
代序二　日本推理小說迷眼中的日本推理小說　稻葉吹雪　012
導　讀　閱讀小說的最高幸福　北上次郎　016
序　023
第一章　開端　029
第二章　疑惑　073
第三章　不安的謬斯　103
第四章　接通了的鎖　159
第五章　看不見的光　227
第六章　魔法之男　277
最後一章　最後一人　337

出版緣起

# 駭High，在推理的迷宮中

編輯部

推理小說到底有什麼魅惑之力，能夠讓世界上無數的熱愛者爲之癡狂？是鬥智、解謎的樂趣？是抽絲剝繭，終於揭露眞相時豁然開朗的暢快？是驚嘆於陽光之外人性潛伏的深沈危機與社會百態的詭譎複雜？還是感佩於作家佈局的巧思或高超的說故事功力？

好的小說只有一個評斷標準——好不好看（用文言一點的說法是「引人入勝」）。有的小說好看得讓人不忍釋卷，廢寢忘食，非一口氣讀完不可；有的則是讓人捨不得立刻讀完，寧可一個字一個字細細地咀嚼品味。

好的推理小說更是如此。

在台灣，歐美推理和日本推理各擅勝場，各有忠實的讀者群。推理小說是日本大眾文學的兩大顯學之一，也可說是日本大眾文學極致發展最具代表性的成熟類型閱讀，不但各大出版社都關有「Mystery」系列，培養出眾多匠心獨運、各領風騷，甚或年年高踞納稅排行榜前茅的大師級作者，如松本清張、橫溝正史，赤川次郎、西村京太郎、宮部美幸、東野圭吾、小野不由美等，創作出各種雄奇偉壯、趣味橫生、令人戰慄驚嘆、拍案叫絕、甚或影響深遠的傑作；同時也一代又一代地開發出無數緊緊追隨、不離不棄的忠實讀者。而台灣，在日本知名動漫畫、電視劇及電影的推波助瀾下，也有越來越多人愛上日本推理小說的明快節奏與豐富的情報功能，閱讀日本小說的熱潮儼然成形。

二〇〇四年伊始，商周出版推出「日本推理名家傑作選」系列以饗讀者，不但引介的作家、選入的作品均爲一時精粹，更堅持以超強的譯者及顧問群陣容，給您最精確流暢、最完整的中文譯本與名家導讀，眞正享受閱讀推理小說的無上樂趣。

如果，您是個不折不扣的推理迷，歡迎進入更豐富多元的日本推理迷宮；如果，您還是推理世界的新手讀者，正好奇地窺伺門內的廣袤世界，就讓「日本推理名家傑作選」引領您推開推理迷宮的大門，一探究竟。從一根毛髮、一個手上的繭、一張紙片，去掀開一個角，去探尋、挖掘、對照、破解，進到一個挑逗您神經與腎上腺素的玄奇瑰麗世界！

代序一

# 推理小說淺談

賴振南

推理小說是日本大眾文學的兩大顯學之一，也可說是大眾文學極致發展最具代表性的類型。今天我們已對「推理小說」一詞耳熟能詳，但此一文類在歐美的發展僅有約一六〇年的歷史，在日本則僅約一百年的耕耘，然而其成長卻是枝葉繁茂、百花齊放。

推理小說在日本爲何造成這般風光盛況，歷久不衰？

在日本，推理小說歸類在「Mystery」的類別，而廣義的「Mystery」，則包含了推理小說、懸疑小說、冷酷派偵探（Hard-boiled）小說、ＳＦ（科幻小說）、恐怖（Horror）小說和奇幻（Fantasy）小說等。不可諱言的，日本推理小說受到歐美推理小說精神的餵養和形式的影響。日本推理的發展，最早是從黑岩淚香（kuroiwa ruikou, 1862-1920）於明治時代（1867-1912）後期改寫歐美短篇推理小說的翻案偵探小說開始，開啓了日本推理小說的先河，這時距離歐美推理小說的濫觴，亦即一八四一年愛倫坡（Edgar Allan Poe, 1809-1849）創作《莫格街兇殺案》（*The Murders of the Rue Morgue*）已經約有半世紀之久了。

而這段期間，英國的柯南道爾（Arther Conan Doyle, 1859-1930）於一八八七年以《血字的研究》（*A Study in Scarlet*）讓福爾摩斯登場，帶動了一波短篇推理小說創作的風潮，並讓世人對有奇妙案件及瀟灑名探所謂推理小說的新文類爲之瘋狂。大約同時，英國文壇大老G. K. 卻斯特頓（Chesterton, 1874-1936）也以「布朗神父」系列在福爾摩斯獨尊物理證據的風潮之外，開創了心理證據小說的流派，短篇推理小說的創作至此發展成熟，接下來就是迎接將愛倫坡的創作精神發揮到極致的「古典黃金時期」到來。在這段期間出場的都是身爲推理小說讀者就算未曾讀過作品，也必定聽過響噹噹名字的大師，如有謀殺天后之稱的英國的阿嘉莎．克莉絲蒂（Agatha Christie, 1890-1976）、桃樂西．賽兒斯（Dorothy L. Sayers, 1893-1957），美國的艾勒里．昆恩（Ellery Queen, 1929-）、范．達因（S. S Van Dine, 1888-1939）、狄克森．卡（John Dickson Carr, 1906-1977）等人。

而日本方面在經過淚香及其他後人的努力之後，江戶川亂步於一九二三年在《新青年》發表〈二分銅幣〉，並發表通俗推理的創作，日本推理小說自此開始了穩健的發展，而亂步也被尊爲「日本推理小說之父」。除亂步之外，這段時期活躍的作家尚有甲賀三郎、大阪圭吉、橫溝正史、木木高太郎、夢野久作等人，都爲戰前的日本推理小說文壇留下豐富的作品。

但是在第二次世界大戰爆發之後，推理小說因爲源自歐美，遭到日本政府以敵人的文化之名加以打壓、禁止，日本推理小說的發展則進入了一段黑暗時期。

戰爭結束後，日本推理小說開始復興，戰後最重要的推理小說雜誌《寶石》也在一九四六年創刊，爲作家提供了一顯身手的園地。在戰後的第一個十年除了備受期待的「戰後五人男」（高木彬光、島田一男、山田風太郎、香山滋、大坪砂男）之外，最重要的本格推理小說支撐者，便是以名偵探金田一耕助爲主角創作一系列作品的橫溝正史，他在一九四六年發表了金田一耕助首次登場之作《本陣殺人事件》後，引領一時風潮。從這個時期起，開啓了日本本格三大家（橫溝正史、鮎川哲也、高木彬光）的輝煌年代，一直到他們去世爲止。

此外，以亂步的名義所設立的「江戶川亂步獎」也在第三屆（一九五七年）轉型爲新人獎，當年得獎作品是仁木悅子的《黑貓知情》，她在獲獎後創作不墜，有「日本的克莉絲蒂」的美稱。透過亂步獎，躍登推理龍門的新秀極多，這也成爲後來日本推理文壇發掘新秀的重要手法。活躍於現今日本推理文壇的作家，有許多人都是透過各式各樣的新人獎登場的。

在本格派作品發展到極致的同時，開始有人對於這類的紙上智力遊戲感到倦乏。而在仁木悅子獲獎出道的同年，松本清張也以《點與線》一作登場，放棄名偵探、奇怪的事件，著重人心內面的描寫以及犯罪事件與社會的關係，爲推理文壇帶來了全新的風潮，稱之爲「社會派」。清張獲得了絕大的歡迎，壓抑了當時已經顯出疲態的本格派的發展，自此社會派推理小說作家以清張爲首，森村誠一、夏樹靜子等人牢牢地佔據了日本推理文壇長達數十年。於是當時的本格派作家有人封筆，如橫溝正史；有人披上社會派的外衣，繼續創作本格推理，如創作千草泰輔檢察官系列的土屋隆夫，以及改寫律師百谷泉一郎系列的高木彬光。

而在一九七〇、八〇年代最受到日本一般讀者歡迎的推理作家，則是台灣讀者也非常熟悉的幽默推理代表人物赤川次郎，以及旅情推理之王西村京太郎。比起上述的作家，兩人的作品都能讓未曾接觸推理小說的讀者更容易閱讀，因此即使是現在的日本，還是有非常多不熟悉推理小說的人一提到推理小說，會直覺聯想到兩人。

正如「盛極必衰」這句話的道理，社會派發展到後來也逐漸混雜入風化、官能、暴力的元素，出現了衰敗的跡象。就像是對社會派的反動一般，對於老一輩的本格推理作家，如小栗蟲太郎、夢野久作的作品也興起一股再評價的風潮，而在七〇年代因爲市川崑導演的一系列金田一耕助的電影大大賣座，也掀起了一股熱烈的橫溝風潮。此外由台籍評論家傅博以研究戰前作品爲主的雜誌《幻影城》在一九七四年創刊，這對本格派復興也做出了相當大的貢獻。出身自這本雜誌的作家有栗本薰、連城三紀彥、田中芳樹等，至今都非常活躍。雖然這時候日本推理文壇的檯面上仍舊是社會派爲尊的狀態，但是本格派終究還是累積了相當的力量，準備反撲。

曾經宣言一生都要獻給本格推理小說的島田莊司，在一九八三年以《占星術殺人魔法》一書登上推理文壇。此書描寫名偵探御手洗潔如何解決一樁橫跨四十年的懸案，爲純粹的解謎遊戲，雖然受到當時的社會派風潮嗤之以鼻，卻在日本大學推理社團間大受歡迎。在他的賞識之下，一九八七年當時仍爲學生的綾辻行人推出了《奪命十角館》一作，此作開宗明義宣示了純粹鬥智的推理作品才是讀者想要的，開啓了日本推理文壇第三波本格推理高峰，一九八七年便被視爲「新本格」元年，並在二〇〇二年熱熱鬧鬧地慶祝誕生十五週年。新本格的作家除綾辻之外，尚有第一期的有栖川有栖、我孫子武丸、法月綸太郎、歌野晶午等人，並且不斷地增加中，在現在的日本推理文壇佔據了相當重要的地位。

除了新本格之外，推理小說注入了更多的元素，誕生了許多難以被歸類的作家，東野圭吾、宮部美幸、京極夏彥、桐野夏生等人非常地活躍。其中宮部更是被視爲新一代的國民作家備受期待。從以大眾文學爲對象所頒發的直木獎在一九六二年頒獎給木木高太郎之後，推理小說作家獲得此獎的人數持續增加，足以證明日本推理小說已經取得相當高的地位。

最後，爲了讓讀者對推理小說有更清晰的視界、了解上述的演進，將推理小說大致加以分類，並揭示其代表作家，以供參考：

A、本格派：阿嘉莎・克莉絲蒂《東方快車謀殺案》（*Murder on the Orient Express*）、艾勒里・昆恩《X的悲劇》（*The Tragedy of X*）、橫溝正史《本陣殺人事件》、島田莊司《占星術殺人魔法》。

B、冷硬派：達許・漢密特（Dashiell Hammett, 1894-1961）《馬爾他之鷹》（*The Maltese Falcon*）、雷蒙・錢德勒（Raymond Chandler, 1888-1957）《大眠》（*The big sleep*）、勞倫斯・卜洛克（Lawrence Block, 1938-）《八百萬種死法》（*Eight Million Ways to Die*）、生島治郎《追兇》。

C、社會派：松本清張《砂之器》、森村誠一《人性的證明》。

D、倒敘類：從犯人的視角描寫，在故事發展過程逐步揭露犯人爲何會失敗的原因。奧斯汀・佛里曼（R.Austin Freeman, 1862-1943）在一九一二年發表的《歌唱的白骨》（*The Singing Bone*）爲創始作品。美國影集《神探可倫坡系列》（*Columbo*）、三谷幸喜《古畑任三郎系列》。

E、法庭小說：以法庭內兩造攻防爲主的類型。史坦利・賈德納（Erle Stanley Gardner, 1889-1970）《梅森探案》（*Perry Mason*）系列、和久峻三《假面法庭》。

F、警察小說：以警察辦案過程或警方內部人事爲主要描寫對象的作品。麥可班恩（Ed McBain, 1926）《第八十七分局系列》（*The 87th precinct*）、橫山秀夫《半告白》。

G、懸疑小說：讓讀者對於故事發展充滿好奇，並且結局有相當高的意外性。康乃爾・伍立奇（Cornell Woolrich, 1903-1968）《黑衣新娘》（*The Bride Wore Black*）、瑪格麗特・米勒（Margaret Millar, 1915-1994）《眼中的獵物》（*Beast in View*）。

H、間諜小說：約翰・勒卡雷（John Le Carre, 1931-）《從寒冷中來的間諜》（*The Spy Who Came In From The Cold*）、葛蘭姆・格林（Graham Greene, 1904-1991）《哈瓦那特派員》（*Our Man in Havana*）。

I、驚悚小說：比起懸疑小說更不注重解謎和推理要素，主要是要讓讀者感到坐立難安。史丹利・艾林（Stanley Ellin, 1916-1986）《本店招牌菜》（*The Specialty of the House*）、艾拉・雷文（Ira Levin, 1929-）《從巴西來的少年》（*The Boys from Brazil*）。

（本文作者爲輔大日文系系主任）

代序二

# 日本推理小說迷眼中的日本推理小說

稻葉吹雪

先從第一次看推理小說開始講起。

用我一向貧瘠的記憶力回想的結果，應該是在小學四年級左右看的謀殺天后克莉絲蒂的《東方快車謀殺案》，而且也不是三毛主編的版本，是附上了一九七四年電影劇照的版本。據說這個版本，連閱讀推理小說數十年的推理迷都不知道。如果有同好知道的話還請告知。不過當時我並沒有特別意識到這是推理小說。畢竟我是個在閱讀本書之前只看偉人傳記、歷史故事跟兒童冒險故事的小孩，對於故事中出現死人的作品，還會感到害怕——縱使克莉絲蒂的作品其實是被認為是推理童話。（那到底是何時開始變成了堅持推理小說不死人不行，對於花了七、八百頁的巨大篇幅，居然只死一個人感到不滿的推理小說閱讀者呢？）

再來的發展就記得很清楚了，第一本讓我覺得這樣的故事眞有趣的作品，是在一年後看到了東方出版社出版的亞森羅蘋系列的《惡魔詛咒的紅圈》。老實說故事內容不是很記得了，但是在閱讀過程中那種興奮、期待的感覺卻還記憶深刻。不過，我並沒有因此對歐美推理小說情有獨鍾，一方面是因爲當時的歐美推理小說並不多，再者最重要的原因是在國中時看了克莉絲蒂瑪波小姐系列的《復仇女神》一作被狠狠地悶到了。年輕的我便任性地以爲歐美推理小說都是這副德性，絲毫提不起興致。即使到現在看歐美推理小說還是得精挑細選，實在是因爲當年的經驗令我餘悸猶存。再者因爲受限於語言能力，我對歐美推理小說的了解，一向都只能靠國內出版社主事者的自身喜好所出版的作品。單從這些作品，我勢必無法全盤地了解歐美推理小說的現況，甚至有偏頗的想法，也就不足爲奇了。

那麼再來就說說爲什麼會被日本推理小說制約吧，這樣內容也才符合標題，編輯也才不會認爲我有灌水的嫌疑。

我的國中時期剛好也是赤川次郎在台灣書市最風光的時候，在同學的推薦之下開始看起了赤川的作品，雖不至於驚爲天人。但是，對於國中生而言，這樣的作品足以構成某種文化衝擊。其中的輕快、俏皮，以及雖非驚天動地卻還是讓我驚訝不已的詭計，就是要比把我悶到不行的《復仇女神》來得有趣太多。而這時候我也從推理雜誌中找到了比赤川次郎更精采的作品——橫溝正史的金田一耕助系列，其中的耽美、灰暗跟陰濕的氣氛讓我愛不釋手。我一定是從這系列的作品開始變成推理小說不死人是不行的基本教義派。

再來，就談談讓我眞正覺得這一生非日本推理小說不看的決定性作品，就是在高二那年寒假，和《奪命十角館》的相遇。縱使是現在，我仍舊能清晰地憶起當初那個結局帶給我的莫大衝擊與感動。後來會有非推理迷問我，到底日本推理小說有什麼好，値得這樣著迷的？我一定會告訴對方，因爲《奪命十角館》的閱讀經驗太迷人，讓人無法忘懷。不過很多時還是會換來對方的一臉狐疑。

而日本的推理小說到底有哪裡好呢？

首先，就閱讀赤川次郎的經驗來說，故事節奏快速、場景推移迅速是大部分日本推理小說的特色之一。能夠很快地進入狀況，對於我這種極容易不耐煩的讀者而言是一件相當令人感激的事情。尤其是這種節奏快速、不拖泥帶水的作品，對於初入門的讀者而言是相當親切的，想當年我就是因爲《復仇女神》的節奏不夠快，才會心靈大受傷害。

節奏快並不代表故事本身就沒有深度，但在案件開始之前先讓主角演上幾十頁的內心戲，也不一定保證有深度。例如日本直木獎作家原尞的《被我殺害的少女》，故事一開場，主角私家偵探澤崎便立刻面對犯罪事件。作者利用劇情的快速發展來帶出主角如何不屈服於幫派份子的暴力，以及警方的壓力的硬漢性格，同時也深刻地描寫澤崎的內心世界。比起我必須花上相當長的時間，甚至一輩子也看不完的某些名作，這部只花了我不到三小時的作品，卻是足以代表日本八〇年代正統冷硬派小說的偉大作品。

此外，日本的推理小說中很多都具有豐富的情報功能，情報系作品是日本推理小說的大宗，從中能夠獲得相當多其實也不知道何時才能派上用場的知識。像在未識日文之前，我曾經大量閱讀了夏樹靜子的作品，她的創作絕大多數都屬於情報系小說。例如《旅人的迷路》就讓人聯想到現今也很熱門的刑事鑑定，或是閱讀檢察官霞夕子系列也是對日本檢察官制度有所了解的好方法。再來還有近年來崛起的橫山秀夫，他的作品也可以讓人對日本警察制度有相當程度的了解。

最後我想談談自己之所以最喜歡日本推理小說的原因——就是日本推理作品的多元化。任何讀者想要看的類型，幾乎都有作家可以寫出來，甚至能夠教育讀者推理小說是可以這樣寫、這樣讀的。例如京極夏彥因爲自身對妖怪的愛好，讓他在推理小說這種講求絕對理性的類型中，放入和理性精神相違背的妖怪故事，卻還是能言之成理，實在令人回味無窮。

亦或是在山口雅也的《生屍之死》中，故事的背景設定是在一個人死會復活的世界，那麼謀殺在這個世界的意義又是什麼呢？完全顚覆讀者常識的作品，作者卻仍舊能講出一個令讀者心悅誠服的故事，怎能不令人心嚮往之呢？

最後就是對於創作形式的包容性。在日本推理小說界中，形式的開創一直都是作家們努力的方向。就像是多年前帶給我巨大衝擊的《奪命十角館》，破壞讀者和作者之間默契的創作方式，使得敘述性詭計成爲重要的創作形式之一。亦或是野澤尙的江戶川亂步獎得獎之作《虛線的惡意》，到最後還是沒有揭露犯人的眞實身分。雖然在審查過程中造成了很大的爭議，卻還是得到了推理小說界新人獎的最高榮譽，足見日本推理小說界對於形式開創的贊同與鼓勵。

日本推理小說對我而言，不光只是一種類型文學、看完即丟的消耗品。它影響我在求學路上的選擇，也讓我感動，獲得往前進的力量。有人認爲推理小說應該扮演的角色是引領讀者走向美好的純文學殿堂，不過我執著地認爲在這方園地中，繁花似錦，人生之樂盡在其中，別無所求。

（本文作者爲日本推理小說迷）

導讀

# 閱讀小說的最高幸福

北上次郎

宮部美幸是日本戰後大眾文學界突然竄起的大家，在此已毋需贅言。一九八七年，以〈鄰人的犯罪〉獲得第二十六屆《ALL讀物》所主辦的推理小說新人獎；一九八六年，以《鎌鼬》獲第十二屆歷史文學獎（佳作）；然後，在一九八九年以《魔術的耳語》獲第二屆日本推理懸疑大獎；一九九二年，以《龍眠》獲日本推理作家協會長篇獎；以及《本所深川神怪草紙》獲第十三屆吉川英治新人文學獎等，獲獎不斷。從時代小說到推理小說，是一位無論寫什麼文類都能創造傑作，令人驚喜的作家。

但是，並非因爲多了獲幾個獎而令人驚嘆。那些獎項是宮部美幸的寫作獲得正當評價的結果，這雖說明了作家的幸運，卻並非指稱作品的內容，那麼，其驚人之處究竟在哪裡？

宮部美幸的小說總是充滿驚險恐怖，因爲充滿懸疑所以驚險恐怖。上場人物在想什麼，下一步將要做什麼，令人完全無法掌握，這才是驚險所在。往往，故事已過了一半卻仍看不到全貌。讀者邊翻閱小說，邊按捺住到底會發生什麼的期待，先是上場人物的本來面目會逐漸出現在字裡行間，同時，故事的輪廓也一點一點地描繪出來。一本無趣的小說，往往是當主角到配角上場時，那是什麼樣的人物，從經歷到性格都立即可見，沒有所謂的發現。但是，宮部美幸很清楚地知道「說明」和「描寫」的不同之處，在她的小說裡，極少會出現上述的情況，而且幾乎不會發生。

很遺憾的，因爲這樣的才能是極少見的例外，所以我還是多花些篇幅來闡述。時下充斥大街小巷的小說，大都是「說明」多於「描寫」，或者是說，原來要以「描寫」爲目標，但因功力不足，最後終究是變成了「說明」。宮部美幸相當明顯的特長便在於這一點。她以罕見的資質和努力，以及對小說的熱情誠意，使她的作品在眾多小說中顯得耀眼而突出。

看宮部美幸的小說不可大意。即使故事已講到一半，就算已經看到所隱藏的背景（像是不道德商法、超能力、信用卡破產及社會性問題等），那些都只是作者爲了故事效果用來表現的題材而已。儘管以許多社會問題爲背景，但並不表示這位作家只定位在社會懸疑的風格，而是將這些背景融合爲一體，在她文學世界中，敘述得最多的是「愛」，家庭的愛、親子的愛、對異性的愛……宮部美幸可說是「愛的作家」。這樣說好像將她的作品形容成像歐洲戀愛小說一樣，但實際，那是小說普遍的素材，並非只有宮部美幸特有。儘管如此，但請一讀《龍眠》的巧妙，那可是一流的戀愛小說。

這位作家之所以出類拔萃，與其說其特點在於優質的文章、鮮活的對話及令人印象深刻的插曲，還不如說是因爲徹底的思考架構。無論翻開任何一部長篇，都都可以在故事的結構上，窺見宮部美幸令人贊嘆的絕妙手法。當故事朝意外的方向行進時，讀者不禁默想，因爲作者的魔術使然，竟能將讀者引進了迷宮，而正這是宮部美幸作品的特色。所謂不能大意指的是，縱使看到背景，但那絕不是核心，因爲，作者要引導讀者到達何處，不翻到最後一頁是不會知道的。

此外，宮部美幸的小說給人嶄新的感受。這位作家能從有別於以往的小說的不同的起點，完成一齣戲劇，或許這才是宮部美幸特異的個性所在。

例如，《魔術的耳語》在接近尾聲的地方，讓主人公少年站在制裁者這一邊的設計。在謎底完全揭曉後，本來應該已經無戲可演了，然而宮部美幸在最後竟然安排了少年能否達成制裁任務的戲劇性結尾，掀起了眞正的高潮。在此之前的所有鋪陳，都是爲了到達這個高潮而設計的，因而整個故事也收束於此。換成以往的小說，高潮已然退去了，但宮部美幸的小說，卻在傳統小說的終結處又展開故事。這位作家劃時代的新意，盡在於此。姨丈再度回到舊工作地點的這一幕，加上解開父親失蹤之謎的一幕，使得高潮更深的感動，終致讓讀者對那巧妙的佈局脫帽致敬了。

我們試著分析《魔術的耳語》的結構就可以知道，主要的謎是三名女性相繼自殺，而且，這個謎互有關連。設定第四名女性對於有人設計要她們死而感到恐懼，這也是主要的謎。如果能破解和自殺相關的謎以及在背景中的謎樣人物，那麼，故事便完結了。這樣的故事也很好。當然，爲了提高眞實度，潛意識廣告的情節是必要的了。如果突然講明，勢必讓讀者生產生未免異想天開的印象，因此爲了加強說服力，就有必要在途中穿插廣告那一段。但是，如果是一般的故事，這樣就足夠了。小說的背景甚至已牽涉到社會問題，這也算是很棒的社會推理小說了吧。

然而，宮部美幸的作品和一般小說不同，正是在於她能跳出一般小說的框框。如前所述，《魔術的耳語》的高潮並不在於解開主要謎底這一點，而是站在制裁者這一邊的少年內心的擺盪。爲了突顯這個最大的特徵，所以將少年的父親設計爲侵占公款後失蹤。宮部創造了一幕幕的戲：即使被鄰居投以冷眼，仍頑固地不願離開家鄉的關於母親的回憶；在學校欺負守，說「小偷的兒子是小偷」的學生；以及庇護少年的親密的朋友。

宮部美幸對於這種插曲的處理能力向來出色。本書將班上同學、教師、工讀地方同事們的描寫得相當好。就算主題既雄壯、結構也絕妙，但如果細節寫得不好，故事也會很無趣，這位作家對細節的處理簡直無懈可擊。

一言以蔽之，宮部創造了以少年爲主的故事的眞正高潮，然後，中間穿插了幾次企圖彌補似的守護著少年的男人的獨白。宮部美幸在編劇方面當然也很出色，如果稍不注意，便很容易上當（由於會揭穿證據，因而無法在此寫得很詳細，但是絕不如讀者所想的那樣，希望各位能安心地閱讀）。

如果到此已具備了戲劇性，那麼，剩下的僅是少年與事件的接點而已，在何處製造接點？那就不能不自然了。於是，將姨丈設定爲計程車司機，第三名女性衝了過來，姨丈來不及閃躲，變成是姨丈撞到她。書中設定爲因沒有目擊者，致使姨丈遭到警察逮捕，從而，少年必須探索事件背景的理由也出現了。如此一來，本書的架構也完成了。接下來是以何種順序來敘述這則故事的具體性問題了。之後，只要針對在何處穿插兩個男人的獨白等情節下功夫就行了。

從上述分析來看本書的結構，便能看出作者期以不同於一般故事的寫法的用心。在現今日本大眾文學的大部分作家埋首於「該敘述什麼問題」，以至於遺忘了「該如何敘述」的重要性時，宮部的資質、努力與誠意在在值得讚賞。這樣的「技術」鮮少受到矚目，然而宮部美幸這樣的「敘述的技巧」絕對出類拔萃。因此，再多的讚賞之詞也不足以完全顯現其說故事的功力。

所謂閱讀小說最高的幸福，應該是指讀到這種作品吧！

（本文作者爲文藝評論家、日本「本の雜誌社」顧問）

這些人確實做了無法辯解之事。
對他自己和世人都做了無法申辯之事。

——G．K．卻斯特頓（Chesterton）
《*The Clief Mourner of Marne*》

# 序

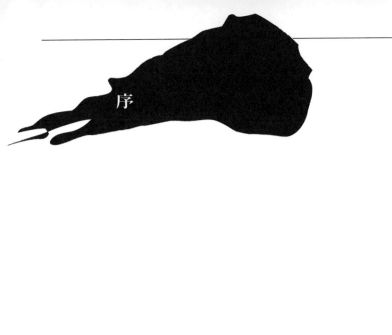

一九八×年九月二日《東京日報》第十四版社會第二欄摘錄：

**結婚典禮前，從公寓跳樓自殺**

一日下午三時十分許，一名年輕女性從東京都A區三好町一丁目大倉皇宮公寓六樓的屋頂跳下，全身受劇烈撞擊後死亡。

根據綾瀨警察署調查指出，這名女性係該棟公寓之住户加藤文惠（二十四歲）。目擊者表示，該公寓屋頂有高約一・五公尺的欄杆，該名女子跨過欄杆後，朝距離約十五公尺的路面一躍而下。

加藤文惠原訂一週後舉行結婚典禮，並未留下遺書，該署正在調查死者的自殺動機。

同年十月九日晚報《箭》第二社會欄摘錄：

今日下午二時四十五分左右，一名年輕女性從營團地下鐵（註）東西線高田馬場車站月台上跳下，遭到駛往中野的快速電車輾斃。
死亡的女性經查明後，爲居住於琦玉縣K市千石町二丁目川口公寓的上班族三田敦子（二十歲）。當時，月台上的乘客發現三田敦子的舉動雖欲加以阻止，但爲時已晚。
事發現場並未發現遺書，但户塚警察署從現場狀況判斷其死因爲自殺，目前正在調查自殺動機。

根據簡明而客觀的報導，讀者無法獲悉某事件、事故關係者，或當時現場人士所受的衝擊。讀者即使知道該處發生何事，卻無法得知該處還留下的任何線索。

讀者並不知道，也無法得知加藤文惠向路面跳下時，正好有名主婦在現場拍打曝曬的棉被。從加藤文惠彷彿被什麼追趕著似的跑上樓梯、穿越頂樓、攀上欄杆，然後縱身一躍爲止，她全看

註：營團地下鐵是連絡東京都區及其周邊地區的交通系統，目前共計有銀座線、丸之內線、日比谷線、東西線、千代田線、有樂町線、半藏門線、南北線等八條路線。

在眼裡；而讀者並不知道加藤靠近欄杆，觸摸到冷銀色的金屬後又慌張地放開手；讀者也無法知道，彷彿是那欄杆把加藤文惠吸引過去，讓她摔下去似的。

還有，讀者也不知道加藤文惠迸濺在路面上的腦漿，由鑑識課人員拾起後裝進塑膠袋裡；也不知道公寓管理員曾用水管清洗地面上的血漬，並在那兒撒上避邪用的鹽，更不知道加藤文惠在死亡前和誰通了電話。

另外，讀者也不知道有一名中年上班族企圖幫助三田敦子。當時，這名上班族正在爲房子貸款的轉貸是否順利而傷腦筋，當三田敦子踉蹌地從他面前走過，彷彿背後有人緊跟著似的回頭兩三次以後，她一腳跨出了月台邊。

這時該名上班族立刻抓住了她薄外套的衣領。三田敦子的上衣鈕扣那時若是扣著的，他必定救得了她，然而，讀者並不知道這件事。讀者也不知道當電車發出金屬的傾軋聲拖著三田敦子時，呆立在月台邊的他，手上還殘留著上衣柔軟的觸感。在三田敦子跳下之前，同一個月台上，有一名年老乘客正看著時刻表，讀者也不知道，更不知那名老人曾脫下帽子向她答禮後走上樓梯。

由於遺體四處飛散之故，處理這起交通事故花費了不少時間。而發現得最晚的是她的頭部，當電車緩慢倒車時，從第一節和第二節電車的連結器間發出沈悶的掉落聲，這才被發現。讀者也不會知道，那時三田敦子的雙眼裂開，灰黯地睜著。這些全被埋在字裡行間，總有一天會被遺忘。

然後，此刻——

在許多看了報紙，知道事件的人們所不知道的某個地方，有一名年輕女孩，揮手目送搭載兩名朋友開走的計程車。

其實，女孩本來希望車子能停在她住的公寓前。走在寂靜的路上時，她後悔沒有如此要求。她原來心想，沒關係，跑回家也只要兩、三分鐘，所以在大馬路邊下車也可以。她的腦海裡不斷重複著剛才跟朋友說的那些話。沒關係，沒什麼好害怕的。

蒼白的街燈下，杳無人跡的道路向前延伸，轉個彎，再過個十字路口，距離住的地方不到一百公尺。她開始走回家。

在轉過街角前，手錶的提示鈴聲響起。寂靜中，鈴聲顯得特別刺耳，和在音樂會或電影院一樣讓人感到尷尬。

這時，她覺得，後面好像有人走過來。

她加快腳步，後面的人也加快速度逼近。

她回頭向後看。路上沒人。但是，她有一種被追趕的感覺。不逃跑的話會遭遇到可怕的事，萬一被抓住了後果不堪設想。

好像被打了一頓一樣，她的身體顫抖了起來，然後她飛奔快跑。

頭髮亂了、鞋子發出叩叩聲響，她沒命地跑著。喘不過氣，也發不出聲音來，只是跑著，拚命地跑，繼續逃，一直逃。

回家、回家、回家，到安全的地方去。

誰來救救我！

她腳步不停歇地一直奔跑，當衝出閃著紅色燈號的十字路口時，救援卻隨著刺痛眼睛的車頭燈光一起，以最糟的形式到來。

在相同的夜晚、相同的天空下，一雙乾淨的手正翻閱著大本剪貼簿。

翻開剪貼簿的右頁，整齊地黏貼著兩名女性的死亡剪報。像是漂白過的白皙的手，伸出纖細的手指，輕輕敲打著兩則報導。

加藤文惠。三田敦子。

左邊那頁，貼著一張４×６的彩色相片。那是一張戴黑框眼鏡，露出潔白牙齒笑著的年輕男孩的大頭照。

不知是哪裡的時鐘告知已經是凌晨十二點了。

白色的手闔上剪貼簿，關了燈。

# 第一章
# 開端

# 一

就在醒來之前，日下守做了個夢。

夢裡，他回到十二年前四歲時的模樣，回到出生時故鄉的家。母親啓子還在那兒，拿著門口旁鞋箱上的電話聽筒說著話。母親的手指邊撫弄黑色的電話軟線，微弓著背，對著聽筒那頭的人所說的話點頭。

那光景並不存在記憶裡。因爲，當時他並不在家。「日下先生沒來上班……。」他其實並沒有聽到那通電話的內容。知道父親失蹤的事也是在很久之後了。

淡藍色迷霧般夢境中的他，靠著柱子手抱膝，看著臉色蒼白的母親，聽到輕細的說話聲……

醒來後，仰望昏暗的天花板，少年心想，爲什麼到現在還會做這個夢？

這之前，他倒夢過幾次「爺爺」。大多是關於爺爺去世前的回憶。如今回想起來，爺爺在去世前可能有預感吧，他送守一個親手做的禮物，是有著三重鎖的金庫。那金庫做得眞精巧。那時正値守的畢業考。

翻身看了一眼放在枕頭旁的數位鬧鐘。凌晨兩點。

他嘆了口氣，鑽進被窩。四周又恢復了寂靜。樓下傳來低低的說話聲，是姨媽以子的聲音。在講電話。

守踢開棉被，下了床。腳踩在冰冷的地板上，他走到走廊上。走廊另一頭的房門也正好打開，睡衣上披了件毛衣的眞紀，探出一張睏倦的臉。

「是電話呢。」她簡短地說了一句，比守早一步走下樓梯。表姊眞紀的父親是計程車司機，她很清楚知道「深夜電話」的可能性，而流露出的憂慮神色，讓守也緊張了起來。

兩人下了樓，以子正好掛了電話，赤腳站在走廊上。

「發生什麼事了？」眞紀問道。以子的嘴彎成「ㄟ」字型。

「好像撞到人了。」

「車禍？」

以子點了點頭。眼睛直直地盯著女兒。

「醫院，在哪裡？爸爸是不是受傷了？」眞紀接連咳了好幾聲問道。

「不是爸爸！」

「那，怎麼了，到底怎麼回事？」

「是發生車禍了，」以子舔了舔嘴唇，說道：「是撞到人了呢！」

十一月的寒氣從守的腳底竄到了心臟。

「撞到年輕的女孩，幾乎是當場死亡。電話是警察打來的。」

「……警察？」

「你爸，被抓起來了。」

那晚下半夜，守失眠了。

守被母親的姊姊淺野以子領養後，整整過了九個月。和新的家庭一起生活，在東京的學生生活也總算習慣了。

淺野一家住在被稱爲零公尺地帶（海埔新生地）的東京商業區，是一個河川位置高過屋頂，周邊必須圍以堤防的市街。以子姨媽的先生淺野大造，是個開了二十五年個人計程車的司機，獨生女眞紀今年春天才剛從短期大學畢業踏入社會。

守出生的故鄉，位於櫻花季比東京還要慢約一個月的枚川市。曾是個小諸侯的居城。居城規模雖小，卻有品質很好的溫泉，是一個仰賴觀光客消費，及銷售歷史悠久的名產漆器的地方。

守的父親日下敏夫，原是在枚川市公所上班的公務員，十二年前突然失蹤。在盜領了五千萬公款潛逃的事實爆發時，他的職稱是助理財務課長。

守依稀記得父親就任新職時，家人還曾爲此小小地慶祝了一番。當時沒有人料想到，不久之後，父親的職稱竟會被用斗大的鉛字印在當地報紙標題上，而且成了當地市民指責輕視的對象。

而且，敏夫另外有女人。

父親失蹤後，遭遺棄的守和母親啓子仍留在枚川生活。守在母親生前並沒有問出她不離開故鄉的理由。日下啓子於去年年底突然去世。三十八歲，死因爲腦栓塞。

守變成孤單一人。

在失去母親之前，守也失去了重要的朋友爺爺。因此，當時他的人生字典中簡直可說只留下一個字彙：孤單。

姨媽以子向守提出到東京來的建議，是在啓子的喪禮舉行後幾天。

啓子去世之前曾突然恢復意識。就在那時，母親向守提及從不曾說過的事。她告訴守，姨媽一家住在東京，萬一自己有什麼三長兩短，就和他們聯絡。

守從沒聽說過這件事，吃了一驚，也很生氣。然後，他很快地翻開母親的通訊簿，打電話給姨媽，以子和大造立刻趕了過來。他們就和守一起在醫院看護啓子。

在那之後，又有一件令人驚訝的事。姨媽和姨丈在啓子生前，曾數次催促啓子母子到東京一起生活。

「我呀，在十八歲那年和現在的老公結婚，但我的父母親，也就是你的外祖父母卻大力反對，我們只好私奔。」

以子操著果決悅耳的東京腔，跟守說道：

「現在回想起來，我們的結合遭到反對並非沒有理由。你姨丈現在雖然是個很踏實的計程車司機，但那時的他還帶點流浪漢的味道。雖然我們在一起了，可是，我還是有幾次忍不住爲離家出走感到後悔。不過呀，我畢竟也是有自尊心的，何況，娘家在鄉下，我很清楚帶著孩子回娘家，一定會惹來閒言閒語，絕對不會有什麼好事的。」

以子試圖和故鄉的雙親與妹妹聯絡，是大約五年前的事了。

「聽起來像是笑話一樣，不過我確實是在電視上看了家庭倫理劇，才突然興起這個念頭。我想，時機也到了，自己的生活總算安定下來了。該怎麼說呢？性格裡固執己見的部份也消失了。我丈夫和眞紀也勸我。所以呀，我戰戰兢兢地拿出以前的地址，寫了信……。」

寄出去的那封信附著「查無此人」的紙條被退了回來。以子更沉不住氣了，乾脆跳上開往枚川的特急電車。

只要回到故鄉，一定可以遇見以前的鄰居，應該可以很快得知啓子的所在和境況。

「那時，我沒事先告知就去啓子做事的工廠，那孩子沒什麼變，所以即使二十年沒見，我還是很快地認出來了。不過，畢竟先前發生過不愉快的事，而且我們姊妹原來就不算親密，所以沒聊什麼。兩個人一起去祭拜雙親的墓，我對著墳墓爲自己的不孝道歉。後來……，啓子才有一搭沒一搭地聊起自己的遭遇。但那時候，沒有說到太多的細節，也沒讓我和你見面。那也是很無奈的。都是我不好。我這個做姊姊的在離家以後，連爸媽的喪禮都沒參加呢。」

從那以後，姊妹倆再也沒見面。對以子而言，飛奔離開了的故鄉，在許多意義上，其實已是個很遙遠的地方了。況且，啓子雖然沒說什麼，卻看得出她很堅決地拒絕以子。

「那也是沒辦法的事。那本來就不那麼容易被原諒的事嘛。」

儘管如此，姊妹在那以後還是開始了幾個月一次的書信往返，就在重逢後一年左右，啓子才終於將自己的遭遇源源本本地說了出來。

「我嚇了一跳呢……。眞是可憐，而且讓人嚇一跳。我幾次勸她趕快把丈夫忘了，把你帶到東京來，可是，啓子根本不聽。她說敏夫總有一天會回來，就在這裡等他吧。她老這麼說。啓子呀，那孩子很頑固的呢。她還吩咐我，她已跟你說你爸爸一定會回來，所以要我別多話，少管閒事。還說，如果我毀約，會恨姊姊一輩子什麼的……。」

雖然心不甘情不願，以子還是遵守了諾言。所以，十二年前，敏夫失蹤前所留下蓋了印章的離婚證書，啓子動也不動地就那麼擱著的事實，守是第一次從姨媽口中得知的。

守老實地跟姨媽說，他不了解母親。姨媽回答，我也一樣。不過姨媽又說，反正那就是啓子的作風。

「所以我呀，沒見過你父親呢。我說了很多你爸的壞話，所以，啓子連你爸的相片都不肯讓我看，反正我也不想看。聽你媽的口氣，你爸應該是個子高大，長得有點帥氣的男人。」

說完，以子盯著守看，說道：

「你長得像啓子呢，尤其眼睛那一帶可眞像，所以啊，我才擔心，啓子那種人太堅強了，她不能單獨一個人過活，什麼事都一個人獨自承擔。到後來就那麼過世了……。」

到東京來，和我們一起生活吧。

守之所以接受姨媽的建議，說不定是因爲從姨媽的眼中，發現到留下一堆謎團而去世的母親所沒有的東西。

然而，在東京的生活並不是一開始就順利的。雖然習慣了都市，但守還是不習慣在淺野家白吃白住。

而對守幫助最大的，很意外地竟然是眞紀。她和人沒什麼隔閡，而且並非基於同情心。守還未了解那是眞紀原本就擁有的開朗性格之前，也曾數次爲她的性格感到困擾。

「家裡突然有個十六歲的弟弟，害我降格變成二十一歲的老小姐！」她笑著說。第一次見面，當大造評論守「果然是個不開朗的孩子」時，聽說眞紀回答：「是嗎？他倒是我喜歡的型呢。」

眞紀和朋友喝完酒要回家前，打電話回來說：「招不到計程車，來接我吧。」沒辦法，守只好趕到車站，只見那些顯得很困擾的男性友人旁邊，眞紀正靠著電線桿唱著歌。

「你，就是眞紀家的……？」一位男性友人搔著頭說：「我本來想送她回家，可是……。」

「夠啦，像這種人不用理他！」眞紀說著：「守，給我聽好，你可不要變成這種都市男孩！」

結果，變成守架著她回家。眞紀一路上唱著歌，在途中守忍不住笑了出來，她也一起笑了。她說：

「怎樣，東京還不賴吧。」

——是不賴，守如此想。所以今夜，這樣看著黑暗的四周，聽到遠處傳來間間斷斷眞紀的哭聲，讓他覺得分外痛苦。

離開床，守打開窗子。

眼前就是運河。淺野家與運河之間隔著水泥堆砌、稍有坡度的堤防。隨著不同的風向，家裡總有一股河水的味道，只要不是盛夏溽暑季節，那氣味也不算太差。

來到東京後，守第一次看到用結實的水泥堵住水流，矯正流向，嚴防河水暴漲的運河。故鄉的枚川流淌在比人居住地還低的地方，水流自由，整個河水是活的，充滿了獨特的風格。而東京的運河每一條看起來都睡眼惺忪，就像是完全被馴服後感到滿足的樣子。

「這倒未必，颱風來的時候，你就知道啦！」大造當時曾如此說過。

九月中旬，當一個超級強烈颱風襲擊關東地區時，守和大造穿上雨衣爬上堤防，終於了解大造所言不假。

我們可沒睡著唷。河川如此怒吼著。它快速地匯聚雨水，將那股力量齊聚內部，緩緩地流著，彷彿說明著有力量者並不著急。

如果你們太大意，沒看緊的話，必定伺機給予痛擊，沖垮堤防，再度夷平曾是屬於我們的土地，奪回你們自以爲是你們的東西，然後，將這一切還諸海洋。

回想當時的情景，守很想再爬上堤防看看。

今夜的河川一如黑色的木板，風平浪靜。對岸最近剛蓋好一座大型的觀光巴士公司的車庫，有些地方徹夜亮著燈。在靜謐的街上，僅那個地方閃亮著。偶爾，信號燈會閃滅著紅燈和綠燈。在深夜裡看來，美得很悲涼。

守和颱風夜那時一樣，慢慢地沿著堤防走著。走下橋，一輛摩托車從頭頂上轟轟作響奔馳而過。

生鏽的鐵製樓梯一直延續到橋墩。守走下樓梯，走近矗立在那裡的一根細柱子。是水位柱。是那個颱風夜，和大造並肩坐著，邊眨眼邊拭去眼裡的雨水抬頭仰望的柱子。

在石柱上，白色的油漆標誌著之前颱風來襲時此處的最高水位，有的約在守的眼睛部位，有的略高過守的頭部。標誌旁邊，寫著帶來水位的颱風名稱和年月日。

只有一個地方，用紅色漆在旁邊標誌著：

「警戒水位」

「水位不會再升到這裡來了，」大造指著那個標誌說：「大水是過去的事了，不需要再擔心了，這塊土地很安全。」

眞的是這樣嗎？守現在想著，大水眞的不會超過警戒水位嗎？

少年心想，新的家，新的家庭一團和樂，但厄運仍然降臨，然而更令他在意的另一個想法是，總覺得圍繞在自己身上的未知東西，也給淺野一家帶來災難。

河川睡著了。守撿起腳邊的小石頭，扔向水面暗處。水聲意外地在近處響起。是滿潮。比夜幕還要漆黑的河水，有如浪潮般，緩緩拍打進守的心底。

## 二

**女大學生遭計程車撞死**

十四日凌晨十二時許，欲橫越東京都K區二丁目十字路口的石橋三丁目東亞女子大學三年級學生菅野洋子（二十一歲），遭到由S區森上一丁目淺野大造所駕駛的計程車撞傷後隨即死亡。淺野因業務過失致死，遭警方以現行犯罪名逮捕，目前正接受城東警察署調查詢問。

那個男人是看了十四日的早報後知道這起車禍的。

起初他只是看了標題。在社會版左下角角落，僅小小的篇幅報導了「女大學生慘遭計程車撞死」的新聞。原來不經意地漏看了，過不久才注意到這則新聞的涵義。他慌張地重看了一次，待確認內容以後，才慢慢地折疊起報紙，拿下眼鏡揉揉眼睛。

名字沒錯，地址也相同。

伸手去拿另一份經濟報，打開社會版，在版面上同一個地方，同樣的車禍報導僅多寫了兩行。多出的兩行是因爲加了城東警察署就計程車司機是否闖紅燈進行調查一事。

爲何會發生此事？

他搖著頭，繼續凝視著冷淡成排的活字。**為何會發生這種不公平的事**？

他腦子裡一直想著這件事。

樓梯上響起腳步聲。他那晚起的妻子踩著尚未甦醒的步伐走下樓。男人心想，她如果看到自己現在這副模樣會怎麼想？

股票下跌了嗎？客戶發生什麼事了嗎？車禍？很親密的人死了嗎？妻子會這麼問吧。也會問，你的表情怎麼那麼嚇人？

他無法對任何人說出理由。

他離開餐桌，在見到妻子前走出客廳，進到盥洗室，轉開水龍頭。從水溫可以預知季節。用手掌掬起水，水冰涼得讓人發麻。那種冰涼，和封鎖在他記憶深處的那天早晨的雨一樣。

洗了幾次臉。抬起滴著水的下巴，看著漫佈水霧的鏡子中，自己的臉色蒼白。

傳來電視聲。是妻子打開的吧。用著足以和電視聲混淆的、極輕的聲音，他又一次嘟囔著：

「不公平。」

用毛巾擦乾臉，他通過傳來咖啡香的廚房，走上樓。進到書房，關緊房門，拿出書桌最下層抽屜的鑰匙，打開抽屜。

抽屜最裡面，收著一本藍色封皮的相簿。他取出相簿，打開來。

裡面貼著三張相片。一張是一個十五、六歲，穿著學生制服、肩上掛著背包、腳踩在自行車踏板上的少年的相片。另一張是同一個少年和一個年約二十歲的年輕女性並肩走著。第三張相片拍的是一個正在清掃一輛墨綠色汽車——個人計程車——身材結實的中年男子。那少年在相片一角，手裡握著噴著水的水管，做勢要對著男人噴灑，兩人都笑著。

男人翻著相簿。

再下一頁，只貼著一張相片。是一個穿著像烹飪服似的白色工作服，頭上包覆著白色布巾，左手拿著木盆，右手拿著刷子，年約三十歲女性的相片。那表情，看來像是突然被拍照吃了一驚似的微笑，眯著眼睛。不漂亮但豐腴的臉部線條顯得很溫柔。

男人凝望著女性的相片。然後，再翻開前面一頁，望著少年的相片。

男人用和剛才一樣輕微的聲音，像是對著相片說著：

「守，出了大事了呢。」

相片裡的人報以微笑。

同一個早晨，在東京另外一個角落，有個注意到同一則新聞報導的人。

是個年輕女孩。她不常看報——甚至在這件事尚未開始以前從沒訂過報紙。但現在，最先看社會版成爲她每天早上的功課。

她重複看了三次同樣的報導。看完後，點上菸，抽得很慢，手顫抖著。抽了兩根菸後，她開始換衣服。上班時間到了。

她選了件鮮紅的套裝，仔細地化了妝。檢查了門窗，把壺裡剩餘的咖啡倒進流理台內，衝動地抓起桌上的報紙，緊握著走出房間。

走下外樓梯，正在清掃門口的女性向她搭腔。是房東的老婆。夫婦倆住在樓下，對錢雖然計較，對其他事情倒不囉唆，這裡的公寓住起來可說是很舒服。

「高木小姐，昨天妳不在的時候，有妳媽寄來的包裹。昨晚妳回來得晚，沒來得及交給妳。」

「就先請放著吧，今天回來後我會來拿。」她回應著，快步走過。

「欸，」停下手裡的動作，房東太太握著手中的掃把自言自語地說：「至少說聲謝謝也不會怎樣吧。」

她再張眼一望，只見高木和子已穿過公寓前的馬路，小步跑向車站。手中緊捏的報紙，就隨手扔在半路上垃圾回收車前那堆積如山的垃圾中。

「眞浪費！」

房東太太皺眉哼了一聲，又回頭掃地去了。

大約同一個時間，另一個不同的地方，一樣的報導被攤開來。宛如漂白過的白皙、瘦骨嶙峋的手，正拿著剪刀剪那篇報導。

剪完以後，白皙的手把剪貼簿拉近，仔細地將剪報貼上去。

加藤文惠、三田敦子、菅野洋子。

三則死亡報導並排著。

## 三

淺野一家的早晨也是從新聞報導開始。

守和眞紀兩人一晚沒睡，而接到電話立刻趕往警察局的以子，在黎明時分蒼白著一張臉回來。

「不讓我們會面呢，說是半夜不行，就堅持在這一點上。」

打開早報一看，三人的手都顫抖著。

「是眞的呢！」

眞紀像說給自己聽似的突然冒出這句話。至於守也是在看了那怪異、淡而無味的報導後，仍無法確切地感受那是事實，甚至以爲半夜的電話是一場夢。

那感覺就像在不知情中被拍了照，相片裡的自己看來像是別人一樣。當看到用活字印的「淺野大造」的名字時的感覺正是如此。裡頭說的像是發生在不認識的、另外一個不幸的「淺野大造」身上，至於姨丈呢，很快便會平安歸來。

「很嚴重呢，」以子說著，把報紙疊起，三個人一言不發地開始吃早餐。

眞紀邊用濕毛巾摀住哭腫了的眼皮，幾乎沒吃東西。

「不吃，身子會弄壞的唷！」以子說道。

「無所謂，今天又不去上班。」

「不可以，一定得去！現在是最忙的時候吧。再說，妳的有薪休假不是已經都休完了嗎？」

抬眼望著母親，眞紀尖銳地答道：

「媽，這種話妳都說得出來。公司什麼休假什麼的根本不重要了，爸爸被逮捕了唷，我沒辦法裝作沒事人一樣。」

「妳在家裡反正也幫不上什麼忙！」

「媽！」

「妳聽好，」以子放下筷子，胖胖的手肘擱在餐桌上，身子向前傾：

「就算是車禍，也不一定是爸爸不對。他現在人雖然在警察局裡，說不定今天就能回來。因爲我信任爸爸，絕對沒問題。所以，妳放心去上班吧。」

然後，她聲音稍微柔和地加了一句：「妳在家做什麼呢？胡思亂想的，反而不好。」

「姨媽，妳今天打算做什麼？」守問道。

「我馬上和總經理連絡，要他委託佐山律師。請律師一起去看爸爸，還得送東西去呢，換洗的衣服、零錢什麼的。內褲得去買新的，標籤都得拿掉，有綁帶的東西都不行……。」

以子像在一一確認要帶去的東西似的自言自語，發現兩個孩子的表情後又立刻打住了。然後，她勉強地恢復明快的口氣說道：

「然後，我到佐山律師的辦公室去聽他怎麼說。」

以子稱呼的「總經理」指的是大造獨立開個人計程車以前服務了二十年的「東海計程車行」的里見總經理。佐山律師是該公司的顧問律師。

眞紀邊看時鐘，一臉不高興地離開餐桌，以子對著她的背說：

「妝得化濃一點，妳呀，那張臉嚇死人嘍！」

送守和眞紀出門前，以子再次叮嚀他們別胡思亂想。

「載我到車站吧？」

眞紀指著守的自行車車座，說：「我不喜歡這張臉搭公車。」

自行車行駛了一會兒後，眞紀邊扶著守的背，邊嘟囔著：

「爸爸不知道吃早飯了沒？」

守想著該怎麼回答才好，眞紀特地化了妝的臉可不能再哭花了。

「這點小事，警察會妥善安排的啦。」

「即使是對被捕的人？」

「只不過是車禍，」守裝出開朗的樣子說，「再說，姨丈是曾受表揚過的模範司機，警察也知道的，沒問題的。」

「是嗎？……」

眞紀一隻手撩起長髮，守的自行車因此晃了一下。

「爸不喜歡吃蓋飯呢，警察局給人吃的不都是蓋飯？」

「那是電視裡演的。話說回來，有那種一早就送飯的店嗎？」

「這麼說，是白飯和味噌湯嘍？」

接著，她像是自言自語似的加了一句：「什麼都行，只要是熱的食物什麼都好……。」

守也在想同一件事。今天早晨很冷，正值秋冬悄悄交替的時節。

在車站前，眞紀下了車，守說道：「到了公司以後，不許哭喔。」

「知道。」

「在男朋友面前倒無所謂，好好接受他的安慰吧，他可是姊姊最大的支柱。」

「你是說前川先生？」眞紀說道。她的性格藏不住話，剛開始交往不久，男朋友是公司同事的事，都跟家人說了。守也有一次在轉達電話時，和他打過招呼。

「嗯，是個可以信賴的人，爽快、俐落……。」

「說的也是，他就是這樣……。」眞紀露出微笑，撥開肩膀上的頭髮。守踩起自行車，在轉角處回頭望了一眼，微舉起手，目送他離開的眞紀也揮手作了回應。

守上學的那所都立高中，從淺野家騎自行車大約二十分鐘的距離。兩年前才新蓋的校舍，裝設了公立學校罕見的完善空調設備，前院那排修剪得很整潔的樹叢和精心設計的白色建築很搭調。

守加快速度騎到食堂後面的學生用停車場。四周看不到任何人的蹤影，只見掛在欄杆上晾著的三條抹布。

走上二樓，打開一年A班教室門的當下，少許恢復了的情緒全消失了。

眞是無聊，守如此想著。

教室門口旁邊，有一面貼著傳達學生注意事項的佈告欄。那上面，今天登在早報上大造發生車禍的報導，被人整齊地剪了下來，用圖釘釘著。然後，黑板上有人用歪歪扭扭難看的字大大地寫著：

「發生了殺人事件！」紅色粉筆劃著箭頭，要人密切注意似的指向該則新聞報導。

每個地方都有這種傢伙，無論到哪裡、時間過多久，守壓抑住怒氣想著。他曾聽說，如果徹底分析的話，人有七種。

對別人的不幸感到幸災樂禍的傢伙，即使用盡各種辦法，都仍像蔓延在大雜院裡的蟑螂一樣撲滅不完。

有關大造的報導很小一篇，彷如被塞在版面的空隙中似的小篇幅。一小段文章還被分成上下兩小個欄位。這麼難剪的報導卻能如此整齊地剪下來，守深深的感受到做這件事的人的惡意。

父親的事情發生之後，他在枚川也經歷過一樣的事。在事故發生比率遠較都市少、生活步調平穩、人口流動也少的鄉下市鎮，一次發生的事件便永遠紮根。直到母親啓子死了，守離開枚川爲止，謠言和中傷都如影隨形。守始終遭人指指點點著「那個日下敏夫的兒子」。

同樣的事情又重複了。比起事故本身，中傷人的卑劣行爲更讓守受到傷害。相同的事不斷地發生。

他知道這是誰幹的。守心想，對那種傢伙，即使用言語斥責或揍他都沒用吧。如果那傢伙有可能理解，想必是他自己將來不知在哪裡，用時速一百公里的速度撞到「逮捕」這兩個字的時候吧。

在紀律要求並不嚴格的公立高中，部份學生視遲到爲理所當然。三浦邦彥也是其中一人，他都約在第一堂下課前時才到。他打開教室後門，悠哉悠哉地走進教室，不慌不忙地坐下來。

守頭也不回、看也不看他一眼，但他很清楚對方正在注意他。三浦邦彥身高一百八十公分，是籃球隊裡的飛毛腿，他喜歡對著玻璃窗撫弄自己的頭髮，騎著四百C.C.的摩托車（他曾發出豪語說將在半年內通過解除C.C.數限定的考試），摩托車後座座墊每隔半個月便載著不一樣的女孩。

背後的視線強烈得令人無法忍耐，守終於回頭和三浦的視線交會。對方笑得很扭曲，教室後面傳來抑制不住的竊笑聲，像是呼應這種場面似的。

果然沒錯。黑板上的字和佈告欄上的剪報是三浦幹的。

守心想，他實和小學生沒兩樣。這種做法和自己在枚川所遭遇的一模一樣，也就是說，三浦和他那夥人的腦部結構只停留在十歲前後。

「三浦，快回到座位上去！」

從講台上傳來單手拿著英語課本的老師的聲音。老師是這個班級的班導，但也只能如此訓斥，束手無策。儘管老師進教室以後看到黑板上潦草的字，卻只能一語不發地擦掉黑板上的字然後開始上課。學生們模仿老師的姓「能崎」，戲謔地稱呼他「無能」（兩者日語發音近似）。

老師面無表情，繼續「無能」地說道：「日下，別東張西望！」

隱忍的笑聲再度迸了出來。

「這是什麼呀？真是無聊！」

第一堂下課後，有人大聲地說著。把剪報從佈告欄上撕下來的是被同學喊作「大姊大」，活力充沛的女學生。她把撕下的剪報揉成一團扔進垃圾筒，用眼角餘光瞄了三浦一眼。三浦和他那夥人群集在窗邊毫無反應。

守和三浦的關係如此險惡，是在開學不久後爲了一件小事結下的樑子。

守每次想起這事就覺得簡直無聊透頂，也曾自責自己的輕率。

隔壁班上有個開學不久即被評價是漂亮寶貝的女學生。守也看過她幾次，的確是這一帶罕見的可愛女孩。

事情發生在四月底，有一天下課後，女孩發現掉了錢包。校內全找過了，但沒找到。因爲放學了，也只能把這事向訓導處報告，先回家後再說。但令人困擾的是，錢包裡有她家的鑰匙和上下學時騎的自行車鑰匙。

反正家裡有備份鑰匙，今天就先把自行車放學校吧，她跟朋友們如此說時，三浦和他那夥人正好路過。然後，三浦對她說，可以騎摩托車送她回家。

隔壁班的女孩不是那種有意搭乘三浦摩托車類型的人。她是個內向、遵守校規，寧可騎自行車而不坐摩托車，寧願看電影也不去舞廳跳舞——而那也要雙親許可才行的女孩子。

她婉拒了。看也知道她很害怕。不過，三浦不是輕言放棄的人。他吩咐女孩在原地等候他把停在校外的摩托車騎過來，然後，邊高興著機會難得，邊急忙離開去騎車。

那時，很偶然地，守正推著自行車要回家。他聽到了談話。女孩子顯得很困惑，眼看著就要哭出來了。守如果當場離開，或許和三浦他們就不會有任何瓜葛了。

可是，守搭腔了。他告訴女孩，他能夠替她把自行車的鑰匙打開，就當作錢包找到了回家去吧。

女孩子宛如獲救似的問，眞的？眞的能夠嗎？

嗯，自行車鎖這種程度的小事，很容易就能打開的，守回答。

「這種程度的小事……。」雖然守很謙虛地一語帶過，不過他能打開鎖則是事實。

女孩子跨在自行車座墊上，對著回到原地的三浦說，因爲剛才找到錢包了，自行車也能騎了，自己騎車回去就可以了。三浦的希望完全落空了。

不知道眞相是在哪裡、怎麼被知道，又是誰說的？反正守也不想知道。但是，幾天後，幾乎所有的學生都在謠傳事情的原委，而三浦和他那幫人瞧守的眼神，流露出前所未有的嫌惡。

之後約過了半個月，分發學生名簿時，三浦他們發現了守和監護人的姓氏不一樣，似乎覺悟到在哪一點上攻擊守是有最有效的了。在一個禮拜中，調查了守的家庭，並追溯到在枚川發生的日下敏夫事件。守對其執拗的熱情感到些微啞然。

有天早上，到學校後，他發現桌上被人用油漆寫著「小偷的孩子是小偷」，才知道原來如此。守早已料到會發生這事，而且也習慣了，但在瞬間，還是愣住了。

從事務所借來除漆劑的便是那個大姊大。守只知道她的綽號，初次知道她其實叫時田沙織也在那時。

「叫我『大姊大』就好了。爸媽也沒跟我商量，便依他們的喜好取了名字呢！」她豪爽地笑了。

從佈告欄撕下剪報後，大姊大便筆直地走向守。一屁股坐在守旁邊的空位上，那浮著雀斑、發亮的臉帶著憂慮地說：

「我在早報上看到的呢，很大的事件哩。」

爲這句簡單而單純的「很大的事件哩」，從車禍生發生以來，守心裡的某種思緒被撼動了。

兩人沉默了一會兒。

「不過，是個無心的事故，」大姊大說道：「是事故！」

「嗯！」點點頭，守的眼睛移向窗外。

# 四

高木和子現在任職的「東方興產」，距ＪＲ新宿車站東口步行約五分鐘路程。

「最近業績不理想，健康狀況是不是不太好？」

朝會結束後，直屬上司跟她搭腔。後面那句話是畫蛇添足加上去的，她很清楚，上司其實是在責怪自己績效不良。她沒回應，正寫著今天的進度表，上司嘴裡啣著菸，站在她背後。

「是有點不舒服。」沒辦法，只好如此回答。對方從鼻孔噴出菸來，哼地說道：「嗯，那就不要太勉強。」

十點整，和子走出公司。總之，先往車站方向走。天氣好，風很舒爽，看得出來擦肩而過的人們都充滿活力。和子幾乎是盯著自己的腳走在他們之間。

當她被錄用，以爲生活總算安定下來的同時，忍不住又想，我又回到新宿來了，本來並不想回來的。

她厭惡這條街。她討厭蓋得密密麻麻的大樓，甚至連車站的通道、鄰近大廈街道的花木叢裡飄散著垃圾和排泄物的味道都令她感到很厭惡；掉落在這條街上的錢以及扔錢的人，她也都討厭。

可是，我竟爲了撿那種錢回到這裡。想到這裡，她更無法忍受這條街了。

中午以前，根本無心工作。今天早報上的報導還縈繞在腦海裡，和她內在的意志唱反調地甦醒了好幾次。進入咖啡店喝咖啡，菸抽得比平常兇，在這條街上，不管身在何處，都只能望著高樓大廈殺時間。

店的角落裡有一台粉紅色的公共電話。從剛才到此刻幾乎都沒空過，穿西裝的上班族；穿著鮮豔的襯衫與格子花紋上衣，像在酒店上班的男子；看起來像是到百貨公司採購的家庭主婦，交替著拿起聽筒，塞進硬幣。

接近中午，和子終於站了起來，走近電話。翻著地址簿，打開「S」那一欄，在幾乎寫滿了的頁數中，只有一個屬於她個人的朋友。

菅野洋子。

名字下面的地址和電話號碼曾一度被塗掉、重寫過。洋子悄悄地搬家，當她告知新地址時，曾再三吩咐保守祕密到了近乎囉唆的程度。

和子撥了電話，數著鈴聲。

一聲、兩聲、三聲……，持續地響著。當她正忖度著，莫非洋子的家人沒到東京來時，電話的鈴聲中斷了。

「喂喂？」

她突然膽怯了起來，想把電話掛掉。對方接起電話後，自己想說的話卻全忘了，她把聽筒拿離耳朵。

喂喂？喂喂？遠遠地傳來，呼叫著。和子回過神來，問道：

「請問是菅野洋子小姐的公館嗎？」

過了一會兒，對方回答：「嗨，是的。」

「我是洋子小姐的朋友……看到了今天早上的報紙……」

「喔，」對方的聲音變小了：「我是洋子的母親，多謝妳關照我女兒。」

「洋子小姐去世的事是眞的嗎，嗯，我……。」

「我們也還無法相信呢。」

和子緊握住聽筒，閉著眼睛，問道：

「車禍，也是眞的嗎？」

「是眞的，」聲音變得有力了，說道：「未免也太過份了。司機還說不是自己的錯。」

「很遺憾。洋子小姐……，已經回到家了嗎？」

「是的。今天下午，總之，先帶她回老家。守靈和葬禮都要在那裡舉行。」

「我想參加葬禮，可以告訴我時間和地點嗎？」

說了聲謝謝以後，洋子的母親開始詳細地說明，和子記了下來。

「妳和洋子是學校的朋友嗎？」

和子沉默了一下。傳來喂喂的聲音。

「我們，曾一起工作過。」和子回答後，掛掉電話。

店開始擁擠了起來。是午餐時間，客人多半是穿著公司制服的女性事務員。和子突然感到這一身鮮紅套裝很令人不悅。

她走出去，走向車站的旅遊服務中心，在櫃台買了車票。菅野洋子的故鄉在離東京搭特快車約兩小時的地方都市，她常說是個沒什麼樂趣的地方。

**哪，我好害怕**。

最後一次見面的時候，洋子說過。可是有這麼碰巧的嗎。持續發生這種事是很奇怪的呢。最後，洋子哽咽了。

**我也很害怕呢**。和子想著。

是很害怕，可是，洋子，妳死於車禍。無視紅綠燈的計程車司機撞死妳了。那種事已經結束了。**在妳身上結束了**。

我相信偶然。和子的眼睛被太陽光照射得瞇成一條線，她邊走邊自言自語。在東京，任何事情都可能發生。

那是約三個月以前，她到新宿購物，在搭乘車站大樓電梯時發生的事。包括她在內約有十名乘客搭電梯，就在電梯門關閉前一剎那，一名年輕男子走過電梯前。還記得他體格削瘦、貓般弓著背的走路姿勢。

和子嚇了一跳。彷彿感應到似的，他也注意到她了。

男子是她的「客人」。

在那令人屏息的瞬間，和子不由得縮了起來。男子轉身面對她，正想走近她。電梯門關上了，男子的手擋住電梯門。

「客滿了！」一起搭乘的某個乘客說話了。門關起來，男子吃了一驚的表情從和子的眼前消失了。

那也是偶然。無聊惡作劇的偶然。和曾經分手的「客人」在人群會聚之處相遇。

東京什麼都有，任何事都可能發生。不能一一放在心上。

和子再度自言自語。

# 五

那晚，守和眞紀從以子的嘴裡知道了車禍的大概情形和大造的狀況。

「爸好像一度很激動，情緒很不穩。不過，現在看起來平靜多了，不用擔心了。」以子用鎭定的聲音敍說著。

接著，以子提出這時候應該給大家加加油才是，於是在她的建議下，淺野一家三人到附近的牛排館用餐去。那仿造山莊建築的店裡光線明亮，客人有八成，屋內飄溢著牛排調味醬的香味。

眞紀沒那麼容易被安撫，她問：

「既然這樣，那爲什麼爸還被留在警察局？讓他回家不就好了？」

守心想，眞紀姊好像在一天中憔悴了許多。她的眼下淺淺地浮現出黑眼圈。以子還比較有精神。

「還有很多困難，我慢慢說給你們聽，」以子說道。她從隨身大皮包裡取出折疊著的信箋，是佐山法律事務所專用的信箋。

「我的腦筋不好，所以特別請佐山律師寫的，這樣才能跟你們解釋清楚。」

車禍發生的綠二丁目十字路是大造很熟悉的地方，那是從幹線道路進到住宅街唯一的一條道路，路口的東南方是大型兒童公園，東北方是施工中還覆蓋著帆布的公寓。西北和西南方的角落是普通住宅，西北角落的屋子一樓是香菸鋪，面對道路，各有一台自動販賣機和公共電話。發生車禍後急馳而來的巡邏警察就是利用那個公共電話叫救護車。

「警察這麼快就跑來啦？」

「嗯，正巧就在附近巡邏，聽到撞擊聲，立刻飛奔過來。運氣眞不好。老爸自己也嚇了一大跳吧，被警察一大聲斥喝，他自己好像也不知道究竟發生了什麼事。」

「難道他還揍了警察不成？……」眞紀睜大眼睛問。

「倒沒這麼做，不過，差一點呢。那警察好像是個年輕人，很容易衝動，所以，爸很快被逮捕起來。」

「太過份了！」眞紀臉部扭曲。

「姨丈怎麼會這樣亂了手腳……。」守吞吞吐吐地說道。

「嗯。是很嚴重的車禍呢。況且，爸到現在爲止，都沒發生過事故。雖然曾被輕微擦撞，但他絕對有自信不會撞到人的。」

菜送上來以後，沒人動手。以子催促著孩子趁熱吃掉。

「那麼，車禍的整個狀況是怎樣？那也是爸不對嗎？我不這麼認爲……。」

以子沉重地嘆了一口氣，說道：

「根據佐山律師的說法，那還不知道呢。」

「什麼叫做不知道？」

「到現在，還沒找到一個車禍現場目擊者。我所說的是在那種發生車禍後會擠在鬧哄哄現場的人。沒有人當場看到爸撞了那女孩！」

以子疲倦地撫著額頭，繼續說：「女孩又已經死了。」

「爸自己怎麼說？」

「說是那個女孩——菅野洋子小姐突然衝了出來。十字路口上爸要行駛的方向是綠燈。」

「那麼，一定就是這樣子的了。爸不是會撒謊的人。」

眞紀虛張聲勢地說道。但她自己也知道這種話在警察局是不管用的。

「還有，」過了一會兒，以子繼續說道：「菅野小姐是在被送往醫院途中的救護車上死亡的。在很短的時間裡還有意識，好像還說到車禍了呢。」

「說了些什麼？」

以子的眼睛俯視著餐桌，沉默不語。守和眞紀對望了一眼。

「她囈語般地不停重複說著『太過份了、太過份了，眞是太……』聽說剛才提到的那個警察、救護人員都聽得很清楚。」

太過份了、太過份了，眞是太……。那句話，飄散在三人圍坐著的餐桌上。守感到一陣寒意。

「爸說，菅野小姐衝出來時，他企圖閃避，但已經來不及了，號誌是綠燈。警察不這麼想，說法完全不同，再說也沒人親眼看到。佐山律師說情況很艱難。做了現場調查後，爸到底以多少時速開車、在哪裡踩了煞車、在哪裡停住，警察全都可以知道。可是，在發生車禍瞬間，號誌燈是紅還是綠，菅野小姐眞的是自己衝過來的嗎，警察也不知道。」

「……那會怎樣？」眞紀小聲說道：「這樣下去，爸會怎樣？」

「還不能下結論，」以子強調：「不能。」她望著信箋，正在想該怎麼接下去，然後，她說話了：「像這樣，找不到對爸有利的證據，而爸的話又不被採信的話，就不可避免會被捉進監獄了。因爲，爸是職業司機，對方又死了。」

眞紀雙手蒙住臉，守問道：

「如果不是這樣，如果出現對爸有利的證據，那會變成怎樣？」

「不管怎麼樣，我想，要不起訴也很難。可能會採取『略式命令請求』（註），即使判決也是判緩刑吧。我和律師商量的結果是儘量朝這個方向努力，和我們想的很不一樣呢。」

以子勉強擠出笑容：「怎麼說，都是爸沒注意到前面，運氣糟透了。很熟悉的一條路，而且是在十點過後不見人煙的地方……。」

以子望著兩個孩子的臉，催促道：

「哪，快吃！就算爸也一定會吃飯的。聽說他那兒吃的不是蓋飯之類的。」

眞紀動也不動。好不容易拿起杯子喝了一口水。問道：

「就一直這樣嗎？不能回家嗎？調查結束後不能讓他回家嗎？爸又不會逃……。」

「我也試著問過了……。」

「眞太過份了！」

以子眼睛望著信箋說：

「交通事故，對方死亡的話，一般來說，是拘留十天。會被拘留也是沒辦法，爸碰到的事又不算特別狀況。差不多都是這樣。」

「這麼說，姨媽和我們能見到姨丈嘍？」

以子皺著眉讀著信箋說：

「這個呀……，不行！」

「什麼跟什麼啊！」

「嗯，說是『禁止面會』。」

「這也是常有的嗎？是嗎？」

以子結巴了。

「不是這樣吧？」

面對氣沖沖的眞紀，以子很爲難地做了說明：

「爸對綠丁那一帶不是很熟嗎？從車禍發生的十字路稍向左邊走，有一家營業到深夜的咖啡店。聽說爸常在那裡喝咖啡，因此，警方猜測，爸一旦自由了，說不定會去請託那些認識的人，設法搜集對自己有利的證據。」

「意思是捏造目擊證人？」

「是啊。」

「這也未免疑心病太重了！」

---

註：刑事案件完成偵察程序後，必須做出處分，日本對於所犯罪名得科處罰金刑罰以下之案件，檢察官得為「略式命令請求」，相當於台灣之「聲請簡易判決處刑」。

「不過，聽說現實裡是有實際的案例。」

「爸不一樣，」眞紀丟下一句。

「當然，媽連做夢也不會想到要做這種事！」以子的語氣也變嚴厲了。

「有什麼我能做的嗎？」守說道。以子的表情緩和下來，溫和地說：

「你們給我打起精神就好了。接下來該怎麼做，由我來和佐山律師商量，不會有問題的。」

對了，她輕鬆地加了一句：「明天媽會和佐山律師一起去拜訪菅野小姐的老家。洋子小姐爲了上大學，獨自住在這裡，老家在有一點遠的地方呢。我想，可能會住上一晚，其他的事就拜託你們了。」

「是守靈嗎？」

「是呀，不管車禍的實際狀況如何，人家總是失去了一個女兒……，」以子抿著嘴說：「也要談談和解的事。」

三個人繃著臉吃完飯，回到家時，熄了燈的屋子裡響起了電話鈴聲。以子慌張地開了門，眞紀跑進去接電話。

「喂，嗨？這裡是淺野。」

瞬間，眞紀整張臉僵硬了，守立刻明白是怎麼回事，他說：

「姊，讓我來聽！」

但眞紀飛快地把電話摔出去。

「是惡作劇的電話吧。」守把懸吊著的聽筒拿起來，電話已經切斷了。

「說了些什麼?」以子的聲音充滿驚恐。

「說殺人的傢伙,撞死女人的傢伙要判死刑!後來我就沒聽了,對方好像喝醉了。」

「不要管它!」以子轉身進到客廳。眞紀仍盯著電話看,開口問:

「媽,白天也接過這種電話嗎?」

以子沒有回答。

「媽!」

以子還是不發一語。守無奈地打量著兩人的表情。

「有吧,對吧。」眞紀的聲音哽咽著:「爲什麼會變成這樣?我受不了了……」

「別哭著盡發牢騷!」

「可是,在公司也一樣。上班的時候,被課長叫了去,跟我說,報上看到是妳家的事吧。」

「那又怎樣?」以子的表情也僵硬了,問道:「難道有說要妳自己小心言行嗎?」

「沒這麼說,不過,妳也知道,大家都想探聽,爸到底怎樣了,眞的是沒注意號誌撞死人了嗎?」

眞紀緊咬嘴唇看著守。因強忍眼淚而眼眸閃閃發亮。

「守不也有同樣的遭遇嗎?在學校很不愉快?世上的人都這樣!」

眞紀關起房門後,守告訴以子:

「從現在開始,電話暫時都由我接聽吧。」

以子苦笑著說:「你也是個苦命的孩子呢。」

然後，她突然神情認眞地說：「守，日下先生的……你父親出事的時候，也發生過同樣的事吧。」

守心想，還不只如此呢。

「可是，父親的事情發生時，我還很小。人家怎麼說反正我也不懂。」

後來，約一個小時之內，來了兩通電話。最初是歇斯底里的女人，叫嚷著交通戰爭什麼的。第二通有點不一樣。是個年輕男子的聲音：

「多謝爲我幹掉了菅野小姐！」

他突然如此說道，那是像咳嗽又像亢奮似的，很尖細的聲音。

「眞心感謝！那傢伙死得應該！」

守吃了一驚還找不到話回應時，對方就掛了電話。什麼傢伙嘛。守呆呆地盯著聽筒好一會兒。

過了十一點，又一通電話。

「你的聲音老那麼氣沖沖的，會被女孩子甩掉的唷！」

是大姊大，守笑著道了歉。

「今天眞謝謝妳。」

「爲了撕掉剪報？那是理所當然的，不過，我呀，後來又去找三浦把他臭罵了一頓。那傢伙眞把人給看扁呢，還說他有不在場證明。」

「不在場證明？」

「是呀，那傢伙，每次不都這樣，今天早上也遲到了。說是在進教室前，在正門口就被老師逮個正著，所以，他說根本不可能一早就出門去貼剪報、在黑板上塗鴉，還辯說老師是證人什麼的……那不能算不在場的吧。」

守雖然喜歡大姊大爽朗的性格，不過，他曾經想過，如果她說話稍微女性化些，對她本人倒也是好事。

「不管怎麼說，即使不是他本人幹的，也是他的兄弟幹的，我根本不在乎。倒是大姊大，妳可別惹毛了他。」

「那倒不至於，三浦對我這種人不會多理會的。」

不過，有點不可思議，大姊大像是沉思過了以後才說出來：

「三浦那人，沒什麼內涵，不過，外表看起來很帥的吧，所以很受女孩子歡迎。籃球社團也只有他在一年級時就成為正式社員，成績也不算差。可是，他為什麼要像個不乾不脆的弱者似的喜歡欺負人呢？」

「就當作他有病，絕不會錯！」

「說的也是，可能是有不足為外人道的心結吧。」

道了晚安，掛掉電話以後，守想著她說的話。

三浦什麼都不缺。父親在大型保險公司工作，家庭富裕。如大姊大所言，他外表不錯，也並非沒能力。

只不過他太貪心了，守如此想著。三浦什麼也不缺，這樣的人其實有很多。然而在自己擁有十，而周圍的人也擁有十的狀態下，若想對周圍的人顯示優越感，就只有設法拿掉對方的什麼才行。若不這麼做，他就無法滿足。

三浦那種人——現在大多數人也是如此——如果想獲得滿足感和幸福感的話，無法以正面思考生活，只能以負面思考活著。

那傢伙勢必很愉快吧。守的腦海中浮現出三浦的臉，並自言自語著，「他純粹只是爲了自己快樂，就任意從別人身上攫取東西吧。」

大約過了凌晨十二點以後，爭執聲越來越激烈。

是以子和眞紀。守關在自己房裡，不過那逐漸升高的分貝，即使在樓上爭吵內容也聽得很清楚。

「我不相信！」眞紀的聲音哽咽著，激動得語尾都在顫抖。

「爸好可憐，媽，妳認爲爸是那種人嗎？」

「妳爸和我之間的事，不用妳插嘴！」

以子大聲地反駁。雖然生氣著，但她比眞紀冷靜。

「我也相信爸不是那種沒責任感的人。不過，這又能怎樣？我呀，眞紀，在妳還包著尿布的時候就是計程車司機的老婆，車禍是怎麼回事、有多不合理，比妳知道的還透徹！」

「爸不是那種不看號誌燈撞死人的人，也不是撒謊隱瞞事實的人。」

「對，誰跟妳說不是了？」

「妳不是說了嗎？要去低頭跟人和解，那不就表示我們不對……？」

「沒辦法跟妳說下去了！」

樓下傳來以子以手掌敲打桌面的聲音。

「死了一個人，難道考慮賠償是羞恥的事嗎？再說，我已經說過很多遍了，爲了爸，無論如何是有必要和解的。」

「我可不願意，」眞紀堅持著：「我一輩子都不會原諒這種怯懦妥協的行爲，媽。」

「呵，隨妳！」以子放話說道。她沉默了一會兒後，又來勢洶洶地說：

「眞紀，妳呀，」以子的聲音開始顫抖：「口口聲聲說是爲了爸，妳再好好想想，就只是這樣嗎？妳該是因爲爸會進監獄、有前科才覺得困擾的吧？沒面子，很丟臉，不都是爲了自己。依我來看，那只是自私自利的藉口！」

沉默。

眞紀哇地哭了出來，守聽到她跑上樓，粗暴地打開門，一切恢復了安靜。

過了約莫十分鐘，守去敲眞紀的房門，沒有回應，守打聲招呼，推開一條縫。眞紀坐在床上，兩手搗著臉頰俯視著。

「眞紀姊……」

「是不是很過份！」她發出濃濃的鼻塞聲說：「就算是媽媽，有些話也不應該那麼說啊。」

守靠在半開的門邊，沉默地望著眞紀。

「我說的話錯得那麼離譜嗎？」

「沒錯呀。」

「那，媽爲什麼……？」

「姨媽說得也沒錯。」

眞紀撩了撩頭髮，抬起臉，說：

「這種回答太狡滑了吧。」

守微微一笑：「是呀。」

「守，你怎麼想？」

「我也認爲姨丈不是那種會做出不負責任、違反規則的事的人。」

「我問的不是這個，問的是你父親出事的時候……。」

眞紀臉頰還淌著眼淚，直視著守。

「我老爸沒有辯解的餘地。他的確花了公款。」

「有確實證據嗎？」

守點點頭。

「打擊很大吧。」

守沒有回答。事到如今他根本不想用言語說明當時的事，他覺得這事不知哪裡混入了捏造的成份。

守無法原諒父親的並非他花了公款，而是他後來失蹤的事實。父親將他所犯的罪像甩掉拖鞋般地輕易扔掉了，然後自己一個人穿上新鞋溜掉了。

「眞紀姊，」

「什麼事？」

「這件事誰都沒有錯。」

「誰都沒有錯？」

「姊姊打從心裡相信姨丈，所以不想還沒聽姨丈解釋就和解。還有，擔心萬一姨丈成了前科犯的心情。」

眞紀眼也不眨。

「連守都這麼說。」

守沒有退卻，繼續說：「妳的各種心情都是眞實的，而且等量齊觀。對姨媽而言，她也應該會因爲沒人相信姨丈說的話，而且還被一句『若無法舉證就只好認了』搪塞住，而氣得內心翻騰不已吧。」

守經常想，人的內在很像雙手緊握的形狀。右手和左手相同的手指相互交錯緊握在一起。與此相同的，兩種矛盾的感情卻又像緊握的雙手般背對背對望著——儘管彼此都是自己的手指頭。

他想，母親也應該是如此吧。

離婚證書碰也不碰，活著的時候，不曾責怪過丈夫，也不捨棄日下的姓。不過，母親應該是憎恨著父親的。儘管那也許只是瞬間。

眞紀站起來，從衣櫥內取出小型旅行袋，開始往裡頭塞衣服。

「妳要離家出走嗎？」

「到朋友家住，」眞紀微微一笑說道：「我還會回來。」

「去前川先生家？」

「不是，他和父母住一起，不可能像少女漫畫的劇情一樣，何況……」

她噤聲不說了，守等著她想說的話，可是，眞紀沒再開口。

守一直送她走到馬路叫計程車。回到家，以子很罕見地在起居室抽著菸。

「眞紀離家出走並不稀奇，不用擔心。」以子紅著眼睛說著。

守決定到外面去慢跑，每晚慢跑約兩公里是他的日課。

等他換上衣服下樓後，以子房間的燈已經熄了。當他通過走廊時，聽到了嘆息聲。

和母親的嘆息很像，守心想。

## 六

深夜。

他獨自一人坐在引擎熄火、燈也熄了的駕駛座上，望著窗外。

他的車子停在運河堤防旁的橋畔。微弱的街燈映照在銀灰色車體上發出微微的光亮。

他等候著。

他調查過，少年每晚會在一定的時刻慢跑。他躲在暗處，爲了見少年一面。

他點燃香菸，爲了讓夜晚的空氣滲入車內，他稍微打開駕駛座旁的窗子。微風和著運河的氣味悄悄地飄入車內。

市街正熟睡著。

看得到星星。他仰望著天空，像是發現新大陸似的。長久以來，已忘了天上有星星這回事，正如同遺忘了自己內心還有良心這件事。

混濁的河流、低矮的房子，在小鎮工廠和塗著混凝土的住宅之間，夾雜著很不協調的歐式公寓。第二棟房子忘了收晾曬在屋外的衣服，白色的襯衫和孩子穿的褲子，陪伴他似的一同沒入黑暗中。

點上第四根菸的時候，等候的人來了。

少年拐過街角，以緩慢的速度跑步，出現在他的後視鏡裡。他急忙捏熄了菸，沉坐在座墊裡。

少年的個兒比想像中還要小，現在才要開始長高吧，被淡藍色運動服裹住的姿態，在夜裡的市街上看起來是絲毫沒有防備的，卻又顯得很乾淨俐落。

右、左、右、左，步伐毫不混亂，也不費力似的。袖子挽到手肘處，兩隻手規律地擺動著。

這孩子終究會成爲一個好跑者。他如此想著，突然得意了起來。

腳步很輕，少年靠近了。彷如在繪本裡看到的彼德潘那樣，他的臉向前，沒留意到路邊的車。

跑過車子停放處幾步，少年停了下來。

原本極規律的呼吸亂了，少年此時大力呼吸。那姿態在擋風玻璃上擴大。

男子反射性地再縮起身子，可是，身體卻已動彈不得了。

他知道臉不會被看到。少年站在光線從頭頂照射下來的街燈裡，不會發現陷坐在黑暗處的他。那孩子不過是爲停在暗處沒看過的車子感到疑惑而已。

少年耳朵彷彿聽到什麼怪聲似的微偏著頭，望著他的方向。

很纖細、清秀的一張臉，那是一張長大成人後，也絕不會讓人嫌惡的溫和的臉。

他心想，少年像他母親。只不過從那筆直抿住的嘴角，有眼力的人能看出深藏在他內心的堅強意志吧。

在那瞬間，在呼吸幾乎停止的兩三秒之間，他感受到前所未有的強烈衝動和掙扎。

那衝動是想打開車門，走到外面。自己的腳站在地面上，向少年搭訕。什麼都行，只想跟他說說話。他會如何回答？用什麼樣的聲音？那表情會如何變化？眞想親眼看看。

儘管他心裡明白，那是做不到的事，自己現在還沒有那份勇氣。

少年終於搖搖頭轉過身子開始跑了起來。隨著他越跑越遠的身影，藍色運動服看起來白白的。人影終於朝前面一個轉角跑去，消失了蹤影。

他喘了口氣，發現自己的掌心全是汗。他的視線直盯著少年消失的轉角處，動也不動地坐了一會兒。

是我，是我。他內心裡連續發出的話，宛如鐵槌敲打似地重複地響著。我，是我啊。

邊出聲說著那句話，直到壓抑住想衝向少年跑走的方向以前，他動也不動地坐著。終於他喘了一口氣，身子坐直，在上衣口袋裡找東西。

極小的東西，在他的手指上發光。

是戒指。和保留少年與他母親相片的相簿一樣，他一直都保存著這只戒指。曾套在日下敏夫手指的訂婚戒指。刻在戒指裡面的姓氏字母至今仍沒變淡。

今後就把它放在身邊。放在身體的最裡面、最靠近心臟的地方。他把戒指放回內袋。

手伸向車鑰匙，發動引擎。車子開動後，像是補償沒輸給誘惑似的，他的內心響起一句話：

我想要補償。

機會終於降臨了。守，我回來見你了。

# 第二章

# 疑惑

# 一

隔天是週六，中午上完課後，守就前往離學校兩站、車站前的一個大型超級市場「月桂樹」城東店。每週六下午和週日，他在四樓的書店打工。

走進從業員通行的入口處，按下工讀店員專用的藍色工時卡，進到更衣室。在襯衫上套一件只有書籍和唱片賣場才穿的橘色背心，再把工讀店員專用，有藍線的名牌別在胸前口袋。

守照了照鏡子。「月桂樹」對從業員的儀容要求很嚴，即使是工讀的店員，也不許穿高跟拖鞋、蓄長髮。女性禁止染髮和擦指甲油。

走一般用樓梯，上四樓後正好可以從書籍專櫃的倉庫旁邊出來。經銷商下午送來的書才剛抵達，店員開始卸貨並檢查。

「唷，早！」

一名叫佐藤的工讀店員一邊用大型美工刀割開綑包的膠帶，一邊跟守打招呼。雖是打工，但他是老經驗，最初守的工作都是他教的。

書店的工作大部份需要體力勞動。入庫、出庫、陳列、配送、退書，被當作商品處理的書和電器、機器一樣重。這正是爲什麼這個專櫃的二十五名工作人員當中，有二十個是十幾歲到四十歲之間的男性，而其餘的四名女性是收銀會計，唯一一名五十多歲的男子則是便衣警衛的原因。

「高野先生要你上班後去找他。」

佐藤邊熟練地把書分門別類，邊說道。他違反規定挽起了袖子，露出經常曬太陽的手臂。工作，把錢存到某種程度後就扛起睡袋去旅行是佐藤的生活模式。錢花光了之後，就再回來努力工作。

上個月也是這樣，問他：「你去哪裡了？」他回答：「戈壁砂漠。」專櫃店員們有個定論，目前，唯一不能想像休假中的佐藤所在之處的只有月球表面了。

「高野先生他人在哪裡？」

「辦公室吧。他正在整理每個月的開會資料，」佐藤抬抬下巴示意倉庫後面的門。

高野先生——高野一是書籍專櫃的主任，換成一般公司幹部職位的話，算是股長級的人物。他才三十歲，非常年輕。「月桂樹」用人採取嚴格的能力至上主義，因而曾有過大學畢業後第五年就晉昇到主任或經理的例子。

還有一點，「月桂樹」的同事間不稱呼職稱。其基本的考量是，避免員工浪費時間在記住因異動頻繁而更換的職稱，也避免讓顧客和有生意往來的廠商傷神費事。公司高層認爲把職業種類和任務分得很細是不合理的，因此「月桂樹」的員工名片上也不印職稱。即便不是如此，大規模零售業的生存競爭相當激烈，爲求生存，需要龐大的資源，所以必須依序捨棄不必要的繁文縟節，總之，這是公司的最高指令。

對現場工作的店員而言，這也可說是「輕鬆愉快」的制度。

守輕鬆地敲了敲辦公室的門。高野面對著計算營業額的電腦，手裡拿著輸出的資料，一看到守，表情突然沉了下來。問道：

「早啊，聽說了車禍的事，還好吧？」

守剎那間感到一陣寒意。他心想，和眞紀公司一樣的問題竟然也這麼快地降臨到自己身上來了。高野繼續說：

「如果有幫得上忙的地方，別客氣，儘管說。今天休息也沒關係，淺野先生現在如何？」

在放下一顆心的同時，守猶豫了。開始打工大約半年了，他很清楚高野的人品。不論作為工作場合的上司、朋友，他都不會有像眞紀上司有那樣的想法。

「很抱歉讓你們擔心。目前，我們沒有什麼能使得上力的，已委託律師代爲處理了。」

守拉了凳子坐下來，簡單地說明了事情的原委。

「簡直就撲朔迷離……」高野的背靠在旋轉椅上，手交叉放在頭部後方，抬眼看著天花板。

「眞敗給它了……無論號誌、死去女性的行動，都無法獲得證明。」

「我們信任姨丈。不過，單是這樣還行不通的。」

「最重要的關鍵是菅野洋子小姐所說的話。」

「『太過份了、太過份了，眞太……』這句話嗎？」

高野兩隻腳換了個姿勢，在椅子上調整了坐姿說：「我如果是在現場的警察，我想應該不至於漏聽那女孩說的話。」

「我想，臨死的人應該不會說謊吧。」

「嗯，」高野擺出陷入沈思時的小動作，拉著下巴說道：「不過，可以想像聽到話的人是會撒謊的。」

「撒謊？」

「是呀，儘管菅野小姐的確這麼說了，但那未必是針對淺野先生說的。」

「可是，車禍發生的時候，只有她一個人呢。」

「那也未必。也許和男朋友在一起，說不定吵了架分手後在跑回家的路上；也可能有色狼在後面追趕。畢竟那是沒有人影的夜路，這都是能想像的。在十字路口，看也不看信號燈就衝出來，被撞了後大喊『太過份了，眞太……』嗎？」

「然後，不知是男朋友或色狼，總之讓菅野小姐企圖拔腿跑開的人，看到她被車子撞了之後就逃走了……？」

「嗯，警察調查了菅野小姐衝出十字路口之前的行動了嗎？」

「嗯……這一點可能沒問到吧。」

守的內心蕩起些許希望的漣漪。同時，以另外一種角度想起昨晚那通惡作劇電話。

「這麼說，昨晚的確有個年輕男子打來怪電話。」

謝謝為我幹掉了菅野洋子，那傢伙死了活該。守把這件事告訴高野，高野皺起濃眉，問道：

「這件事跟律師說了嗎？」

「不，我以為只是惡作劇而已。」

「還是說了的好，即使是惡作劇，那舉動很差勁，而且很反常。」

「不過，對那通電話，我沒什麼自信。」

「爲什麼？」

「發生這種事故時，偏偏有些傢伙會做一些讓人不敢置信的事。我父親出事時也一樣。有人利用電話和投書，編得像眞的一樣。父親失蹤後，有人表示知道他在哪裡，還有那種連地方和名字都詳細列舉的匿名投書。調查了以後，發現除了地名和人名以外，全都是鬼扯蛋。然後，又來函說，盜領的事不是日下所做，眞的犯人是別人，日下揹了黑鍋什麼的。當然，那也全是胡說。」

守稍微聳了一下肩膀。只要提到和父親有關的事，他就覺得肩膀僵硬。

「所以，這次也是，我覺得那通電話不可靠。」

「原來如此。」

「不過，還是可以考慮現場可能還有別人在，我會試著說說看。」

高野一是少數守肯提及父親事件的談話對象之一。

由於他尚未成年，工讀的錄用需要獲得監護人許可。當時，守僅說明了因雙親亡故，被姨媽領養。

但是，在這裡工作後，隨著和高野越來越親近，守性格裡略爲彆扭的一面也顯露出來了。

高野先生是好朋友，是個讓人尊敬的人。可是，萬一父親的事被他知道了，該怎麼辦？如果高野態度因此改變的話，那麼，這個人就不是眞正的好人了。

後來，守說出來了。可是，高野一副無所謂的表情。

「我認爲問題在於，」他說話了：「守找到父親大人後，要父親教你如何盜領五千萬日圓的技術。」

然後，他笑著加了一句：「不過，到那時，我也要跟著去。」

## 二

走進書店開始工作後，守立刻注意到店裡新的展示品。

那是一座兩公尺見方的大型放映機。銀色輕金屬的邊框裡，正放映著滿佈紅葉的群山。放映機對著手扶梯上來狹窄的大廳，那鮮豔的色彩在畫面裡跳躍。

「很驚人吧，是新式武器唷。」

女會計對著停下手看得出神的守笑著說道：「從週一就要開始啓用了。」

「就是環境錄影帶什麼的嗎？」

「是啊。嘿，比起那種用塑膠做的紅葉裝飾是聰明多了。好像也很受客人歡迎喔。不過，好像花了不少錢。」

「說的也是，整棟樓都有嗎？」

「當然嘍！一樓後面還挪出集中管理室，讓專門人員工作。爲了騰出空間還引起不小的騷動呢。託這個福，我們的女子更衣室又變窄了。」

「要注意喔，『老大哥』上場嘍！」

佐藤邊整理架子，愁眉苦臉地說道。守和女店員互望了一眼。

「嘿，又來了。」

除了流浪旅行，佐藤也喜歡讀科幻小說，他曾肆無忌憚地公然放話：「我的聖經是歐威爾的《一九八四》。」（註）

「這可不是笑的時候。那個放映機是爲了掩飾暗中監視我們從業員所設置的吧。」

「佐藤最近還一直警告我們，說女廁所裝了竊聽器，要我們別說上司的壞話呢。」

「這可不是開玩笑的。經理連今年的情人節誰和誰悄悄地送高野先生巧克力都知道呢。」

「無聊！是大夥兒合送他的啦，一起出了錢，不也收了你的錢了嗎？」

「所以，我說的是『悄悄』的啊。」

「**是誰拿給他的**？」會計探出身子問道。

「問經理不就得了。」

守靠近螢幕往上看，看不到開關和配電盤之類的裝置，僅畫面巍然矗立著。映像變成一群觀光客背對著滿是紅葉的山，正愉快地撿拾栗子。

但是，框子的左下角有羅馬字刻的M和A的企業標誌，總覺得在哪裡看過，但想不起來。

「既然要放錄影帶，別僅放映那種風景，放映《二〇〇一年太空漫遊》多好。」佐藤說道。

「別開玩笑了，放那種玩意，恐怕客人覺得無聊，打起瞌睡來嘍。」

守邊笑著，回去工作了。

「日下君，有客人喔。」

聽到叫喚聲轉頭一看，旁邊站著的是無所事事地握手又張手的宮下陽一。

宮下是同班同學。他個子矮小體格纖弱，有著連女同學都羨慕的光滑臉頰。

守聽說他在上課以外的時間和人說話的次數用一隻手都數得出來。宮下的成績勉勉強強低空掠過，經常缺席。大家都知道其中原因在於三浦和他那夥人。

「呀，你好，來買東西嗎？」

守向他開口搭腔以後，陽一模仿大姊大的樣子靦腆地笑著。

「如果你要找的是《近代藝術》，應該擺在那邊的雜誌架上……。」

守知道陽一參加美術社，而且在社團裡引起顧問老師的注目，他也看過陽一在教室裡看《近代藝術》。

如果守不是在書店打工，恐怕這一輩子連這書名都不會知道的，是那種很專業的雜誌。

當時陽一翻閱的那一頁是一幅奇怪的畫。畫中的形體雖然像人，卻又是沒有眼鼻、也無法判別性別的不可思議的一群「東西」，站在不知是圓形露天劇場還是神殿似的地方。

「那是什麼啊？」

---

註：喬治・歐威爾（George Orwell, 1903-1950），是英國著名的政治諷刺評論作家，著有《動物農莊》、《一九八四》等，在《一九八四》中描述全世界的人類都將生活在「老大哥」的極權統治下，一舉一動皆受嚴密監控。

守不由自主地問道。陽一的眼睛一亮，回答道：

「《不安的謬斯》。這是基里訶（註）作品中我最喜歡的一幅。」

是女神呢……。聽陽一這麼一說，定睛一看，畫中人果然像身穿長衣裳。守瞄了一眼圖頁，標題寫著「基里訶展在大阪舉行」。

「基里訶作品的展覽會在大阪的畫廊舉行呢，海外的作品也會借來展出。」

「嘿……女畫家畫的畫眞奇怪的哩。」

守的話讓陽一不禁莞薾。實際上，那時是第一次看到他笑。

「基里訶不是女性的名字，他是個義大利很棒的畫家，超現實主義的先驅，之後的畫家都受到他影響。」

陽一當時那充滿朝氣的表情像極了初次學會騎腳踏車的孩子。他談到這個畫家的名字就像談偶像歌手那般地自然熟悉。

從那次以後，守和陽一變得親密了。儘管陽一所愛的繪畫世界，守如何努力都無法理解。

陽一雙手握著屬於自己的東西，即使在別人眼裡看起來是多麼貧乏怪異，他都毫不介意地微笑著。正因爲如此，三浦才會視他和守一樣，無法忍受。

「怎麼啦？是不是有什麼事……」

守突然有種不好的預感，試著問陽一：「三浦他們是不是又多管閒事了？」

三浦那幫人只要一逮到機會，就以取笑陽一那瘦弱的體格和提心吊膽的態度爲樂。而「無能」卻一直裝作沒看到的樣子。

「嗯，沒什麼。」陽一急忙否認：「正好到這附近來，想到你在這裡打工，就順便過來了。」

守感到意外，不過很高興。儘管兩個人比班上同學都親近，但是陽一是那種在學校以外的地方和同學相遇時，會在對方沒察覺時便繞過前面的角落躲起來的人。

「喔，再過三十分就下班了，可以的話就等等，我們可以一起走。」

「嗯……」陽一手指扭動著，低著頭說道：「其實，我……」

「請問，小哥，這本書的下冊在哪裡？」

中年女性顧客一手拿著戀愛小說，向守詢問道。陽一彷彿挨了罵似的吃了一驚。

「你很忙呢，那，我回去了，再見！」

你到底有沒有聽清楚啊！守連阻止的時間都沒有，陽一就逃也似的往電梯方向跑去了。

「喂，快一點！」

顧客著急地催促著。守懷著忐忑的心情去取那本戀愛小說了。

---

註：基里訶（Giorgio de Chirico, 1888-1979），義大利畫家，出生於希臘，在雅典及慕尼黑習畫，畫風以抽象為主，後來在佛羅倫斯、巴黎定居，受卡羅影響，成為超現實主義畫派的重要成員，代表作有《秋夜之謎》等。

# 三

高木和子抵達菅野洋子的老家時，守靈已經開始了。

如同洋子所說，果然是個小小的市鎮。沿著寫著「菅野家」的手形印記爬上坡路，走過狹窄的通路，後面是屋頂緊連的三間房子，洋子的家就在那緊連著的屋子最旁邊。

這是個颳大風的夜晚。設在菅野家旁的小帳篷不時隨風飄揚，發出的巨響，令人陡然心驚。接待桌坐著一個容貌神似洋子的年輕女孩，機械性地低著頭。她是洋子的妹妹。

和子想起洋子曾說過妹妹也央求要來東京，但她最後讓妹妹打消了念頭。她跟妹妹說，到東京沒什麼好的。

和子在奠儀袋上寫上臨時想到的假名，遞了出去。彷彿市鎮上的人全都到了，前來上香的人相當多。和子慌張地上完香，離開靈堂，聽著頌經。她被乾風吹得發抖，一個像是來幫忙的社區人士勸她靠近火堆取暖。

「從東京來的？」

一旁的中年主婦操著這個地方特有的語尾上揚語調問和子。

「是的，搭兩點的特快車來的。」

到達車站時，遠望過去可以看到寬闊的河原。和子彷如背上沈重包袱被取了下來，心情倏然輕鬆肩膀頓時放鬆，全身虛脫。她在橋上、河原、雜木林裡延伸著的緩坡小路上散了一會兒步，等回過神來發現已經快五點了。身體也凍僵了。

「那麼，是洋子大學時的朋友嘍？」

和子手伸向火堆旁取暖，點了點頭。主婦叫住拿托盤的年輕姑娘，拿了兩杯味道雖淡卻很熱的茶，一杯遞給和子。

「洋子啊，跟我女兒一樣大。不過，和我女兒不一樣，人家在學校很會讀書，又是個大方的女孩，所以啊，菅野家也是放手讓她做想做的事，還送她上大學……」

「……我知道。」

「可是，人一死，就什麼都沒有了。」

和子沉默地啜飲著茶。

「東京眞是個可怕的地方。」

「交通事故在哪裡都會發生的啦，」和子說道：「洋子小姐運氣不好。」

主婦像在責怪和子那若無其事的語氣似的瞅著她。和子凝視著火堆，燃燒的木柴發出悶悶的爆裂聲，四散的火花讓人忍不住瞇起眼睛。

沒錯。洋子的運氣不好。那是車禍。兩起自殺和一起車禍。即使三具屍體並排在一起，也沒有任何關連。

洋子的妹妹走出接待桌的帳篷來到外面。和子向主婦點頭示意後，把茶杯放回拖盤，靠近她問道：

「妳是洋子小姐的妹妹吧？」

女孩子站住，張著她那和洋子相似的大眼睛看著她。

「是的，我是她的妹妹由紀子。」

「我，在東京和洋子小姐很要好的。」

「喔，謝謝妳特地從遠地趕來。」

爲避免擋住路過的人，兩人靠到路邊去。一旁葉子全掉光了的灌木樹椏，觸及和子套裝毛料發出沙沙的聲音。

「最近和姊姊有沒有聯絡？」

由紀子微微搖頭說：「最後一次電話大約是半個月以前，怎麼啦？」

「沒什麼。」和子淡然地回答，露出在守靈場合被允許的微笑。

「因爲突然有事，我和她通過最後一次電話，但那之後也過了一段時間了。眞遺憾……」

「姊姊曾說過想回來……」由紀子說道。和子抬起眼來問：

「想回家？」

「嗯，說是很寂寞。可是既然上了大學，又已經三年級了，再忍耐一年就畢業了，再說，學校就要放假了，而且媽媽很快就要去看她，才剛安撫了她。」

**我好害怕**。洋子的話在和子的耳邊響起。

「妳呢？曾聽洋子說過，妳不是也想來東京嗎？」

「是想過啦，不過，心情又變了。」

「爲什麼？」

「沒有理由。在這裡找到了好差事，我也不是特別喜歡讀書。姊姊很想學英語所以上了大學，」由紀子表情微微彆扭起來，繼續說：「再說，家裡也沒錢讓兩個人都上大學。」

不遠處傳來嘈雜的人聲，空氣中有焚香的味道。

「因爲這種事死掉，姊姊眞沒用！」

由紀子突然賭氣似的說著，眼裡都是淚水。

「妳什麼都沒聽說嗎……」和子靜靜地說。

「聽說什麼呀？」

和子打開皮包，拿出手帕塞到由紀子的手裡說：

「沒什麼。」

和子想回車站去。她向洋子做了最後的道別，反正已經沒有留在這裡的理由了，早一點回東京吧。

在這時候，菅野家的正門口騷動了起來。從那裡發出巨大的撞擊。不知是誰撞到的，一個花圈搖晃著，菊花飄落了下來。周圍的人急忙扶起花圈。

「是司機的老婆呢！」由紀子說道。

「撞死洋子的人？」

「嗯。帶著律師來，啊，糟了，爸爸……。」

由紀子跑向前去。和子也想看看狀況便尾隨在後。

「滾回去，叫你們滾回去！」

屋內傳出憤怒的叫罵聲。兩個人影從點著燈的屋內踉踉蹌蹌地跑出來，一個是穿西裝的男人，另一個則是穿著黑色套裝稍胖的女人。

「我們眞的只是來道歉的……。」

「你們再怎麼道歉，洋子也回不來了，滾回去！」

一個黑色的東西隨著叫罵聲飛了過來，正巧擊中來不及閃躲的女人臉上。

「淺野太太！」

穿西裝的男人伸手扶住踉蹌的女人。和子小跑步靠近，望著打到女人臉上的東西。那東西掉在腳旁。

是鞋子，是一雙很重的男用皮鞋。

女人蹲了下來，手按著右頰，鮮血淌了下來。聚集在屋外守靈的人們遠遠地圍觀，沒人伸出援手。

「要不要緊？」和子問道。

「這太過份了！」

穿西裝的男人彎下腰去看了一眼，彷若自己受傷似的皺著眉頭。他衣領上的金色別針閃耀著。如由紀子所言，這個男人的確是律師。和子也曾因工作上的關係，不得不與律師打交道。那時，戴著閃亮別針的對手，令她畏懼萬分。

和子和律師兩人合力把女人扶起帶到路旁，讓她坐在鄰家的矮石牆上，女人伸出沒按住臉的另一隻手對著兩人做出安撫的姿勢說：

「沒事，律師。」

「看起來不是這樣喔，太太。」

律師轉向她說道：「很抱歉，只要一下子就好，能不能替我照顧一下她？我去叫車子，我想還是趕緊讓醫生看看比較好。」

「是啊，請便。」

律師朝著車站方向跑去。希望能順利找到車子，和子擔心著。

「很對不起，不認識您，卻耽誤您的時間。我沒事的，請……」

「看起來不是喔，流了很多血呢。」和子邊用律師留下的大手帕壓住女人臉上的傷口，邊說著。

「小姐是菅野小姐的朋友嗎？」

「是的，從東京來的。妳是淺野太太……司機的太太吧？」

「是的，我是他太太以子。」

「……很棘手呢。」

「沒辦法，人家的女兒去世了，」淺野以子剛強地說：「即使道歉也不可能那麼快就被原諒的。」

「話是這麼說，不過也沒必要做樣啊。」

「要佐山律師……，剛才那個男的是律師，也許要他一起來反而不好。可是，我們是想讓對方了解我們準備好要好好談的心意。而且，也希望他們聽聽我們的說詞。」

和子聽了那像是告白的話，不禁垂下眼去。淺野以子困惑似的睜大單眼望著和子說：

「啊，對不起，竟然對菅野小姐的朋友說出這種話來。」

「沒關係。我和洋子並沒有親近到失去冷靜的程度。」

儘管那是有著複雜涵意混著撒謊的話，但以子聽了後稍感寬心。

「淺野說是菅野小姐朝著車子前面衝過來的。」

瞬間，和子的呼吸停止了。

「菅野小姐好像已經從哪裡逃出來似的，用很快的速度衝出來，他根本來不及閃開，簡直就是自殺行爲。」

「這麼說……」

「什麼？」以子吃力地抬眼望向和子。

「那是，眞的嗎？」

「是眞的。」淺野以子使力地點頭說：「我先生是不說謊的。」

遠處，車子的前頭燈亮著靠近。是佐山律師找到計程車回來了。以子和律師上了車，前往市立醫院急救。和子和兩人分手。

和子朝著車站燈光的方向緩緩地走在夜路上。

菅野洋子用無法閃避的速度衝到車頭前面。

哪，我很害怕。腦中再度響起洋子的話。和子妳應該知道的，那兩個人不是自殺。**那是有誰把她們兩個……**

沒那回事。和子否定了，究竟是誰？用什麼方法？即使能夠殺人，但不可能能夠違反本人意志逼迫他自殺。

**應該不可能。但是……**

在高架鐵道下的暗處，和子覺得背後似乎傳來另一個腳步聲，她回頭看。

不遠的地方，站著一個看起來不算高大的人影。那人影背對著遠處僅有的一盞路燈，看不到臉。

「嚇你一跳，很抱歉！」人影說道。和子定睛透過黑暗凝視著對方。

人影漸漸地靠近。

## 四

那一晚，守回家後發現後面拉門上的一塊玻璃已破掉，碎片飛散了一地，門旁的牆上被人用似乎是油漆的褐色塗料，髒兮兮地胡亂寫著「殺人」。

詢問了附近的人，說是在傍晚時聽到玻璃破掉的聲音，走出去一看，看到男學生模樣的人逃跑的身影。

守清理了玻璃碎片，擦洗牆上的塗鴉，才發現那既不是油漆也不是簽字筆，而像是用血寫的。

在盥洗室洗手時，電話響了。守以爲是以子打來的，拿起聽筒後，年輕男人的聲音竄入耳朵，操著和昨天一樣的聲音說道：

「替我殺了菅野洋子的淺野先生還在警察局嗎？」

「喂，等等，你……！」

「希望能早一點放他回來。警察也未免太笨了，只要稍作調查，就馬上可以知道那傢伙被殺了活該……。」

「聽好，你聽著，你所說的是眞的嗎……」

電話掛斷了。守叫了好幾聲，回應的只是線路的嗡嗡聲。

警察只要稍作調查就能立刻知道？

調查了嗎？守把水壺放到爐子上，寂靜的家中只聽得到時鐘滴滴答答響著，他想像著菅野洋子這名女子的私生活。

他心想，不會的，因爲這是車禍。

「晚安！」門口傳來聲音。出去一看，雙手抱著大袋子的大姊大站在那兒，手裡抱著同樣袋子的弟弟伸二也一起來了。「晚安！」伸二發出平和的聲音，點頭致意。

「今天你不是說要一個人看家嗎？我們送晚餐來嘍。」

大姊大神采奕奕地說道。

「至於我呢，是監督來的，」伸二自顧自地笑著說：「兩個人單獨相處是很危險的。危險的不是姊，是守！」

大姊大做出芭蕾舞孃的動作，腳一橫，把弟弟給踢開了。

「你姊離家出走還沒回來？」

「真是古怪的事。」

吃完漢堡，大姊大邊在第二杯咖啡裡加了一堆糖和奶精，邊說道。

從後面放著電視的房間裡傳來微弱而尖銳的電玩聲。伸二正在挑戰真紀蒐藏的新電玩。

「不過還是找律師或警察商量看看吧。說不定真如你打工地方的高野先生所說的。」

「我是打算這麼做。只不過，今天佐山律師和姨媽一起去菅野小姐的老家了……」

守抬頭看了一下鐘，已過了八點半。

「我想，姨媽該打電話回來了。」

「可是這種感覺實在不太好，如果電話中那個男人的話有什麼含意的話，對淺野先生可能有幫助……，不過，對完全不認識的人密告『那種女人死了活該』，也太惡劣了……。菅野小姐是大學生吧？二十歲左右吧。你不覺得那像是被甩了的男人的陰險報復？」

「很有可能，」守嘆了口氣說：「反過來說啊，也很可能是信口雌黃。」

「信口什麼？」伸二探出臉來。

「小孩子退回去！」大姊大作勢要揍人。

「說到陰險，怎麼樣？三浦那傢伙還不至於鬧到你家來吧。」

守沒有立即否定，有意識地保持面無表情。但從大姊大的表情便可看出他失敗了，察覺到這點，守倒忍不住笑了出來。

「這可不好笑。這一次，那傢伙幹了什麼事？」

「沒什麼大不了的，眞的。不用擔心。」

「可是……」

「這不是倒過來了嗎？太讓大姊大擔心了的話，就像被女孩子保護了，自己都覺得很悲慘呢。」

「我可沒那意思。」

大姊大眨著眼睛。雖然場合不對，不過守心想，那睫毛既長又好看呢。

「對不起，開玩笑的。」守笑了，說：「謝謝妳啦。」

大姊大微笑了。能看到時田沙織的微笑——不是爆笑——是少有的特權。

「你不會生氣吧？」她稍微猶豫了一下問道。

「怎麼了？」

「總之，你不可以生氣喔。」

「嗯，很困難的要求呢，好吧，妳想知道什麼？」

「我想，對這次的事情，日下君的父親也一定在擔心著呢。」

守不知如何回答。

「不知在這附近的哪裡，一直都在注意你和你母親。現在也知道你在淺野先生的家，雖然想來看你，可是門檻太高，沒辦法跨越……」

「母親忌日時，我去掃墓。一看，不知是誰先來了，還供了花……」守輕輕地張開雙手，無奈地說道：「像這種事，之前從來也沒發生過。」

大姊大不禁感到害臊，縮起肩膀，說道：「不過，男人就是這樣，我媽這麼說過呢：『妳好好地記住哦。』」

守發窘了，繼續說道：「只不過……」他心想，繼續僵持下去的話，大姊大未免太難堪。

「我有過我爸好像就在附近的感覺呢。還想過，說不定彼此在知不覺中擦肩而過呢。」

「擦肩而過也不知道？不記得長相了嗎？」

「已經不記得了。我爸也忘了我的樣子了吧。」

「你們分開時，你幾歲？」

守的右手指舉了四隻。

「這麼說，那就眞記不得了，相片也沒留？」

「那種情況下又不可能留下相片。我曾找出十二年前的東北新報，以爲至少會刊登大頭照，結果並沒有。」

「母親的遺物呢？」

「有哇，相片和戒指……。」

大姊大感到不可思議，但有點感動似地點著頭。

「媽一直都戴著訂婚戒呢。」

日下敏夫離家那一天，從早上就一直下著雨。北國三月的雨很冷。從前一晚開始下，到黎明時越下越大，年幼的守沒睡好。

一早，敏夫在約過了五點鐘離家。比枚川車站最早發車的特快車都早。守的房間在正門口旁邊，他察覺到父親正要外出。打開拉門窺望了一下，正好看到父親整齊地套上西裝、穿上鞋子。

可能是要趕去參加早晨會報吧，當時他這麼想，也想著母親還在睡吧。但現在回想起來，啓子並非還睡著，是佯裝睡著吧。那時候敏夫的生活不規律，偶爾連著幾天都沒回家。啓子當然察覺到那是「女人」的關係。然而，守不曾看過父母吵嘴、母親哭泣的場面。現在回想起來，說不定那是不好的。

那時，守感受到的是家正在逐漸崩毀。並非遭到外力的破壞，卻聽得到崩毀的聲音。

敏夫外出前在正門口站了一會兒，眺望著屋內。

門打開後，雨聲很大。父親關上門，雨聲也變朦朧了。敏夫走了。就這樣。

敏夫失蹤後，侵占公款的事態爆發，啓子發呆的時間變多了。在廚房切東西時、折疊衣服時，手會停下來，眼睛彷彿遙望著遠方。

對守而言，他首先遭遇的試煉是沒有朋友願意跟他玩。父親不在的涵義、父親所做的事的涵義，都尾隨著成長中的守，強迫他去領會。

父親捨棄了我。這樣的理解就像嬰兒首次碰到暖爐被灼傷後，理解到火是可怕的一樣。守此後儘量迴避這種想法渡日。

至於啓子，從不曾對守說明過父親的事，也不曾責怪、包庇過他。她只是跟守說，只要記得我們不需感到羞恥就好了。

「守，你沒想過離開枚川嗎？」

「有哇。不過，沒眞的去做！」

「爲什麼？」

「有個很要好的朋友，現在已經不在了，我不想和那個朋友分開，況且，不能留下媽媽一個人……」

「那麼，爲什麼你媽不離開枚川？守，你有沒有想過？」大姊大問道。

守一直都在想這個問題，甚至有過一段時期滿腦子想的都是這個。是因爲固執呢？希望呢？或只是沒有其他辦法呢？

敏夫的「女人」在市內酒吧工作。比啓子還年輕十歲，腰圍瘦十公分，也有行動力。她比敏夫早一個星期離開了枚川。

警察針對耐力很強的她調查行蹤。不用說，那是因爲她和敏夫在一起的可能性極大。後來發現她在仙台市的公寓，但不見敏夫的蹤影。卻冒出了另一個在當地金融機關工作的年輕業務員。警察至少來得及救第二個未來的日下敏夫。

敏夫爲女人所花的錢，幾乎都耗在她那吃軟飯的男人身上了。她那落魄的流氓男友，可能威脅過敏夫。但是因爲找不到日下敏夫，能提出的證據太少了。

守想過，也許是那種女性的來歷和事件的狀況，使母親懷抱著希望。丈夫不知何時一定會回來，會和她連絡。不想在那時讓他因找不到自己而無法再見，所以決定留在原來的地方。

「你母親真的很愛你父親呢。」

「我不認爲是那樣……。」

「那就這麼認爲吧。你媽覺得這樣也很好。一定是的。守，爲了你，你媽盡力了呢。她沒跟你說過別像你爸吧？」

「從來沒有。」

「很堅強的女性。」

大姊大托著腮，眼睛俯望餐桌，聲音顯得很溫柔。

「你吃了苦頭吧。你媽信任你爸爸。她並不藉口說孩子很可憐什麼的，不是那種扭曲自己的人。我喜歡你母親那樣的女性……」

「誰喜歡誰呀？」伸二又探出頭來問道。

大姊大和伸二回家後不久，佐山律師打來電話。

「姨媽呢？怎麼了？」

「受了點小傷，」律師語帶憤怒地說：「看了醫生以後，說是需要做進一步的精密檢查。我把事務所的人叫來了，你不用擔心。」

「發生什麼事了？」

「你想像得到的。」律師先做了開場白以後，把事情的經過都說了。

守說不出話來。他一想及以子必須忍氣呑聲，就覺得自己從心臟到後腳跟都無力了。

「律師！」

「什麼事？」

「我在想，菅野小姐發生車禍的時候，有沒有和誰在一起？」

「如果是這樣，我們也不必那麼辛苦了。」

守說明了和高野、大姊大談過的假設。

「這並非不可能。不過，一直到現在還沒看到現場有人逃跑的報告。」

「可是有這個可能性吧？」

「是的。不過，如果僅靠可能性來運作的話，人類老早就把火星當作休閒地了。」

掛了電話以後，守陷入了深深的思考。

（警察只要稍作調查就馬上可以知道。）

大造人在警察局拘留處、以子在醫院。

鞋子扔到臉上？

（只要稍作調查……）

時鐘敲響了十點鐘。

他心想，那就稍作調查看看吧。

# 五

下定決心並不太難。很幸運的，整個狀況都對他有利。

很幸運的。他覺得諷刺地咀嚼這句話。

過了晚上十點鐘，他打了電話。一直都很忙的朋友，在這種時候也還在辦公室工作。

「很抱歉，」

對方一接到電話，他立刻開口說道：

「今天早上談的事……啊，是呀，是那件事。又有新的進展，能不能請你現在撥出時間來？啊，我馬上過去。」

掛了電話，他開始準備外出。最近剛雇用的傭人靠過來，臉色很不安，問道：

「要外出嗎？」

「啊，我想可能會花點時間，妳請先睡吧。」

「可是，太太回來以後，該怎麼跟她說？」

「我太太那邊妳不用擔心！」

反正再過一星期，這個傭人就會理解他們夫婦之間對彼此的行動是如何地漠不關心了。

他來到車庫，進到車內啓動暖氣，就在等待回暖的時候，他感覺引擎遲緩的振動彷彿在動搖他的心。

這麼做眞能順利嗎？全都能解決嗎？事後，會不會徒留悔恨呢？

他閉起眼睛，腦海浮現出少年的臉。當發動車子時，他的心情平靜了。

等到他站在那棟建築物前的時候，恐懼感初次湧了上來。

能夠努力到何種地步呢？再也無法忍受了，如果想把眞正的事實全盤托出，自己能夠控制得了嗎？

那個答案，沒有別人能提供。只有靠自己尋找。

## 六

在駛往東京的特快車座位上，高木和子做了一個夢。頭隱隱作痛。非常疲倦。連在夢中都覺得疲倦。

哪，和子，我死了唷。洋子近在身旁，一臉悲悽的表情跟她說。可憐的和子，下一個是妳呢，妳是最後一個。

我不會死。和子倉皇地在夢裡，急切地、使勁地喊著。

洋子在。加藤文惠在。三田敦子也在。敦子沒有頭，然而卻不停地啜泣。是誰把我的頭扔到那裡去了……？哪，和子替我找找……找找……找找……可憐的和子，最後的人受的苦可是最大唷……

就在此時，她醒了。頭抽痛，心臟在胸中狂跳著。

窗外一片漆黑。玻璃窗上映著自己蒼白的臉。

她看了錶，大約再一小時便可抵達東京，終於可以在自己的公寓裡慢慢地休息了。她想要快點回去，想逃到安全的地方。

爲什麼會感到害怕？她緩緩地呼吸，一邊問自己。我可不會自殺。絕對不會。沒有理由害怕。

她又看了一次錶，然後猛然想起離開東京在車站買的時刻表，意識到了一個清楚的害怕的理由了。

以離開洋子老家的時刻而言，她原可以搭上最後第二班特快才對。既沒有足以消磨時間的理由，也沒有能夠停留的地方。

儘管如此，爲什麼，我現在搭乘的卻是最後一班特快呢？

**我做了什麼事**？和子緊握雙手。

第三章

# 不安的謬斯

凌晨一點鐘。守站在事故現場的十字路口。

夜空晴朗，星光閃耀。寒冷的夜氣籠罩著市街，看起來像剛換了水的金魚缸，清新爽颯。

人們熟睡著。

守望著閃爍的交通號誌一會兒。紅色、黃色、綠色。孤獨的燈光秀。白晝忙著處理擁擠車輛秩序的號誌燈，到了晚上，此刻，在這許多人沉睡了的市街，也許正指揮著睡夢中的交通也說不定。

守做了一個深呼吸，把整個夜吸進胸腔裡。

他離開家的時候，換上了深灰色運動服。運動服從肩膀直到腋下，以及兩腿側邊都鑲了黑色的線條。腳上的慢跑鞋穿了很久了，底變得很薄。他沒穿那雙平常慢跑時穿的運動鞋，是因爲那種鞋爲了避免腳踝受衝擊，底部做得較厚，跑起來很可能會發出重重的腳步聲。他兩手套著露指手套，脖子上圍了條白毛巾。這身打扮即使被人查問也容易辯解，畢竟在慢跑空間較少的市街上，越來越多人選擇在車輛較少的深夜慢跑。

守褲子右邊的口袋，放著今晚爲達成目的不可或缺的一套工具和鋼筆形小手電筒。

行進方向的號誌燈轉爲綠色。

守靜靜地跨過十字路。如同以子所說，出事地點有香菸販賣機和公共電話，它們正爲已卸下鐵門的商店守夜。在那旁邊，有顯示居住環境的標誌牌，他出門前曾查了一下這附近的地區地圖，很清楚該往那個方向走。他背對十字路，開始緩緩跑了起來。

菅野洋子所租的小公寓在十字路口走去約五十公尺處的西邊，面對著窄窄的岔路。那是一棟外牆貼著紅色瓷磚的四樓公寓，在街燈照不到的地方，牆壁變成一片黑紫色，就像一攤凝固了的血。

在鋪了柏油的狹窄的汽車迴轉處前，有一座亮著常夜燈的水泥外梯。這是所謂「開放型」的公寓。

守放輕腳步，張望著四周，不見任何人影，只聽到遠處像是卡拉ＯＫ酒店裡傳來五音不全的歌聲。

守慢跑著，橫越汽車迴轉處，靠近樓梯。冷不防地，建築物後面突然跳出一隻黑貓，金色的眼瞳閃著光後又跑走了。貓也可能嚇了一跳，守的心臟瞬間緊縮，那隻貓是一個目擊者。

在樓梯入口處，有個固定的鋁製郵箱，分成四層，每個都掛著旋轉式洋鎖。

「菅野」的名字在上面一層。一旁加寫了房間號碼「四〇四」，字跡很整齊。

爬上樓梯之前，守脫下鞋子、赤著腳。通常，深夜裡的腳步聲，意外地會傳得很遠。他把脫下的鞋子塞進花樹叢中藏起來。

感覺四樓好遠。即使在學校時爲了做鍛鍊肌肉練習，背砂袋上樓梯時也不曾覺得這麼遠。腳底一陣冰涼。常夜燈反射在白色樓梯上，眩目得彷彿自己的身影完全暴露在外。

到了三樓舞蹈教室時，聽到有人說話的聲音。雖不知道話聲的方向，但守反射性地蹲下，側耳傾聽。

有人走過外面的道路。守聽著自己心臟鼓動的聲音，在原地等著人走過去。然後，再舉步往上走。

到達四樓，靠近欄杆朝下一看，熟睡著的街上，成排的房子和無數的燈光在眼前擴展開來。隔著兩幢兩層樓住宅屋頂的對面，也有一棟一般高的公寓，幾扇拉起窗帘的窗子並排著。雖然那些窗子沒有亮著燈，但守還是迅速地低下身子。

走廊上並排著五個白色的門，熱水爐也有五具。最前面的門牌是「四〇一」。目標的門是從另一頭算來倒數第二個。守把身體挨近欄杆再往前走。

四〇四號室的門牌，僅寫著房間號碼。可能是因爲沒有管理員，因而盡量不讓人知道是女性獨居吧。

守背靠著欄杆，大大地喘了口氣。終於來到這裡了。

稍作調查……要這麼做，首先要看看菅野洋子這名女子所住的房子。這是思考過的。他有自信能勝任這份差事。

爺爺……

守的腦海浮現出重要的「朋友」的臉。守心想，眞沒想到他所教導的竟以這種方式幫上忙。

父親的失蹤以及隨後不名譽事件的曝光，使年幼的守生活產生了鉅大的變化，痛苦而難堪。儘管事件發生後到進小學以前情況還算好——畢竟和守同年紀的孩子們跟他一樣，根本不懂「侵占」和「失蹤」的意思。守去朋友家玩，朋友的雙親突然變冷淡了，讓守感到奇怪。至於朋友，也因爲不知爲何母親不准他和日下君玩而感到一頭霧水。

然而，在那個時期，眞正咀嚼痛苦的只有啓子一人吧。至於守呢，去找朋友玩的時候，即使對方表示今天某某君不在喔，他也只是單純地相信，反正自己一個人在家玩也無妨。而這樣的想法也還行得通。

守自己，以及被遺留在枚川的敏夫事件的記憶，就像乘坐在翹翹板上的兩頭。守年幼的時候，事件比較重，像是在翹翹板的下方；隨著守的成長，理解力增加，事件則逐漸浮升上來，終於升到守眼睛的高度。那才是眞正試煉的開始。

社區棒球隊沒人邀守參加；夏日，他也不曾穿上傳統的短外衣，讓人領著他去參加祭典。那種歧視從大人開始，而歧視具有強烈的感染力，孩子毫無對抗的能力。然後，當孩子與時俱進地被感染了後，歧視再度傳播出去，因爲很有趣。

進了小學不久後，守沒有玩伴了。下課後，也不再有人吆喝他去參加足球隊了。教做功課、上課時揉紙團互扔的遊戲玩伴也沒有了。情況變成如此以後，獨遊已不是「玩」，而是「被迫自己玩」了。

也許人們認爲這樣的情況理所當然。畢竟對在枚川生活的人而言，日下敏夫就是那個把市民的稅金花在女人身上後逃走的男人。日下母子如果無法忍受報應的話，滾蛋不就得了。

啓子第一次跟守談這也在這個時候。她說得很詳細、絲毫不隱瞞。不過，守始終忘不掉她最後加的那句話：守，你沒做任何可恥的事，這一點你一定要記住。在冰冷的視線包圍下和年幼的兒子一起度日，她也如此告訴自己。

啓子那時在市內一家漆器工廠工作。那是好不容易才找到的差事，還是因爲枚川的某個舊識「和日下先生是好友」，間接地代爲關說了的關係。如果不是這樣，啓子若無論如何都要貫徹留在枚川的心意，那麼就只有和守一起自殺化爲白骨一途了。

什麼可恥的事都沒做。可是，守總是孤單一人。

就在那時，他遇見了爺爺。

那時是暑假。守獨自一人，把自行車斜放在內院，坐在公寓的石梯上，曬著八月的暖陽。既沒有要去的地方，又厭膩了一個人看家，正在發呆。

「小朋友，好熱哪。」

不知是誰向他搭訕，守抬起頭來。

有人踏進砌牆的倒影中，一個矮胖的老人站在那裡，左手拿著用舊了的小皮包，老鼠色的開襟襯衫和半禿了的頭上流著熱汗。

他邊擦汗，又說了：

「坐在那兒會中暑的唷，怎樣，要不要和爺爺一起去吃刨冰？」

守猶豫了許久，站了起來，短褲的口袋裡，母親留給他午餐買麵包吃的零錢叮噹作響。

那是開始。

爺爺的名字叫高橋吾一。可是，從認識到離別，守都喊他爺爺。雖然爺爺沒告訴過守他正確的年齡，但那時候他應該已超過六十歲了。

他開了家金庫店——退休以後便以經營金庫店爲生。出生於枚川，戰爭結束後，立刻成爲大阪鎖匠老師傅的入門弟子，然後就一直在那裡工作。退休後回到枚川是因爲感覺到體力已達極限。爺爺只跟守約略提過這段身世。

一盤刨冰結下了緣，從那天以後，守開始出入爺爺的家。那裡有間狹窄的工作室。工作室裡，有很多形狀怪異、發亮的器具和大約有守整個人都進得去的大金庫，以及不知從哪裡、如何打開，卻很精美，鑲有美麗雕刻的小型文卷箱。

這些玩意兒全屬嗜好。爺爺望著張大眼睛、雖表現有些客氣卻四處張望的守笑了。沒被這些玩意兒包圍著的話會寂寞得不得了，而這些玩意兒也是，如果四周沒人的話會覺得寂寞的。

「除了我說危險的別玩以外，你怎麼摸、怎麼看或怎麼做都可以。」

爺爺這麼說，讓來玩的守感到很自由。守觸摸了金庫冰冷的外殼，眼睛挨近，窺視著鎖內迷宮般的裝置。他翻開爺爺搜集的舊相簿，裡頭有讓人很難說是普通鑰匙的、很費工夫刻的鑰匙，看起來比收放在金庫裡的東西更有價値的金庫照片。

好美，守說道。爺爺點點頭說，很美吧。

雖然守在一旁，但爺爺多半還是埋頭幹活。等工作室的探險結束了以後，守這會兒開始盯著爺爺看。他凝望著爺爺那令人吃驚的柔軟的指頭動作，以及面對金庫和鎖的時候，那浮在嘴邊幸福的微笑。

遇到爺爺約過了半個月，有一天，當他依例凝視著爺爺時，爺爺突然說，怎麼樣，守要不要試看看？

那時，爺爺拿著細銼刀，在爲一個橘子箱大小的舊金庫去銹。

「我能做嗎？」

「當然，」爺爺笑了，把銼刀遞給守，吩咐說：「不過，要輕輕地做喔。」

如同爺爺所言，花了一週的時間，守已能夠輕輕地去銹了。那個金庫，在多年生銹下隱藏閃著銀色光澤的金屬質材，門蓋的四個角落還裝飾著極小、卻很華麗的雕花牡丹。工作結束後，爺爺說了：

「嘿，變成個美人兒了吧！」

從此，守從老是一旁觀望的情況，變成稍微能幫上忙的助手。自此以後，守對爺爺所做的事（下次並非只是去銹）眞正產生了興趣，而能踏出這半步眞是美妙。

有一次，守遺失了公寓鑰匙無法進家門，當時離啓子下班回來還有整整兩小時。而頭上三樓的房間窗戶上，老早就該收的晾好的衣服隨風飄動，天空看起來要下雨的樣子。守跑去找爺爺。爺爺像變魔術似的才花了五分鐘就打開了家裡的鎖。然後，他露出不高興的表情說：

「守和媽媽兩個人生活。不換更結實的鎖不行喔。這個鎖簡直就像玩具。」

隔天，爺爺來換公寓門前的鎖。爺爺換好以後，守問：

「我能學會做這樣的鎖嗎？」

爺爺定睛望著守問：

「想試試嗎？」

「嗯！」

「喔？」爺爺愉快似的說：「那就試試看吧。想做的話，沒有做不到的事的。」

就這樣，守開始學打鎖，起初是一步一步來，首先要記住鎖的構造、種類。別說製造公司了，製造國家不同，金庫和鎖的樣子也不一樣。

進入實際製造的程序以後，必須記的和想記的技術排山倒海而來。

從對號的小洋鎖、自行車鎖，到汽車門鎖，然後是最普及的 Pin Tumbler 圓筒掛鎖，以及使用兩根鐵絲的開鎖工具。這個階段的最後一關便是自己下工夫去打造開鎖工具。

也就是將沒有刻紋的鑰匙插進鑰匙孔，然後捕捉複製鑰匙的感覺，如此反覆複製了幾百支鑰匙。插進並非完全吻合卻類似的複製鑰匙後，再費心地摸索最後解鎖的方法，這和說服頑固的人很相似；最後再進入探索如何打開號碼旋轉鎖的階段。

從兩人相識直到爺爺去世的十年裡，爺爺把他學到的知識和技術全數傳授給守。

守偶爾回想起來，常覺得爺爺教了他許多非常奇怪的事，而守也都牢記著。那是一段快樂的時光。儘管這是因爲沒有其他的事能讓守如此熱中，而且是偶然接觸後才開始的，但能夠持續十年，仍然是因爲覺得愉快的緣故。

爺爺於去年十月中旬左右，在枚川最後一片紅葉掉落的同時，因心臟衰竭很快地撒手人寰。世界末日。守眞的這麼想。

此時守手裡的這套工具，正是爺爺去世前幾天給的。後來回想，這也許是死亡預告。爺爺曾凝視著守，如此問道：

「我說哪，守，你知不知道爺爺爲什麼教你破解鎖的技術？」

受到嶄新的工具吸引住了的守，不假思索地答道：

「是我要求您教的吧？」

爺爺大笑了，說道：「眞老實。嗯，就是這樣。」

「您教我的是……大事業？」

「倒也不是。不是告訴過你嗎，有志者事竟成！」

沉默了一會兒後，爺爺繼續說道：

「你，不曾跟爺爺提過你爸的事呢。」

「不用說您也都知道。」守感到困惑了。

「到現在，還有人說你爸的閒言閒語嗎？」

「有時候……，不過，不像以前那麼多了。」

「喔。時間一過，世間的人就會把從前的事給忘了。」

「我還不是也忘了我爸。」

「守，學解鎖的技術快樂嗎？」

「是啊。」

「爲什麼？」

守稍微想了一下，找到話後，他回答道：

「學到了其他人不會的技術。」

爺爺點了點頭，盯著守的手看說：

「有沒有想過利用這門技術，去做些在哪裡拿些什麼東西、讓人困擾這類的事？」

「完全沒有！」守睜大眼睛辯解：「爺爺，您認爲我會做這種事嗎？」

「不，一次也沒有。」

爺爺斷然地搖頭後，一句一句、很慢地、彷如咀嚼似的說：

「爺爺教你的已經是很舊的技術了。漸漸落伍了，不是嗎？因爲爺爺已經是落伍的人嘍。現在，不管是鑰匙或鎖都在越來越新了。說不定這種形狀的鎖不久後就會消失了。」爺爺的表情顯得有些落寞。

「可是，這並不表示你擁有的技術完全派不上用場。在一般的生活裡，你的確和別人有點不一樣。你能看到人家想隱藏起來、想珍藏的東西，你也能進到不希望被進入的地方。不過再怎麼說，那一定要你自己想這麼做才行。」

爺爺看著守的眼睛，說道：

「到現在爲止，其實你想做就能做到，但是你沒做，也不曾動過這個念頭。爺爺相信你，所以才會教你。守，鑰匙這玩意兒啊，不是別的，只不過是守護人心的東西罷了。」

「你父親……」爺爺悲傷地說：

「他並不是能解鎖的人，也不是能複製鑰匙的人，可是竟做了不該做的事，侵占別人的錢。這是把很多人寄存在心裡的鎖——也有人稱它爲『信用』——擅自打開來。從現在起到你長大成人，難免會幾度悲哀地厭惡你父親的所作所爲，也會怨恨。可是啊，守，爺爺覺得可怕的還不是這個，你爸不是個壞人，只是軟弱而已，軟弱得讓人覺得可悲。所以，當你察覺自己內心也出現那種軟弱時，會想，啊，我跟爸一樣呢。說不定，有時還會想，爸有他的苦衷也是很無奈的呀。可是，世間的人卻不負責任地數落著『老鼠生的兒子會打洞』什麼的，那才是爺爺覺得最可怕的。」

守沉默著。凝視著繼續說話的爺爺的臉。

「爺爺認爲人有兩種。一種是即使會做，但不想做時就不做的人。另一種是即使做不到，但一旦決定了就徹底做完的人。不能說哪種好、哪種不好。最糟的是，依自己的意思卻爲做或不做找藉口發牢騷。」

守，父親的事不能成爲你的藉口。不能爲任何事情找藉口。如此下去，總有一天，你會了解父親的軟弱和他的悲哀之處。……說完，和最初教他握工具時所做一樣的，爺爺緊握住守的手。爺爺的手是乾燥而滑溜，令人吃驚、很有力的手。

要不要這麼做？——在菅野洋子房間門前，守首先考慮的是這個。

在這兒動手並不需要照明，走廊的日光燈就很足夠了。反正都無法看到鎖的內部。

和隔壁兩旁的門鎖比起來，這個門鎖構造很簡單。雖然使用的圓筒型結構的鎖和公營、都營公寓一樣，但卻低了一級。幸好不是單鎖（若是單鎖，舊了變鬆之後，只要在門縫中插入硬而平的東西再強壓下去，門就會開了），但也並不是讓獨居年輕女性能安心無虞、值得信賴的鎖。只要看鎖，就能知道建築物施工者的想法。守心想，這棟公寓牆上也是在該打三根鉚釘處僅釘兩根而已。

所謂 Pin Tumbler 圓筒型掛鎖，是以無數扣針組合而成。以一支特定的鑰匙插進圓筒狀的鎖後就可以轉動打開，這是因爲鑰匙的刻紋和扣針所構成的凹凸處完全吻合的關係。

由於擬似鑰匙的那一捆配鑰重而且體積大，守並沒帶來。此刻到現場一看，守不禁直嘆如果帶來就好了。

好！那就當場製作一個配鑰吧。守憑著直覺決定這麼做。說不定這次潛進屋裡找到的東西還有歸還的必要。到時候，就算用開鎖用工具也要花些時間。

守就在走廊上單膝跪著，從整理成小盒的工具箱（略似稍厚而較短的筆盒）裡，取出一支僅刻著一條溝紋的全新鑰匙。爺爺傳授時是沾了煤粉後插進鑰匙孔裡，但守使用的是發酵粉。這種粉到處都能買到而且又簡單。這次他帶來的是真紀烤蛋糕時用的發酵粉。

他很謹慎地把塗了白粉的鑰匙插進孔裡，這時，最干擾的是自己心臟的鼓動。心臟動得太快，聲音體內作響，直震到指尖。

他取出鑰匙，白粉上有淡淡的線條，那不是每個人都看得到的線條。這原理和只有音樂狂熱者的耳朵才能分辨出聲音的曲折是一樣。

這淡淡的線是這隻鎖的側面。他取出薄薄的銼刀，沿線畫刻紋，製作鎖的整張臉。他一遍又一遍地試著去對照，不勉強、不慌不忙、製作鑰匙的關鍵在於優雅地慢慢打造。鎖，是個矜持的淑女。

試了第四次以後，刻在鑰匙上的五個刻痕，發出咬住了圓筒內部的聲音。他慢慢地旋轉，鎖的圓筒轉了一次，發出解開金屬勾尺，令人舒暢的聲音。如此大約花了十二分鐘。

他把臨時打造的配鑰放進口袋，向鑰匙孔吹了一口氣……，儘管沒人會察覺，但爲慎重起見……。等發酵粉的痕跡消失了以後，守站起來，打開門。

# 二

關上門，守站在不同於黑夜的陰暗處。在這新的黑暗中，有微微的甜香味。沒有主人的房間裡，遺留著死去女主人的香水味。

守以不動的姿態持續站著，他取出在秋葉原找到的筆型手電筒，打開開關，調到最亮，以便能看清楚自己的所在。他所站的地方與其說是玄關，不如說是個小小的脫鞋空間而已。右手邊是淺淺的、放拖鞋的鞋櫃，上面是個空花瓶。後面牆壁上掛著小幅的瑪莉·羅蘭沙（註）的複製畫。

被那白皙的少女俯視著，守不禁一嚇。眞紀也喜歡這個女畫家，也擁有一套畫冊。畫面的色調雖然浪漫，卻不適合在暗處鑑賞。守心想，就這點討厭。

他用手電筒照了一下腳邊，心想，沒亂動是正確的，金屬製的傘插就近在右腳邊。若沒留神就那麼踏出去，勢必發出聲響，驚擾隔鄰酣睡中的房客。

迴轉繞了一圈後進到屋內。

首先映入眼簾的是空間很小的廚房兼餐廳。廚房流理台上擱著扣著的兩組咖啡杯和盤子。他摸了摸，已經完全乾了。

白色餐桌和兩張椅子。電燈垂得很低套著紅色燈罩，一不小心，頭就會撞上去。單身用的小型電冰箱，上面放著烤麵包機。家具都是白色的，旁邊的櫥櫃也是白色。再旁邊還有門，他用手電筒一照，貼著「浴室」的標籤。

守躡足走進去，打開那扇門，用手電筒照了內部一圈，確定沒有窗子後，伸手找尋燈的開關，日光燈不情不願似的，過了很長一段時間才亮起來。

菅野洋子小姐很愛乾淨，似乎偏愛粉紅和白色。在全白的全套衛浴設備和廁所中，毛巾、化妝品和拖鞋清一色是淡粉紅色。連才用了一點的肥皂也是粉紅色的。

守發現澡盆邊緣掉了一根長頭髮。是洋子小姐的吧，守突然注意到她蓄長髮。連菅野小姐長什麼樣子都不知道。髮型、身高也都不知道。沒參加喪禮，連報紙都沒刊登相片。不知道大造記不記得她的臉？車禍是在瞬間發生的。

這是一度讓他覺得受挫的發現。什麼「只要稍作調查」嘛。

他往後退，走出了浴室，讓燈光亮著，浴室門半闔。這樣，燈光既不會外洩，又能照亮整個室內。

廚房對面還有一個房間，加上這個房間就算是公寓全景了。地板上鋪著木板，約有十帖榻榻米大。鋼管製的床和長形櫃置放其中。窗邊有學生式的木造書桌和椅子。地板中央鋪著地毯，有個色調很搭配的組合式塑膠衣櫥，衣櫥拉鏈半開著。

莫非是聽到緊急消息後飛奔而來的母親，手忙腳亂地選了要放在女兒棺木裡的衣服嗎？他靠近過去，聞到了香味。

---

註：瑪莉・羅蘭沙（Marie Laurencin, 1885-1956），法國知名畫家。

從何處著手？原已想妥的是，找日記之類的東西，但是，守臨時改變方針，總之，先看看有沒有相簿。無論自己想跟誰接觸，若連對方長什麼樣子都不知道的話，那就太失禮了。

在高高的書架最下層，僅有一本相簿豎在那裡。守翻開一看，裡頭有很多相片，多半是女性，很可能是旅行拍的紀念照，其中也有以瀑布爲背景，像是登山團的一群人對著相機做出V字形手勢。相簿中頻繁出現一名白皙、身材高眺，直直的長髮垂在背後的女性，守心想，這應該就是菅野洋子吧。

還有幾張和相貌相似的年輕女性兩人穿和服的合照，應該是今年過年休假返家時和妹妹拍攝的。

守正要把相簿歸回原處時，從封面裡的袋子掉出一張像小卡片的東西。他撿起來一看，是一張舊學生證。大概是上補習班時代拍的，看到這張大頭照，證明了守的推測沒錯。

菅野小姐是個漂亮的女孩，不是那種走在街上就能隨口向她問路的類型，但如果擔任事務機器展示員的話倒很合適。

初次見面，妳好，還有，很抱歉，擅自闖進妳房間，守在內心裡悄聲說著。

書架上幾乎沒有空隙，有推理小說文庫本和戀愛小說，但最多的還是語言類的專業書。從排列著的字典來看，好像學的是英語和法語，也有《通過一級英檢之路》、《要成爲口譯，必要的資格和其對策》、《臨時住宿指引》之類的書。

沒看到日記本，也許她沒寫日記的習慣。也沒有地址簿、記事本之類的本子。那樣的東西在發生車禍時帶在身上了嗎？

信呢？

床頭有軟木床頭櫃，信插就掛在旁邊。只有寥寥幾封。最近人們都用電話連絡，很少寫信了。守自己最近幾年也沒寫過信。

信插裡有寄自美容院的宣傳通知明信片、像是朋友寄自國外的明信片（妳好嗎？在這裡好快樂……）、英語會話學校的型錄。

只有一封是有信封的信。寄信人是「菅野由紀子」，在花卉圖案的信紙上，用小而圓型的字體寫的簡短的信。

寫的是家裡人都好、工作已決定了、九月連續休假回家就能看到綾子小姐的嬰兒……，最後，還寫著：上回電話裡的聲音沒什麼精神，姊姊是不是累了？我很擔心。

不愧是妹妹。邊折信，守感到自己胃的附近沉甸甸的。

**只要稍作調查就馬上可以知道**。什麼嘛。

那種電話還是不要接的好。這麼做有什麼好處？以爲她會遺留下告白書嗎？調查一個人作息的房間以後，就能完全了解這個人的生活全貌嗎？

假設，有人進來我的房間後發現了開鎖用的工具，會怎麼想？守想到這一點。自己可能會被想成是個職業小偷，但那是不正確的。

他嘆了口氣，坐在地板上，環顧房間。

很樸素。這是第一印象。和同齡的眞紀的房間一比較就知道。

這個房間裡的電視機、收音機，都是老式機種。說不定購買的時候就是中古貨。既沒有錄影機，連電燈罩都是拙拙的舊式樣。窗帘也是皺巴巴的便宜貨。

這棟公寓本身就很老舊，牆上至少浮現兩處漏水的痕跡。廚房的水龍頭和浴室的附屬裝置也是舊式的旋轉式水龍頭。地板上則是坑坑洞洞的。

房租多少呢？家裡寄錢，一定也打工，生活絕不輕鬆。看來女大學生並非每個人都穿著流行服飾四處遊玩。

對了，錢。

腦子裡雖然厭惡想這檔子事，但守儘量整理自己的思緒。經濟狀況如何呢？

總之，得把必須做的事做完才能回家，否則偷偷闖進也會變得毫無意義。守在無人的房間裡，歉疚地縮起肩膀，邊打開抽屜尋找蛛絲馬跡。

在整理得很整齊的第二層抽屜最裡面，一疊收據和簡單的家計簿放在一起，還收放著兩本存摺。其中一本蓋著「換發存摺」的印章。

他打開新的那一本存摺。

每個月的餘額中，一度只剩三位數字，應該很節儉。月底各有「匯入」金額八萬日圓，應該是老家寄來的錢吧。在大約相同的日期上，有「薪資」。上月份的金額有十萬三千五百四十一日圓，像是打工的收入。

再往前看前面的月份，九月、八月、七月，然後到四月爲止，情況陡然一變，金額變多了。二十五萬、四十萬……甚至連六十萬的進帳都有。從既非「匯入」亦非「薪資」看來，可能是現金收入。細目支出並沒有明顯的變化，但有一次餘額在約五十萬時曾提領出來過。

這是爲什麼?守邊想，翻頁看看定期存款那一欄。

守懷疑自己所看到的。

五十萬前後的定期存款有七筆，其中一筆雖在今年四月解約，但仍剩三百萬日圓以上。

守重新環顧房間，心想，過這種日子還能存下三百萬圓?

再把「換發存摺」的那本存摺翻開來看，這本存摺最後的餘額數目也很大。看前面的月份，位數不同的數字始於去年二月。

從去年二月開始到今年四月爲止的十五個月當中，菅野洋子的經濟狀況可說相當良好。她積極地存錢。

爲了什麼?用來做什麼?

守翻開家計簿，如同以子所記的那般，是每個月瑣碎的支出紀錄。其中，記著今年四月十二日的「搬家費用」和「押金、禮金」。解了約的定期存款用在這方面吧。菅野洋子搬到這裡才約莫半年。

十五個月之間，處在不知爲何所得如此之高的狀態，就在結束的同時，住所也變了。

就像唱針跳針一直重複那樣，守反覆著這個想法。

「那傢伙幹了死了活該的事!」

**她究竟做了什麼事**?

把存摺放回原處，盤起手臂陷入思考。沒有其他必須調查的地方了嗎?調查哪裡好呢?

他注意到，在浴室燈光照射不到的暗處，紅色的光線亮著。

是電話答錄機。紅色的燈光是電源開著的訊號。

守稍微猶豫了一下以後，走近電話。掀開覆蓋在電話上的蓋子，看到裡頭的小錄音帶。

也許有留下什麼。

守用小手電筒照明，按下倒帶鍵，讓錄音帶回轉後重頭開始播放。

「我是森本，因爲突然決定去旅行，所以沒辦法出席明天的專題討論課。等我回來以後，筆記借我看喔。我會帶土產回來。」

嗶。下一個聲音。

「喂，我是由紀子，我會再打來。妳最近常不在家呢。」

嗶。又是另一個人的聲音。這一次是男性。

「我是橋田升學補習班的阪本。前幾天感謝妳參加工讀講師的應徵。嗯，我們已決定錄用妳，希望從下星期開始上班。請妳回家後回電。」

嗶。又是男性的聲音，很明朗的語氣：

「妳換電話號碼啦？」

是那個男人的聲音。

沒錯！**謝謝為我幹掉了菅野洋子**。是那個人的聲音。守吃了一驚，側耳傾聽。

「很累吧。不過，地址、電話號碼之類的，只要有心就查得到。辛苦嘍。對了，最近，又在舊書店發現一本《情報頻道》。眞可憐，妳拚命逃也沒用的啦，好吧，再見！」

嗶。錄音在此處結束。

是那傢伙。

守走到街上，慢慢踱回十字路口。他的腦子裡，反覆地響著那電話裡男子的聲音。的確是他，打電話到家裡的男人也打電話給菅野洋子小姐。

那是什麼時候打的？在她死去之前的什麼時刻？是不是她死了，所以現在開始打到淺野家裡來？

**拚命逃也沒用的啦**。

搬家。電話號碼似乎也換了。說是拚命逃……。

《情報頻道》是什麼？那和高所得有關嗎？

就像一隻腳被釘在地板上一樣，腦中的念頭盡在同一個地方打轉。

今晚就先到此打住。總之，線索也出現了。那電話裡的男人所說的話，隱藏著什麼涵義。

途中，守的運動鞋鞋帶鬆開了，也許是因爲下樓梯時慌張地綁上而鬆脫了。守蹲下重新綁好，一抬頭只見一輛銀灰色汽車慢慢駛向十字路，在兒童公園前停下。

車門開了，有人下來。不知什麼原因，守的內心湧起一股不想讓人看到的情緒，躲到路邊去。

是個男人。穿著西裝的肩膀很寬。雖然背對著看不到臉，但知道不太年輕。

紫色的煙從從臉部周圍冒上來。他在抽菸。

在這種時候、做什麼？

男人和守一樣地仰望著號誌燈，佇立在安靜的十字路口。

那高大的影子轉過身來。守慌張地把臉縮進去。

在那有著結實下巴的臉上，頭髮梳理得很整齊，還戴著太陽眼鏡。太陽穴旁閃著白色的東西，是白頭髮吧。

約莫過了五分鐘，男人回到車上，將車開走。守也朝家裡的方向跑去。通過十字路的時候，彷彿嗅到了香菸留下來的淡淡的味道。

# 三

週日的工作主要是先將過了三週期限的書分類後退給出版社。賣場非常擁擠混亂，也相當吵雜。守和佐藤兩人專做這個彎腰的累人工作。

「《情報頻道》？」

「嗯……，沒聽說過。那眞的是雜誌的名字嗎？」佐藤一臉狐疑，皺著眉問道。

「嗯，說是買了一本，所以我想應該沒錯。我還想問你就知道了。」答錄機電話那男人的聲音，確實說了「又發現一本《情報頻道》」。

「可不可能是單行本？很奇怪的書名呢。」佐藤邊說，露出愉快的眼神，「這種書名聽起來不像賣得很好。」

「應該很快就廢刊了吧。如果發行一年左右的話，我大概都還記得。你手上有那本雜誌嗎？」

「沒有。只知道書名，以及大概是在這一年發行的，就只這樣。」

「如果是這樣的話，那就找發行導覽什麼的來看看……。不過，不知道會不會刊登喔，不管怎麼說，應該是聽過《情報頻道》……，說不定是專爆內幕的書，有個印象強烈的副標什麼的。」

「內幕書？」

守突然想到，爲什麼沒留意到這種可能？菅野洋子是個美女，很可能是模特兒。

還有，那存摺上的數字，那金額絕非一般打工就能賺到的。

佐藤邊把要退回的雜誌封面用裁切機啪地裁開，邊嘆道：「啊，好可憐。」

「眞是受不了，就算得送去裁紙商那裡，可是這麼可愛女孩的封面就那麼裁掉……。」

在被裁切了的半張封面上，封面女郎微笑著。

「可是啊，想想雜誌發行量這麼大。不是有句話說『海底撈針』嗎？以你所提供的線索要找那本雜誌，等於是在海中找尋一根特定的針呢。」

「說的也是。」守沮喪地回答。

「喂，少年仔，在認眞幹活嗎？」

從一般用樓梯處晃過來的是書籍專櫃的便服警衛牧野。他今天穿著筆挺的西裝。

「怎麼啦？穿得這麼整齊！」

「開會！那些大人物囉唆得很。」

對書籍專櫃的店員而言，已年過五十（有人說是五十三歲，不，也有人說已接近六十歲）的警衛，他的存在可說如同卑彌呼（譯註）般不可思議。除了知道他很有份量外，包括主任高野也非常擁戴他，直稱讚他「了不起」。實際上，大家也只知道他很有能力而已。至於他的出生、成長、家庭、經歷等其他事情都沒人知道。對於他，也盡是些四處亂傳的流言，有人說他是專辦扒手、能力高強的刑警，卻在牽涉收賄事件後辭職；也有人說他曾是高中老師等等。

守最佩服的是他的穿著，並不是因爲他穿的是好衣服或品味好，而是不管他穿上什麼，就覺得他似乎在平時就穿慣了似的。當他穿上英國製西裝時，那模樣就像有著兩大衣櫃的那類衣服，流露出有那種位高權重者的穩重；而當他穿上皺巴巴的夾克、磨破了的褲子、臀部後口袋插著報紙時，就流露出那種舔著紅筆、出入賽馬場賭博狂的味道。不知是幸或不幸，守雖沒看過，不過如果他扮女裝，相信必定也是有模有樣。

「少年仔，今天打起精神吧。這些小鬼們一接近期末考總那麼匆匆忙忙的。他們會想換個心情試試做扒手的滋味，壞念頭正蠢蠢欲動哩。要參加聯考的人也很危險的呢。」

「差點忘了，我的考期也近了。」守說道。

「噢，好悲慘，幸好我已經不是學生了。」

佐藤撫著胸一副鬆口氣的樣子，但被牧野訓了一頓：

「這可不是當了八年的大學生該說的台詞吧。你到底何時才要成爲正式的社會人士呀？」

「這不就是了嗎？已經……。」

「一輩子都做工讀侯鳥的話，將來啊，只好靠老婆，可沒養老金過活喔！」警衛嗤之以鼻地說：「書唸太多了也沒啥好事，女人出嫁晚、男人全賠光！」

「說得太過份了吧。太偏激了。」守雖然提出抗議，但一旁的佐藤卻「啊！」的大喊一聲：

「想起來了，喂，守，你說的《情報頻道》，可能找得到！」

「眞的嗎？」

「咱們的安西女史啊，如果和以前的男朋友沒吹掉的話，她應該知道。」

「已經吹了吧？我看。」牧野這麼說。

女店員安西政子比書籍專櫃的佐藤資歷還老，所以才被叫做「女史」。不過，如果她知道自己是因「晚出嫁」這句話而遭連想的話，可不會輕易放過人的。

女史擔任會計，佐藤一喊，她就出來了。

「如果是佐藤君的要求我可不想聽，不過，若是日下君請託的話，就不能不搭理嘍。」

「了解了嗎？」

「大概了解。不過，給點時間吧。那個人哪，即使連絡了，也不知道能不能立刻找得到。」

女史的一個男朋友是自由作家，同時也有蒐集雜誌的嗜好。

「聽說他將來想開雜誌專門圖書館。他所製作的資料庫，特別是雜誌，應該比報社還要詳盡。」

會出現什麼呢？守手上的工作沒停下，心裡卻盡想著這件事。

---

譯註：約三世紀半時期，當時日本邪馬台王國的女王。

《情報頻道》這本雜誌的哪一部份潛藏著讓菅野洋子痛苦的東西呢？

如果眞如佐藤所言，是爆內幕的書……，守心想，那麼菅野小姐很可能是因此遭到敲詐。再怎麼說，她畢竟是女大學生。也許她受甜言蜜語和報酬所誘惑，輕鬆地（正如電視節目和雜誌所強調的，現在的女孩都這樣）就跳進去的世界反過來扯了她後腿。

說不定和敲詐的人在發生車禍的十字路附近相遇了。在那裡，雙方談不攏，她跑了出來。

或者……守腦海裡浮現不曾想過的念頭。

說不定是自殺。受不了了，衝到疾馳的汽車前。然後臨死前喊著：「太過份了、太過份了、眞是太……」

守等待連絡時，看到牧野警衛高明地處理了兩件偷書事件。

一件是同行的兩名高中女生。她們把受歡迎的搖滾樂團的寫眞集藏在寬寬大大的運動服底下，正要跨腳搭乘電梯時，被發現的牧野拍了拍肩膀。就在那座大型錄影機前，襯著畫面中加拿大一帶涼爽的湖泊，兩名高中女生呆若木雞地僵立著。

「眞傻！那些孩子們一定會遭到退學處份。」

站在會計位置上的女史，邊望著高中女生邊說道。

兩人都看不出來有多受衝擊、多害怕，嘴唇邊甚至浮現微微的笑。

「是嗎？有那麼嚴厲嗎？看她們那模樣，好像只是做了調皮搗蛋的事而已。」

「本人是如此，不過那也只是現在。我們這裡沒做那麼嚴厲的處分，而且連絡警察後頂多教訓一下就讓她們回去了。可是，學校方面可不是那麼簡單就了事。那兩個孩子們是惠愛女子中學的一年級學生。」

惠愛女子是一流的私立高中。

「聽牧野先生說過，那所管教嚴格的學校，一旦發現學生抽菸、偷竊，瞞著去參加被禁止的演唱會的話，會立刻把學生的監護人叫來，讓他們站在走廊等候，然後召開決定如何處分的職員會議。不管會開多久，本人和監護人都得一直站著呢。光這樣就是懲罰喔。」

「結果是退學？」

「好像喔。」

「就算是一時衝動也一樣？」守有些可憐她們。

「一時衝動呀……」女史扶起滑落的眼鏡框後，偏著頭說：

「我的想法已經不合時代了，說不定日下君你們這個世代感受又不一樣。『一時衝動』這句話，我想現在的人已經不用了。現在，偷竊的孩子除非是很特殊的情況，都是算罪證確鑿的罪犯！第一，只要他們稍稍做點錯事，咱們一年就會出現四百五十萬日圓的損失哩！」

「損失有那麼大呀？」

雖然知道扒手很多，但守並不知道具體的損失金額。

安西女史點了點頭，說：「首先，咱們一個月的營業額平均約兩千萬日圓。不過，咱們的書籍賣場總面積將近有一百坪，其實這也不算好。」

守不由得插嘴說：「兩千萬的營業額還不好？」

「是呀。不過在高野先生當主任後，營收還提升了許多呢。話說回來，兩千萬可不是全收進口袋的喔，還要扣除人事費啦、其他的許多支出，一個月的利潤占總營業額約兩成二而已呢……。換句話說，是四百四十萬。至於遭竊的損失額，一年大約有四百五十萬日圓。這等於是咱們因爲那些扒手，一年中有一個月以上是幾乎被迫沒有支薪地勞動呢。」

女史生氣似的蹶起嘴說：

「很過份吧。當然，不僅咱們如此，唱片行之類的其他商店，情況可能還更嚴重。咱們這邊資金多還應付得過去，小店的話早就倒嘍。」

積少成多，一件的被害金額雖小，但累積起來就很大。

「況且，聽說最近孩子之間還互相交換偷來的東西呢，那不成了贓品屋了嗎？」

牧野回到正氣憤的女史這裡來，女史問道：

「怎麼了？」

「她們哭著要求別通知學校。現在，正通知她們的父母來，教訓一頓以後，應該會讓她們回家吧。」

警衛不滿地說：「那兩個啊，絕不是第一次偷竊呢，絕對做過好幾次。今天因爲動作遲鈍的關係被我逮到，說不定之前就是漏網之魚。」

女史做了個誇張的動作嘆了口氣說：「高野先生對女生很溫柔呢。」

另外一件竊盜案和那兩名高中女生剛好相反。那是一個沒聽過團名的小劇團的研究生。他把一本大型的戲曲全集，以及報導舞台美術的寫眞雜誌特別增刊號藏在大包包裡。共計一萬兩千日圓。

他採用的手法等於是在走法律邊緣的鋼索。牧野拍這名扒手的肩膀時，他人尚未完全走出賣場。雖很明顯地正朝電梯的方向走去，但並不是要逃跑。

「我要控訴名譽受損，」扒手揚言說：「我確實是要付錢的。」

當時，扒手的錢包裡約有接近三萬日圓的現金。守邊整理新書架上的陳列邊瞄著，心跳加速。雖然不是發生在城東店，但他聽「月桂樹」過去也曾因這種情形遭到現場被扣押的顧客控告，後來還上了報，等事件過去以後，公司內部做了極嚴厲的處分。

儘管如此，這次承蒙老天爺保佑，從扒手包包搜出沒通過收銀櫃檯的兩個電玩遊戲軟體。照會了二樓的賣場後確定是偷來的。此舉使得形勢大爲逆轉，而且經牧野建議，連絡了警察局後，意外發現對方原來是有過八次前科的累犯。

「我老早就注意到那傢伙了。心想，總有一天要阻止他。」牧野很少見的激動地說著，然後稍微想了一下，又說：「話說回來，那傢伙今天也做得太不漂亮了，和以前不一樣，很奇怪，他看起來提心吊膽的……。」

「一定是牧野先生的眼力好啊。」

「對了，牧野這歐吉桑這星期可走運了。這已經是第四件了呢，是不是茅塞頓開，抓到特別的要領了？」

後來聽佐藤這麼說時，守也感到意外。

安西女史的男朋友傳來訊息是午餐後的休息時間。守在倉庫喝咖啡時，女史拿著紙條走過來。

「查到了，確實有《情報頻道》這本雜誌。」

「眞的嗎？」守起身得太快，咖啡倒了一地。女史機敏地跳到旁邊說：

「啊呀，眞討厭，小心點！這事那麼重要呀？」

「非常重要！」

「眞奇怪，那是一份來歷不明的雜誌呢。去年年底創刊，才出了四集就停刊了。總之，是有代銷，不過那家出版社從沒聽過呢。」

「什麼樣的雜誌？什麼出版社？」

「他手上只有記錄，沒有那本雜誌，所以很難說得準，不過如果說《日本版花花公子》是公家經營的話，那麼《情報頻道》就算私營的了。」

「喏，這個，」女史把紙條遞給了守，說：

「這是出版社的名稱和地址，還有，反正大概也連絡不上了，下面寫的是公司代表人的連絡處。」

守就像收到環遊世界一周的機票那樣，小心翼翼地接過紙條。

「話說回來，」女史不悅地問道：「明知如此你還要去拜訪嗎，今天可忙得很哩，你知道吧。」

如果不是因爲這件事，守一定會留下來幫忙。今天適逢假日，客人很多，而且，一名工讀女生因爲頭痛得厲害，中午以前就請假回家了，守很清楚人手不夠。

「很對不起，可是……。」

女史伸出一直擺在背後的左手，說了聲：「這個，」

「早退證明！高野先生已經許可了。受他之託，要我讓守去做他想做的事。」

守心裡邊感謝著女史、女史的男朋友和高野，邊往更衣室跑去。

# 四

接電話的是個開朗的女性：

「嗨，是『戀戀情人』！」

守再度確認了紙條。女史那一絲不苟的字寫著：「代表者、發行責任者　水野良之」。

「嗯，請問是水野先生的公館嗎？」

「是，是水野。」

電話那頭稱得上可愛的高音調，顯出些許驚訝地回答道。

「請問水野良之先生在嗎？」

「他是我先生。」

守大大地喘了一口氣說：

「我想請教有關以前水野先生發行的《情報頻道》這本雜誌的事。」

對方遲疑了一會兒，語帶笑意說：

「是呀……，關於什麼？」

「在電話中請教有點……有點不太好意思，我叫日下守，是個學生，不是什麼可疑的人，嗯……。」

「可以啊。你就過來吧。知道地方嗎？我們家是『戀戀情人』咖啡店，你記一下，我告訴你路怎麼走。」

「戀戀情人」位於車站前最好的地段上，即使不指點怎麼走也找得到。窗戶、遮陽篷和白牆散發著濃濃的南歐風味。店內天花板上有座大風扇慢慢地旋轉著。

週日，店裡客人很多，放眼一看全是年輕人。輕快的背景音樂流瀉著，也有投幣式雷射唱盤的自動點唱機。

「你看，來了個好可愛的男孩。」

說話的是一個約莫三十五歲的苗條女子，寬寬大大的素色毛衣下是件合身的牛仔褲、繫皮繩的涼鞋。雖沒化妝，但飄散著淡淡的香水味，及肩的長髮右邊繫著一條鮮豔的栗色網狀綁帶。

「我是水野明美，水野良之的太太。你是日下君吧。你提到的《情報頻道》，我想可以稍微幫上忙，從出資到停刊後的處理都是我在做的。」

「水野先生呢？」

明美覺得好玩似地笑了：「嘿，他在哪裡呢？那個人啊，出去就像丟掉一樣。」

兩人隔著櫃檯面對面坐了下來。明美親自爲守煮了杯咖啡，說：

「像你這麼可愛的小弟弟，怎麼會對那種色情雜誌感興趣？不過嘛，男孩子往往透過色情經驗變成大人。其實那種雜誌和錄影帶到處都有……。」

「《情報頻道》是色情雜誌嗎？」

「分類上是。不過，想賣得好的話，還不夠色情。有意卻無力。良之那個人總是這樣。」

「妳手邊還留著那本雜誌嗎？」

明美的表情第一次變得認眞：

「你當眞？是不是有什麼事？倒不是懷疑你，不過，你如果不說明理由，我也會不安呢。」

守向她說出一路上想好的藉口：從朋友那裡聽來的，簡直嚇了一跳。說是好像在舊書店裡看到一本《情報頻道》上登著離家出走，許久沒消息的姊姊的相片。

「那個朋友那時沒當場買下雜誌拿給你看嗎？」

「是啊，眞沒想到，他很不靈活呢。」

明美手拿著咖啡杯，陷入沉思。珍珠粉紅的指甲油很顯眼。

「這裡也沒留嗎？我以爲會有線索。」

明美偏頭望著守說：「兩、三個月以前，也有人和小弟弟你一樣來找《情報頻道》。那人是個上了年紀的歐吉桑，看起來像有什麼原因……和小弟弟一樣也很認眞呢。那時，沒賣完的份數還沒交給裁紙商，全放在倉庫裡，結果全被那個人買走了。」

那八成是……。明美的眼光投向一旁的報春花盆栽，說：

「我想，不知道是那個人的女兒還是孫女，總之是那個人的親人，當了模特兒刊登在《情報頻道》了吧，所以他來收購。我爲了這事和良之吵了一架，儘管支付了報酬、做生意，但那還是罪過，對不對？」

「那麼，一本都沒剩下來嗎？」守的心情像極了體溫一口氣降了五度。

「有哇，各有一本。良之要我多留些作記念，我沒聽。不過眞的好嗎？你要找姊姊的話，還有其他方法吧？如果你的朋友說的沒錯，小弟弟，那可不是普通的衝擊唷。」

「沒關係，請讓我看看。」

明美站起來，要守進到櫃檯後面，一個狹窄的、像事務所的地方。辦公桌上放著一排帳簿、寫了日程的月曆。

水野明美是生意人。丈夫良之在她的羽翼保護下，是個說著夢囈還能出手做新型生意的幸福男性。

「這是全部喔，出了四集後就拜拜了。」

把雜誌擺在桌上後，明美就留下守獨自一人。

《情報頻道》是那種在深夜的超商，背對著櫃檯看的雜誌。守一頁一頁很認眞地看，但他突然想到，如果有人看到這個場面，會覺得是個滑稽的場景。

找到了！

守回到店裡，明美隔著櫃檯正在跟一位客人談笑。有人在自動點唱機點了搖滾樂，是一首聽過的歌。

（是的，每個人都有，永遠想隱藏起來的臉，在沒人的地方取出來戴上的臉……）

「找到了吧？」

明美轉身問道。守點了點頭。

「你知道這篇報導是誰寫的嗎？」

是《情報頻道》第二集。守攤開後遞了出去。

在翻開的那一頁上，刊登了四名年輕女性大幅的上半身裸照。每個都很漂亮，即使在粗粒子的照片中，肌膚、頭髮仍然顯得燦爛。她們直率地告白、笑著。

從右邊數來的第二名女子，就是守在相簿中看到過的菅野洋子的臉。

相片下面，有個大標題：

「層出不窮、花樣繁多的色情圈套

坦開軀體拚命賺錢

『戀人商法』女郎的眞情指數座談會」

標題下面，加了一行引用出席座談會女郎的一句話，而且還用引號框了出來：

「我們是銷售『愛』的現代賣春婦」。

## 五

水野明美所告知的地址，是東京都內的一個小鎮，從「戀戀情人」還要再搭約半小時的電車。走出僅有一個出入口的車站，眼前一片綠意盎然，全新成排的房子櫛比鱗次擴展開來，和淺野家所在的小鎮趣味完全不同。

附近沒看到警哨亭，守於是向車站前的不動產商問路。一名正在看報紙，穿著西裝背心的中年男性，順手抽了一張堆在桌子四周的宣傳廣告，親切地在紙的背面畫地圖給他。

「慢慢走的話，大約要十分鐘。」

那是一幢塗著綠色油漆、兩層樓的水泥建築。平屋頂的邊緣和窗框周圍的都毀損了。門已經壞掉脫落，立在牆邊。窗戶沒有窗帘，尾端折彎了的百葉窗是關著的，看來像有一年以上沒擦洗了。

守走上三級矮樓梯，站在門口。塑膠製的門牌上寫著「橋本信彥／雅美」。是水野明美所告知的名字。

守按了沾了灰塵的對講機以後，一旁傳出聲音。

「那東西壞掉了。」

守吃了一驚，四處張望，發現門邊的小窗裡有張被鬍子裹住的臉朝外窺視著。

「修電器的不肯來修理，好笑吧。」

那人呢噥著帶著睡意的聲音，瞇著眼睛。已經傍晚了，卻像剛起床的樣子。

「門沒鎖，進來吧，要印章吧。」對方漫不經心地說著，臉縮了進去。

守打開門，站在窄窄的玄關。

固定的假桃花心木拖鞋櫃損壞得很厲害。看起來像是有人在心情不好時，用力地把什麼很重的東西摔在上面過似的。比如說……酒瓶。走廊上也滾了一地酒瓶。那場面髒亂得像有七、八個人酒後鬧事似的。

「包裹在哪裡？」男人走回來，問道。

「請問是橋本信彥嗎？」守沉住氣問道。

「我是，嘿，印章。」

「我不是快遞人員。因爲想請教關於這篇報導的事，才來拜訪您的。」

橋本看到守出示的《情報頻道》，眼皮跳動了一下。

「很抱歉這麼突然，不過，我實在很想知道一件事。」

「你從哪裡知道我的？」

橋本聽到守說出水野明美的名字後，像是很瞧不起似的點了一下頭，望著守。

「想探聽賣春這種內幕情報，時機還早吧，嘿！」

他那笑的方式，讓人覺得若是在不同的場所和時間，簡直像是找碴要幹架的樣子。

「聽說這個座談會的報導是你寫的？」

橋本閉起眼皮，手按住太陽穴上說：

「我宿醉中呢。小弟弟很快就會懂的，很痛苦，可難受的呢，沒心情和任何人談工作上的事。」

守不肯作罷，央求著說：「拜託，總之請聽我說。我想你會知道我不是因爲好奇而來的。」

對方瞇著細細的眼睛俯視著守，視線移到雜誌後，再度落在守身上，說：

「嗯，好吧，進來！」

窄小走廊的右邊是廚房。正確的說是廚房的遺跡。堆得很高、積滿油垢的碗盤和已腐壞的生鮮垃圾堆積著。要挖掘出來恐怕需要花費不少時間。此處也囤積了許多空酒瓶。蒼蠅在那上面來回環繞著。

守靠近了以後嗅到更濃的酒味，彷彿橋本正在舉行一個人的酒宴，而且並非只要有酒精就行的樣子，酒瓶全是同一個牌子。

「就在那邊找個合適的地方坐吧。」

守被帶到的地方，應該是這個家在建造時設計圖上所規劃的「起居室」。現在已成了工作室。

房間幾乎從中間隔開成兩半。在分界線旁有個大型壁桌，上面也有兩個酒瓶。灰色罩子覆蓋著打字機。旁邊有個獨立的桌子，放著桌上型電腦。一旁立著高達天花板的兩段式滑走型書櫃，書架上塞得滿滿的，和書店的平台一樣堆積著大量的書。在眼睛所見的範圍，守熟悉的書名僅有蓋伊・達里斯（註）的《敬汝之父》。約一年前，守被那書名吸引，以一種「沒有值得尊敬的父親的人該怎麼辦」的嘲諷心情買了下來。

家具全沾滿了灰塵，顯得很落魄。這裡尚未染上灰塵的唯有還有餘酒的酒瓶。

守坐在桌子對面的沙發上。沙發表皮處處斑駁受損，裡面的綿絮都露了出來。看不出是什麼的污漬如孤島般散落著。守心想，不管如何迫切需要，千萬別借用這裡的廁所。換了一絲不苟而且愛乾淨的以子和眞紀的話，既使無報酬也會自願來打掃。

「什麼貴事？」

橋本在守的對面坐下，點上菸。他的年紀大概是三十五歲左右吧，可是那張臉看起來像已屆齡退休的老人家般毫無目標，對那頭散亂的頭髮也毫不在意。

這一次守不揑造，從頭依序地說明了事情的原委。尋訪到此的起因是那個來歷不明年輕男子的電話，還有菅野洋子臨死前說的話，全都說了。

一直到守說完，橋本的菸也沒停過。一根接一根，抽到快燒到指尖那麼短了才丟進用來做菸灰缸的空罐裡。

「是這麼回事呀。」橋本喃喃自語地說著：「菅野洋子死啦？」

「報紙也刊登了。」

守並沒有意識到自己的語氣似乎夾雜著責備（寫東西的人竟連報紙都不看）。橋本微笑地說道：

「說實話，最近都沒訂報。沒什麼大不了的事件，最近的新聞記者每個人的文章都寫得很爛，看了只會生氣。」

「你認識菅野洋子小姐吧？這張相片裡確實是她。」

那篇報導中，四個人的名字並沒寫出來，只以A子、B子稱呼。

橋本的臉轉向窗戶，有一會兒彷彿忘了守的存在似的發呆。然後，終於轉過身來，低聲回

---

註：蓋伊・達里斯（Gay Talese），為美國著名作家、《紐約時報》記者及普利茲獎評審委員。

答：

「啊，是呀。」

「就如小弟弟說的，菅野洋子出席了那場座談會，接受了我的訪問，沒錯。在當時聚集一起的四個人當中，她錢賺得最少，不過，因爲她長得很漂亮，所以我記得很清楚。」

守突然感到心中一塊大石頭落地，不禁一陣暈眩：

「這些人你原本就認識的嗎？」

「不，是開始做這篇報導之前，我到處向業者打探後聚集起來的。當然，付了相當高的出席費用呢。兩小時的座談會，她們每個人各領十萬日圓，還有用餐和接送。」

「十萬？兩小時？」

「刊登臉部照的關係啦，」橋本看到守吃了一驚的表情，笑著說：「原本並沒告訴她們要這麼做，只說是匿名報導，雖然拍照但不會就這樣登出來。她們簡直太輕率了，可能是因爲嚐過輕鬆賺錢的滋味了，警覺心不夠。至於雜誌社這邊呢，當然不可能讓她們大吃大喝、高談闊論就付那麼大筆錢。這點她們連想都沒想過，很諷刺吧。」

橋本一副很有趣似的笑著，繼續說下去：

「所以，事後嚴重的抗議來了，菅野洋子也打電話來了。」

「說了些什麼？」

「她說，這和約定的不一樣，你打算讓我一生就那麼完蛋啦？所以啊，我跟她說啦，沒關係的，你們那些清白規矩的朋友們，絕不會在半徑一公尺以內接近那種不檢點的雜誌的啦，絕對不會曝光的啦。結果，她竟然哭出來了。那女孩，做那種買賣嫌太嫩嘍。」

她是在害怕，守再一次想到她新搬的、才住進去的公寓，換了電話號碼、電話答錄機裡「拚命逃也沒用」的留言。

「那四名女孩也在那時才彼此認識的嗎？」

「應該是吧。在那以後是不是開始走得近了，我可不知道。要是換了我，我可不想和在背後做虧心事的一夥人做朋友呢。」

橋本吃力地站了起來，抓起桌上的酒瓶，探頭探腦地找東西，然後在一疊傾倒的經濟專業雜誌下，抓出了一個沾滿油漬的玻璃杯。

「我可不勸未成年的人喝喔。」

「別客氣，」守心想，就算已成年，我也不願在這裡喝酒。

橋本很快地邊把已喝了半瓶的酒倒進玻璃杯，一邊坐回原處，琥珀色的液體理所當然地濺了出來。

一陣酒香味。

「很特別吧，是威士忌國王之一喔！」

爲了圈住那個國王，這個人似乎把其他的東西都犧牲掉了。還有，從那幾乎把鼻子埋進玻璃杯裡的姿勢推測，對他來說其他事情應該都沒什麼大不了。守的心情變得沉重了。

「小弟弟，她們做的『戀人商法』是啥玩意兒，你懂嗎？」

守點點頭。在來這裡的路上，他在電車裡看了座談會的內容，覺得自己大致了解了。

「你怎麼想?標題下用引號括弧起來的文案，不是她們說的，是我寫的唷。不過，現在想想，錯了。把她們比喻爲賣春婦，她們一定很生氣。因爲賣春的女人是讓付錢的客人搞的。」

一隻蒼蠅發出微小的聲音飛過兩人之間。橋本覺得很吵伸手驅趕，拿著玻璃杯的手指著守說：

「這種比喻如何?小弟弟，假設你是電腦公司三班交替的接線生，或者是運輸公司的司機，或男校的教師也行。總之，工作很不規率又忙得要命，四周的女性少到令人絕望。有一天，突然有一名不認識的年輕女孩打來電話。」

橋本徒手做出把聽筒拉近耳朵的姿勢，突然發出一聲「鈴!」，然後說：

「日下守先生嗎?我是你朋友介紹的，不知能不能和你見個面?由女孩子家開口這麼說，你可能覺得我很厚臉皮，不過，聽說你是個很好的人，現在又沒有特別在交往的對象，所以，能不能和你做個朋友?」

橋本勉強裝出性別顚倒的假聲，向著空中邊眨眼，像是很愉快地說著。若不是在這種狀況下，那景況眞是會讓人大笑出來。

「你剛開始會有戒心，問她是哪個朋友介紹的呀?女孩笑了，說朋友要求守密了呢。後來，打來好幾次，你累了，獨自吃著冷冷的晚飯時，會想，有個說話的伴該多好。有一天，你終於屈服了。和女孩約了見面，心裡想就那麼一次又何妨?反正空得很，對方又是個女孩。」

守盯著橋本的臉，點了點頭。類似這種電話他也接過一、兩次，大多是要求回答問卷調查的宣傳，對方用沒什麼意義的明朗聲音不停地說話。

「沒料到姍姍而來的是個漂亮得不得了的美人兒。兩人不像是初次見面，她很坦白、開朗，又很會說話，一副能見到你就無限快樂的樣子。你也高興了起來，於是，開始跟她交往。剛開始去看電影、散步，帶著便當開車逛。付費的當然全是你。因爲對方是位淑女。然後，你喜歡上她了。這是當然的，又漂亮又開朗，更要緊的是看起來眞的像是迷上你了。」

橋本把玻璃杯擱到桌上，繼續說：

「有一天，她拿著兩張招待券來赴約，說這是人家送的，要不要去看看？而那多半是賣皮毛、和服的展示會、寶石店的優待券之類的。你和她挽著手一起去了。會場上來了很多一樣的情侶，欣賞展示櫃、笑著和銷售員說話。她想要各種東西，不過都很貴。銷售員建議，用信用卡如何？她照做了。然後，央求你，只用我的額度不夠，先借用你的名字就好了吧？或者，也許是你想送她作禮物，也或許對你來說，她是有那價値的女人呢。」

「也有這種情形，」橋本轉動著手說：

「她說，我在金融機構工作，但是規矩太嚴格，正煩惱著呢。尤其現在是宣傳時期，如果沒達到業績目標就會被減薪呢，就算幫我，能不能借我個名義？絕對不會給你添麻煩的。或者是這樣，我在證券公司認識的朋友建議我投資呢，說是不會再有第二次那麼好的機會了。你也試試吧，絕對不會讓你損失的，賺了錢，兩個人一起到國外去旅行吧。或者，用超低價格取得休閒俱樂部的會員權？轉賣的話，很快就能賺到好幾萬利潤唷。你邊做著甜美的夢，邊把存款全數交給她了。她非常感謝，高興得要命，說不定還賞你個吻。」

橋本把酒喝完，稍微歇息了一下，拋出一句：

「一切到此結束。」

然後，他繼續說下去：

「突然不打電話來了。打電話給她也總是不在，偶爾接通了，也一副冷淡的態度。邀她約會，也遭拒絕。最嚴重時是由其他的男人出面接她的電話，而且是那種會讓你緊張得尿褲子的那種男人的聲音。你很煩惱，變得比認識她以前還更孤獨。然後，如當初所計劃的，郵箱裡飛進第一次催繳信。」

我們是銷售「愛」的現代賣春婦。

「買給她的寶石、皮毛大衣、原是想幫她而出借名義的會員權……排列在眼前的是將你半年的薪水化為烏有的待繳數字。直到這時才恍然察覺，**她在做生意！**」

「已經太遲了，」橋本兩手攤開接著說：

「小弟弟付了錢。或者，雖然是亡羊捕牢，不過還是跑進某個消費者中心，學習怎麼寫申訴狀，這麼做說不定能少付些錢。可是，和她共度的那段日子算什麼?在那段期間所看到的……讓他看到的難道都是夢嗎？」

橋本的聲音變得鏗鏘有力了。酗酒者的假面具一剝開，在那假面具下強硬的、嚴厲的、不容許輕易妥協的臉出現了。

「你是傻瓜！不懂人情世故毫無戒心。受到醉翁之意不在酒的報應。至於她，在和你交往時，同時也操縱著幾個和你一樣的男人。做傻瓜夢的不只你一人。就這麼回事。可是，再怎麼傻、無知、性情好，也有作夢的權利。而且，夢不是用錢能買的，也不是能被硬賣的。懂嗎？依偎著你的女人，連那個規則都漠視了。她的腦筋裡想的是你很傻、人很好、很寂寞，只不過擁有能令她滿足到某種程度的金錢而已。」

橋本輕輕地歇口氣，倒了些威士忌後，一口氣喝下去後說：

「我本來並不想把那則報導賣給《情報頻道》。標題也不是那種淺薄煽情的東西。《情報頻道》那夥人，對雜誌編輯的認識，大概就像還在包尿片的嬰兒一樣……」

「可是啊，」橋本再度轉身對著守說：

「在那座談會上，集合起來的四個女人所說的話，我可沒加一句半句的。再怎麼骯髒的話、讓人厭惡的拐彎抹角，都沒必要去加油添醋。那全是出自她們嘴裡的話。全部都是。從頭到腳，一點點的誇張都沒有。這些女孩，長得漂漂亮亮、身穿漂亮的衣裳，連隻蟲也不敢殺。出身的家庭也絕不貧窮，被認眞的雙親撫養長大，在還算不錯的學校受教育，既有朋友也有男友。每年十月，胸前別著紅羽毛走著……那些話都是由這種女孩子的口中滿臉得意地說出來的。聽好，滿臉得意的喔。她們覺得好玩，心中暗喜。反正下班回家也沒人等、週日沒地方可去、在深夜超市買一人份現成的飯回家也很孤單。她們說，所以，從那種男人身上搶錢很愉快。她把男人爲了讓她高興，絞盡腦汁、掏出自己辛苦賺的錢買來送她的土裡土氣的領巾，扔進車站的垃圾桶後忍不住笑了。」

橋本生氣地聳肩，伸手指向守，一股酒臭從正面襲來，說道：

「告訴你，小弟弟，那些傢伙是垃圾！毫無價値的垃圾！所以，那些傢伙怎麼樣，我也不會感到半點同情哀憐。只不過是該付帳的帳單來了而已。」

和橋本分手之前，守把寫著淺野家地址和電話號碼的紙條交給了他，說：

「也許我們委託的律師或警察會視狀況請你把剛才說的話再說一次，到時候就拜託你了。」

橋本聳聳肩說：

「眞是沒辦法。總之，只要清楚地說出菅野洋子可能有追著她跑的敵人，而且，說不定是她厭惡自己，所以也可能自殺不就好了？」

「是的。」

橋本在櫥櫃裡搜尋，取出一本厚厚的資料簿，丟到守的面前說：

「你看看！座談會時的採訪紀錄和照片，也有原稿。」

相片非常鮮明，翻到背面，各寫著女性的名字。

菅野洋子、加藤文惠、三田敦子、高木和子。

「必要時，也提供這個。」

「眞的嗎？」

「嗯。從前也有一次，有個人表示想對其中一人提出告訴，要求我說出當時的詳細情形。那時，我也拿出這個給他看了，這是那人的回禮。」

橋本高拿起威士忌酒瓶給守看。

「告訴變成怎樣我完全不知道，他偶爾會打個電話來，只是這樣，他就很費心地送了個禮來。」

「我們……也會在能力範圍內答禮的。」

橋本向後仰笑說：「嗯，這件事請隨意！」

守眺望著桌上的採訪紀錄和訂起來的原稿，想起水野明美的話：

「那個前來拜訪表示想看紀錄的人，上了年紀嗎？」

「是啊。是個歐吉桑。你怎麼曉得？」

「因爲我也和那人一樣循同樣的路徑找到你。那個人從雜誌發行者水野小姐那裡，把剩餘的《情報頻道》都搜購去了呢。他以誰爲對象要提出告訴呢？」

橋本的指尖輕輕地敲打一張照片。

「這個女人。」

是高木和子。

守拿著《情報頻道》，站了起來。

「總之，採訪紀錄仍請橋本先生放在身邊保管。我會再和你連絡，再來拜訪。如果你去旅行採訪或時間不方便的話，都請給我電話。」守手指著紙條，說道。

橋本用懶散的姿勢坐著不動，打著手勢指著屋內說：

「別癡人說夢了，你覺得現在的我能做旅行採訪嗎？」

「你現在在寫什麼？」

橋本拿起威士忌酒瓶倒上酒，微笑地問道：

「你猜是什麼？」

「猜不出來。」

「和小弟弟一樣的啦，老婆跑走嘍。」

下流的笑聲隨後追趕著走出外面的守。

# 六

「在這裡和這裡寫上名字……印章帶來了嗎？」

坐在和子面前，兩個結伴來的年輕女孩一起搖了搖頭。其中一人臉色很差，一直伸手把垂下來的乾澀長髮從臉前撥開。另一個皮膚長了很多痘痘。和子邊考慮用哪個角度，才能效果更好地讓她們看到自己沒任何斑點的皮膚，邊跟兩個人說話：

「喔，那麼，很抱歉會弄髒手指頭，請你們用大姆指蓋個指紋可以嗎？」

兩人依指示做了。和子等兩人蓋完指紋，遞給她們柔軟好摸的衛生紙。然後，做出鼓動的微笑說：

「非常謝謝。訂契約這樣就可以了。猛一看總金額似乎很高，不過，商品可以用整整一年呢。除法來算的話，其實價格和一套普通化妝品差不多。如果從銀行扣款的話，一個月大約一萬日圓左右，不知不覺中就付掉了呢。」

她又從皮包裡取出淡綠色的招待券，說這是特別的贈禮，一人一張遞了出去：

「這是和我們有契約關係的美容專門店的優待券。沒有期限，任何時間都可以利用，那裡可以做臉，也可享受用海草精的美容霜做全身按摩。不過，你們去的時候別說是我送的，實際上是不能免費送的。這是我的一點心意。」

和子促狹地皺起鼻子笑了，兩個女孩也跟著吃吃地竊笑起來。

這兩個人如果眞的去了指定的美容院，就笑不出來了。優待券免費，指的是在店裡換穿浴袍的租金免費，以及在等候室的時候可以喝稀釋果汁而已。和子完全沒說到做臉和按摩免費。

從逮到這兩人開始便是如此。和子今天站在百貨公司一樓化妝品賣場旁，一心瞄準邊走邊眺望燦爛奪目商品的年輕女性。

她打算在適當的時機搭腔，她們會以爲和子是那個賣場的美容師。接下來，如果和子能先溫柔地搭話，然後牽著對方的手離開賣場，帶她們進到氣氛很好的咖啡店，就勝券在握了。

「兩位的臉型都長得很好呢，」和子的背靠在咖啡店的椅子上，端詳著女孩的臉說：

「問題出在骨骼。只有這一點連美容手術都沒辦法修正呢。我的客人裡也有人這樣，下巴太寬，臉的平衡感已經……」

和子兩眼翻向天花板，手高舉起來，女孩們看了笑得東倒西歪。她繼續說：

「很傷腦筋。即使要求我替她想想辦法也無可奈何。沒辦法，我只好教她用化妝來掩飾，現在看起來就像個美人兒呢。就這麼回事，換成妳們，也會漂亮得讓人眼睛一亮喔。」

和子把請購單、印泥、型錄，以及信用卡公司及其契約單收進皮包裡以後，手伸向帳單說：

「我接下來還有工作，先告辭了。妳們知道一家『帕多拉庫斯』的公司嗎？」

「不知道。什麼樣的公司？」其中一個女孩好奇地問道。

「是在好萊塢的企業呀。和女明星、模特兒訂定專屬契約、擁有很多化妝藝術師的公司。像布魯克・雪德絲（Brook Shields）啦，菲比・凱絲（Phoebe Cates）啦，都因爲有那家公司的化妝藝術師跟著，去掉一身土氣變得高雅了。那家公司即將登陸日本，正在找人呢。我也……。」

「好棒，妳被挖角啦？」

和子僅微微聳肩，沒有回答問題，接著說：

「要看看條件合不合。而且關於化妝方面，不管怎麼說，在保養臉部方面，我們公司的產品絕對好，我有這個信心，所以會怎樣還不知道。」

「好好喔，那種工作，做起來應該很有趣才是。」

「可以這麼說，確實比一般粉領族更有趣。」

和子想拿帳單，其中一個女孩稍微猶豫了一下，和朋友對看了以後很快地說：

「請放著，我們還是決定吃蛋糕。」

櫃檯旁的玻璃櫃裡，並排著各種顏色的法國風味蛋糕。

「啊呀，可是太不好意思了，至少我自己這一份……。」

「沒關係的，妳已經替我們做了各種服務了呀。」

和子微笑了，說道：「喔？那麼就謝謝妳們請客嘍。對了，妳們已經不需要克制吃甜的東西了，只要使用我們的產品，吃的東西不會貯存在體內，皮膚永遠都會保持最佳狀態呢。」

和子推開玻璃門走出去。兩個女孩面對面坐好，和子過馬路之前，轉身向她們揮手，其中一人輕輕點頭，一人還揮手示意。

「帕多拉庫斯」是今天早上從電車車窗看到、寫在根本不認識的公司看板上的名字。接下來有約也是騙人的。

兩個女孩以分期十二個月和兩次獎金所購買的化妝品，其實是在市鎮超市裡的家庭雜貨賣場便買得到的商品。她們卻分別卻花了二十四萬日圓來購買，這當中有一半是和子的收入。

和子現在工作的「東方興產」是頭吸金怪獸，吸取資金的能力像吸塵器一般。目前主要銷售的商品是剛才她硬賣掉了的化妝品、「高級」羽毛棉被、滅火器等。後面兩種由男性業務員負責銷售。

她會轉到這裡就職並非厭倦以前的工作，而是由於耐力不足。要拉攏那些顯少接觸女性，過著忙碌、殺伐氣重的生活的男「客人」，耐力是比什麼都必要的。即便和對方分別五分鐘以後，腦子裡盤算的都是所榨取的金額與所花費的，可是和對方見面時，和子還是得裝出一副很快樂的樣子，必須「樂」在當下才行。

與那樣的工作相比，欺騙女性簡單多了。她們一個個都像手裡拿著內側透明的撲克牌在玩遊戲的賭徒。即使如何地面無表情，只要告訴她們說她們手裡有什麼、沒有什麼的話，以後就能自由地操作了，而所需時間也很短。

如果現在的工作是富於機智諷刺的短篇小說，那麼，佯裝情人，讓男人解開錢包的差事就像演完三幕戲那樣，雖然是在落幕前可擅自退場的戲劇，但是如果台詞和動作沒做好，總會露出破綻來。因爲這樣，和子覺得很麻煩，所以換了工作。

不過，一樣是騙人的把戲。

和子常常想，我以此爲樂嗎？

她始終得不到答案。就像按錯鍵時的電腦一樣，身體的深處不知哪裡發出失誤了的聲音。即使不加理會，仍然無法前進。

和子的手腕高明，擁有從事「戀人商法」時不可或缺的演技能力。不用說，那是一種比誰都能更快欺矇自己的才能。

高收入、能做想做的事，曾有段時間她到處旅行，也曾有過一個月出國旅行兩次的經驗。護照簽證全都蓋滿、變黑了。儘管如此，如今回想起來，並沒看過印象特別深刻的土地和風景。

很奇怪的是，和子只記得機場的風景。世界上的任何地方，只不過是人在前往目的地中途落腳、通過的場所而已。

有一次，她突然想到，我不過是想把賺到的錢全花光，精神失常似的這裡那裡地飛來飛去而已。所以，儘管只是飛到過某處，就算只留下登陸的腳印，心裡就滿足了。

然後，爲了賺下一回的錢，再度回到都市。

最初只是爲了錢，眞的只是這樣，爲了想開始做些什麼。

如果眞想開始做點什麼的話，並不需要錢——和子沒想過，其實這不需要花費比正當勞力所得還要多的錢。然後，不得小心翼翼地做點什麼以後，事情本身逐漸開始產生了意義。只是沒想到，夜路走多了終於會碰到鬼。

不喜歡太平凡的工作。無論走到哪裡，女人被分派的差事都千篇一律。只不過有如蛋糕外層的鮮奶油或奶油的不同而已。腐壞的時期和被扔掉的時候都一樣。

在《情報頻道》雜誌主辦的座談會上認識的三名女性的動機也相同。想要錢、想從無趣的工作稍作逃避。她們都一樣美麗，但是，只是美麗而已，缺乏生活上必要的運氣。

菅野洋子說過不想靠家裡的錢去國外留學，加藤文惠很想從立下嚴格規矩的工作場所逃出來，於是辭掉了精品店的差事，三田敦子則厭倦了女人之間早晚發生小衝突的保險公司的職務，另謀出路。大家都說，要是存夠了前進下一個階段所需的資金，就立刻辭去這份詐欺的工作。

在那個座談會上，她們笑得很開心，像被烈酒灌醉了似的喋喋不休。她們之所以笑，是因爲不笑就無法說出那些話來。

這一切都是笑話。就像那些擺了難看的姿勢，看了就討厭的照片一樣，永遠要被封鎖在漫漫人生的這本相簿之中。

那兩個女孩付得起二十四萬，和子心想。不，先不管實際上究竟能不能支付，她們在與和子談話之間，雖然僅僅一個小時，但至少還抱著「能支付」的幻想。對現在的和子而言，重要的是那份幻想。

一時的短暫情人，留下高額帳單的她的「客人們」也一樣。

曾經如此心心相印、如此幸福，是眞的嗎？他們如此想著，但卻仍然相信著那種幻覺，所以才會被和子給騙了。他們只要稍有疑惑，顯現出那麼美的事並不會降臨到自己身上的幻滅感的話，和子便會隨時停止演戲。因此，中途「退出」的男子還是不少。

成爲和子「客人」的男人，天眞得讓人生氣。就像相信把脫落的乳牙拋到屋頂上，第二天早上枕頭下就會出現錢的孩子一樣。

所以就算做了這樣的事也無所謂，反正無傷大雅。

和子自己也沒察覺自己的內心深處越來越相信：只要花錢就能如願、想要的東西都能到手——能變漂亮、變瘦、每天快樂。就像那兩個女孩一般，對突然現身的女性越是毫無戒心，和子反而憎恨起那些每天被生活和工作追著跑的認眞男人了。

因爲，她已失去了任何幻想。

因爲大禍臨頭了。

她深切地知道，被她奪取了某些東西的那些男人並不曾想到：那些娘兒們下一回絕對、絕對同樣會被奪去某些東西。

快傍晚了。今天就到此結束。那兩人是大肥客。一天裡太貪心的話，不會有好下場的。

和子看到車站前並排著的公共電話，停下腳來。

昨天幾度想打電話回老家但都沒打。尤其是拜訪了菅野洋子老家以後，當她發現自己竟有一段怎麼都想不起來的空白時間時，她害怕得發抖，甚至想過乾脆回老家算了。

但之所以沒這麼做，是因爲想起嫂嫂的關係。距這裡搭電車不需一小時，她出生、成長的老家，現已變成兄嫂的家了。和子的母親也不來探望住得並不遠的女兒，只是經常寄東西給她而已。主要是因爲嫂子討厭母親和和子兩人在一起談些喜歡的話題。

打電話回家時，雖然嫂嫂會說：和子，來玩嘛。婆婆已經不年輕了，最近，腳好像受了傷，妳不過來她也沒辦法和妳見面，婆婆很寂寞呢。

來住嘛，回家吧，別客氣。嫂嫂說完，把電話掛上。然而，從把聽筒拿開到掛回去的那一瞬間，和子很清楚地聽到重重的嘆息聲。啊，這個月花費又增加了。小的孩子感冒發燒，就算不是這事還是很忙，我的時間又減少了。那聲嘆息，比說出來的話還要清楚坦白。

那聲嘆息，其實並沒有深意。全世界幾萬個嫂嫂，站在相同立場流露出相同的嘆息。她周遭所發生的微不足道的糾葛，正如夏日傍晚時的驟雨般來了又走。

然而，和子藉著嫂嫂的嘆息，窺伺到自己內心深深的空洞——沒地方可去的空洞。既然察覺到了，那麼，就用鏟子掩埋還來得及塡補的洞穴吧，可是她卻只站在洞穴旁害怕得無法動手。

和子放棄打電話。

在回公寓路上擦肩而過的人潮中，她想到了，她用和那兩個相信她信口開河，將憧憬的眼神射向她的女孩一樣，不，是比那更強烈的、幾乎接近祈禱的眞摯力量，她許了個願。

如果有「帕多拉庫斯」的話就好了。啊！眞的，如果「帕多拉庫斯」眞的存在的話，那該有多好。

## 七

守回到家裡時，天已經黑了。

頭很重，太陽穴抽痛著。雖說是帶著好消息回家，可是他卻一點也高興不起來。

對大造而言，確實是好證明。發生車禍那晚，菅野洋子在逃躲。也許是逃避自己，也許是有人追趕著她。有了她必須在夜路奔馳的理由，而且還很多。

然而，即使知道了這些，菅野洋子已死是不變的事實。時間不倒轉的話是無法幫助她的，而且今天查明的事實如果揭露的話，對她而言更是一種二度傷害。

儘可能不用到這些東西就能拯救姨父。離開橋本後，守的腦子想的都是這個。

「我回來嘍。」

守打了招呼之後，有人在走廊上跑。是眞紀。正想說我回來啦，她已飛奔過來。

「等、等一下……怎麼啦？」

眞紀抓住守的襯衫衣領，一直哭著。以子也跟在後面。以子的臉一半裹著繃帶，張著剩下的一隻左眼笑著說：

「佐山律師來電話了，說是目擊者出面了。」

眞紀抓起守的襯衫擦著眼淚。

「證人出面了。說爸的號誌燈是綠色，是菅野小姐自己衝到車子前面被撞的，說出這種證言的人出現了。」

眞紀搖著呆立不動的守的手腕，重複說：

「知道嗎？有人在場呢，看到了呢，目擊者出現了呢。」

第四章

# 接通了的鎖

# 一

重複、重複、重複。

在警察局，他所做的事也僅是如此。就像被連續喊ＮＧ、演技拙劣的演員一樣，相同的場面一直重複著反覆來過，直到有人發出ＯＫ的信號爲止。

再問一次。一名刑警說著，至少已問了五、六次了。他順從地回答。不知道是五次或六次，回答都一樣。然後，其他的發問會跳出來，從另一名刑警的嘴裡吐出來的，還是那句開場白「再問一次」。

人人絕非平等。有貧窮的人、富有的人；有能力的和沒能力的人；生病的人、健康的人。但儘管如此，仍然有人人皆平等的唯一場所，那就是法庭。這種話，從前在學生時代就聽過了。現在，在這裡，他將那句話做了一個小小的修正，警察局也算。

在這裡，他的常識無法用上。來到這裡之後，對他有幫助的朋友也無法伸出援手。刑警們始終操著客氣的語氣，很有禮貌。想抽菸時也能抽，可是發問卻毫不留情、很執拗地，如果回答和先前稍有不相同，就會被當場制止：請等一下，你剛才應該是這麼說的……。

他覺得自己是一整塊乳酪，刑警是在乳酪旁邊繞著跑的老鼠，從這邊又從那邊，老鼠的小牙齒每次都從不一樣的角度咬住不放。只要一個不小心在微不足道的地方被咬到了，他們就知道咬到的可不是眞的乳酪。

要不是事實如此單純，我也可能無法堅持到現在，他如此想著。然而，想起自己身為企業家，無論身處何種狀況，經常受到他們保護，使他願意對刑警們的堅持給予直率的稱讚。

「目擊車禍的時候，你人在哪裡？」

「走在菅野小姐的後面。」

「距離有多遠？」

「嗯……，大約十公尺吧。因爲她慢慢跑向十字路口，所以距離逐漸拉遠了。」

「你在那裡做什麼？」

「走著。」

「時刻是幾點？」

「大約凌晨過十二點。」

「在那種時刻，你要去哪裡？」

「在那附近，有個朋友住在那附近的公寓，正要去拜訪她。」

「說是附近，大概有多遠的距離？」

「就在同一區。走路約二十分鐘吧。」

「有那麼久嗎？爲什麼走路？剛才你說和菅野小姐一樣，在大馬路旁下了計程車，從那裡開始走路的。爲什麼？直接搭計程車到朋友的公寓不就得了？」

「去找那個朋友的時候，我總是搭計程車到適當的地方，然後下車走路，這是習慣。」

「很少見的習慣，爲什麼？」

「我現在所做的事業已獲得某種程度的評價。」

「可以說是高評價喔。」

「謝謝。不過也因爲這樣，身邊容易發生麻煩的事，換句話說……。」

「我替你了說吧。因爲，身爲當紅的『新日本商事』副總經理，深夜悄悄地去女性朋友的公寓，這種場面，萬一被人撞見的話會造成困擾，也會變成緋聞。即使不至如此，傳到太太耳朵裡也不是愉快的事。對吧？」

「……是的。」

「她接受你的經濟援助生活。你在深夜去她那裡，還得避人耳目。爲什麼？」

「……。」

「井田廣美小姐是你的情婦？」

「一般人是這麼說的。」

「那麼，我們也來一般性的談談吧。井田廣美小姐是你的情婦。在目擊車禍那晚，你正要去她的公寓。對吧？」

「是的。」

「你太太知道她的存在嗎？」

「說不定知道，我不曉得。總之，以後就絕對會知道了。」

「你看到的計程車是什麼顏色？」

「看起來像墨綠色，但不大確定，是暗色的沒錯。」

「計程車載著客人嗎？」

「看起來像是空車。」

「從你在的地方看得到十字路的紅綠燈嗎？」

「可以。」

「爲什麼？」

「嗯……。需要特別理由嗎？號誌燈就在行進方向的正前方，而且我也正要過十字路口，很自然就看到了。」

「記得計程車車號嗎？」

「哪一輛？」

「你說你看到的、發生事故那一輛啊。」

「不，倒沒記得。」

「是個人計程車，還是法人？」

「不知道。突然發生的事，沒看那麼清楚。」

「原來如此。發生車禍後，你怎麼做？」

「馬上走向井田廣美的公寓。」

「噢……，那又爲什麼呢？車禍就在你眼前發生喔，沒想到過要做些什麼嗎？」

「當時想，萬一被捲進去可糟了。何況車禍發出的聲音已經吸引了很多人聚集過來，我想，會有很多人出來救人。」

「被捲進？可是，車禍和你沒關係吧？」

「我想若是因此人知道我人在那裡，很不好。」

「也就是說，你跑走了，是吧？」

「……是的。」

「到井田廣美小姐的公寓是幾點鐘了？」

「稍微繞了點遠路，已經過了凌晨十二點半。」

「待到幾點？」

「離開房間大約是兩點半的時候。」

「這麼說，你那天晚很晚才回家，你太太什麼都沒說嗎？」

「什麼都沒說，我晚回家是常有的事。」

「了解。你從現場跑走，是因爲害怕在根本毫無關係的地方被發現的話，別人會想，夜那麼深了，你竟還在那裡？」

「說害怕有點超過，我只是想，那樣不好。」

「失禮了。我們是考慮你的立場說的。你太太是你擔任副總經理的新日本商事的總經理，也是創立者的獨生女。沒什麼，我們只是敘述事實而已。」

「是的。而且實際上經營公司的只有我而已。」

「喔。你跟井田廣美談到車禍了嗎？」

「沒說。」

「為什麼？」

「不想讓她擔心。」

「好險。萬一不幸被捲進去的話，兩個人的關係可能因此曝光。你不想說是因為怕她擔心？」

「正是如此。」

「原來如此。你在看得見十字路口的地方。被害者跑過去，那時，計程車前進方向的號誌燈是……。」

「綠燈。沒有錯。」

「也就是說，被害者菅野小姐那邊的號誌是紅的？」

「是的。她不管紅燈，衝了出去。」

「你想，她為什麼這麼做？在現場時，你怎麼想？」

「夜路。我以為她可能急著回家，她是個年輕的女孩。在十字路口上，計程車開過來的那一邊，有一棟用帆布蓋著還在施工中的公寓。視線很糟。我自己在車禍發生以前，也都看不到開過來的計程車。菅野小姐應該也一樣，這是常有的事。」

「被害者穿什麼服裝？」

「不記得。我想是黑色的套裝，長頭髮，很漂亮的女孩。」

「噢，你只走在後面，連臉長什麼樣子都知道？」

「我跟她說了話。」

「**說了話**？說些什麼？」

「在通往十字路的道路轉彎處前面，我從計程車下車的地方，注意到走在前頭的她。她走的方向和我一樣。我叫住她，問了時間。因爲我的錶稍快了一些。」

「爲什麼要問時刻？」

「要去找井田廣美，我想知道時刻比較好。說不定她已經睡了。」

「不需事先通知，你就去井田小姐的公寓？」

「是的。」

「你問時間的時候，被害者怎麼樣？」

「被不認識的男人一叫，吃了一驚。不過，我客氣地問過後，她倒回答得很清楚。」

「幾點鐘？」

「十二點五分。菅野小姐告訴我的。」

「之後，她就從那裡開始跑的嗎？」

「不。還繼續走了一會兒。我雖然不是什麼可疑的人物，不過，在夜路和不相識的人走得這麼近總覺得討厭吧。所以，她的腳步越走越快，不久就跑起來了。」

「你不覺得不自然嗎？」

「不。一個年輕女孩，有這種行動不如說是很自然。」

「所以，車禍發生了？」

「是的。不過，她衝到十字路口的那部份責任我也需要負擔。」

「責任論，如果追究到那種程度的話，會沒完沒了的。我們認爲，你後來跑走這件事才是問題。」

「我知道。」

「經過我們的調查，我們知道車禍發生後聚集在現場來的人當中，沒人看到你跑掉。」

「那當然。正確地說，那是因爲我不是在車禍發生後立刻跑掉。發生車禍時我就在場，只不過是沒引起注意地躲在隱蔽處。」

「呵呵……」

「立刻逃的話，反而會引人注意。我等到附近的人在十字路口聚集並開始騷動時，才混進人群裡，然後伺機離開那個地方。」

「如果你當時出於保護自己，採取了那麼愼重的行動，那爲何現在又要自報姓名出面呢？」

「如你所知，我在警界和媒體界都有朋友，很熟的……」

「看來的確如此。」

「我向他們詢問這個車禍。我心裡還是記掛著。後來我聽說沒有目擊者，是司機單方面的過失，遭到警方逮捕。我吃了一驚，因爲事實並不是如此。」

「司機不是說謊？」

「是的。他那邊的號誌是綠色的。是菅野小姐自己沒管紅燈就衝出去了，我看得很清楚。我現在也很後悔那時逃走。如果我當場作證的話，司機也不用被拘留，事件就結束了吧。」

他抬起頭，斬釘截鐵地說道：

「我有情婦，與太太不和。確實是個家庭出問題的男人。可是，我不是那種眼睜睜看著無罪的人受苦卻見死不救的人，所以我才出面。」

「很有心。」

## 二

又過了一個無法入眠的夜，天亮了，淺野家三個人在餐桌上見面。

「總之，在家裡等佐山律師聯絡吧。」

以子一邊煮咖啡，沉著地說著。在孩子面前，她努力地壓抑著語氣。

「就算看到現場狀況的人出面了，也不一定馬上就萬萬歲了。」

「我今天不去上班。」眞紀說。

「我今天也要在家。」守也接著說

「你們呀……。」

兩個孩子異口同聲地說道：「意見無效！」

以子藉口兩個人會干擾她打掃，把兩人都趕上二樓，並把塞滿衣物的籃子遞給眞紀。

「晾好喔，晾得整整齊齊的。」

眞紀邊發牢騷，邊走上樓去晾衣服。站在似乎要滿溢出來的晨光中，眞紀優雅地伸著懶腰。

「秋高氣爽呢，感覺上好像會有好事發生。」

希望有好結果出現，守也有同感，但是卻隱含著和眞紀稍微不同的意思。

目擊者是什麼樣的人物？警察會信任到何種程度？那證詞能讓大造的處分翻身嗎？

最可喜的是，那人的證詞能改變一切現況。那麼，菅野洋子所做的事、她的過去不需揭露就能結束。因爲懷著這樣的想法，守並沒有告訴以子、眞紀關於昨天一天的發現。那些《情報頻道》也被他塞到書架後面去了。

他心裡裡特別記掛的是洋子的妹妹由紀子——穿著和服，和洋子一起站著微笑的那張臉。

如果她知道了姊姊從事疑似詐欺的差事賺了大錢，爲此還被威脅、逃躲的話，她的生活會發生什樣的變化？剛要開始就職，步入社會的她，能夠閃躲得掉這無法預期的濤天大浪嗎？一想到此，守的情緒無來由地憂悶了起來。

如果可以的話，希望洋子小姐所隱瞞的事實，能永遠地隱瞞下去。如同擔心著大造的安危那般，守也強烈地期盼著。

「守，來一下。」

眞紀從門的暗處窺望著，小聲地喊：

「喂，我不在的時候，有電話來嗎？」

「不，沒有呀。」

「哦……」眞紀垂下眼。

「前川先生嗎？」

她點點頭，守伶俐地反應道：

「不過，我白天也不在呢。也許對方也在擔心妳呢，打去公司問問看吧？」

「好哇，」貞紀恢復了笑臉，「等一下打打看。」

此時，樓下的電話鈴聲響起。兩人瞬間互看了一眼後，急速奔下樓。一隻手拿著撢子的以子也跑過來，但還是守速度最快。

「你好，是淺野家。」

「日下嗎？」

是能崎老師的聲音。守不由得伸伸舌頭，伸出一隻手向以子和貞紀示意「不是、不是」。

「我是。很抱歉、還沒跟您聯絡，其實今天……」

「馬上到學校來！」

「咦？」

「有急事。快到學校來，到我的辦公室後再跟你說明。」

電話卡嚓一聲掛斷了。

「學校打來的？」

「嗯。」

守看了一下話筒才掛下電話，那無能的老師非常急的樣子。

「要我立刻去學校。」

「笨蛋！你又沒事先打電話請假啦？真沒法子。快準備，如果有好消息，會馬上打電話告訴你。」

守被以子戳了一下，只好聳了聳肩。眞紀邊笑著表示自己也得跟公司聯絡，邊拿起聽筒。

然而，學校發生的並非好笑的事。

能崎老師在英語科教職員室等著守。他叫守站在一旁，從頭開始說了：

「前天，星期六下午，發生了偷竊事件。」

光是這幾句話，守便知道接下來要跟他說什麼了。

「什麼東西被偷了呢？」

「籃球社的社團房間裡這個月的月費，還有，新年校外集訓營住宿用的費用全不見了。」

籃球社。三浦的臉閃現了出來。

「多少錢？」

「總共約五十萬圓，包括了社團二十二人一個星期的住宿費。」

守閉上眼睛，竟然有這種事，又賴到我頭上來了……

「這麼一大筆錢，爲什麼放在社團辦公室？」

這所高中的男子運動社團並沒有設置女性經理。這是體育科主任、籃球社團顧問岩本老師下達的命令，從五年前起便實施的鐵則。

「你們又不是專業經理人，洗制服、補制服都在社團裡自己做，對這事有意見的傢伙就退出！」老師這麼說。

所以，社團收費和管理都由團員自己處，全部由一年級生擔任，籃球社團方面則由一名叫佐佐木的學生負責。

而佐佐木也是三浦那一夥的。

「錢鎖在社團的保管箱裡，社辦的門也鎖著。籃球社的團員在星期天早上要練習的時候發現錢不見了，兩個鎖都被螺栓剪鉗給弄斷了。」

能崎老師蒼白著臉繼續說：

「日下，推測錢被偷的時間是在籃球社週六練習結束後的下午六點鐘，到第二天早上社員來練習的週日早上七點之間，這段時間，你人在哪裡？」

「在家。」

「跟誰在一起？」

「家人都不在。週六晚上九點左右，有朋友來找我，那以後就自己一個人。」

守有點忍不住地問：

「怎麼回事？懷疑我嗎？」

「星期六白天，在教室，」能崎老師沒有回答，很嚴厲地說：「佐佐木、三浦和綱本三個人在安排新年校外集訓的旅館時，你就在旁邊，他們說你聽到他們的談話了。那時候，也提到錢，他們提到把錢放在社辦不知道會不會有問題之類的……」

「我也聽到了嗎？所以，小偷是我？」

又是三浦，全是他，而綱本也是三浦的小跟班。

「他們說，除了你之外，外面沒人知道錢的事。」

「我也不知道錢的事呀。我什麼也沒聽說。你只相信佐佐木和三浦說的，不信任我說的嗎？」

他們一夥人串通好的，一目了然。

那晚，大姊大帶著弟弟來家裡玩，是因爲守在白天說過「今晚我一個人看家」，三浦他們也聽到了。如果設計週六晚上陷害他，那麼，就沒有人能提出守的不在現場證明了。

守心想，被設計了。

「籃球社團內部怎麼樣？大家應該都知道錢的事。」

「不是社員們做的。」

「爲什麼能這麼斷言？」

能崎老師不說話了，看得到他的太陽穴在跳動。

「爲什麼是我？」守反覆問道：「爲什麼？」

不必回答也知道，看老師的臉就能判斷了。

小偷的孩子就是小偷，清清楚楚地寫在他臉上。

能崎老師當然也知道守的父親的事。全校的學生、老師都知道。三浦他們在把事件挖掘出來之後，便到處散播謠言，像散播足以讓學校停課般嚴重的傳染病似的，傳遍眾人的耳朵。

守彷彿被一把鈍鈍的刃物宰割似的，心裡泛起一種絕望的感覺。又來了，完全沒變。

「岩本老師也這麼說嗎？我是小偷？」

「老師採取了籃球社全員停止練習的處分，就算找到錢，新年的集訓好像也取消了。首先，是管理上的失誤。他好像也聽了三浦他們的說法，不過岩本老師要以老師的身份進行調查。」

守這才稍微感到有救了。被學生喚作「鬼岩本」的老師的確很嚴厲，且頑固不通，不能容許事情做得半吊子。若說要調查，一定會把學校整個都翻過來調查到底。

「老師怎麼想？」望著能崎老師蒼白的臉，守問道：

「他認爲是我做的嗎？」

教師沒回答，看也不看守，過了一會兒，突然冒出一句：

「我只希望你告訴我事實而已。」

「那很容易。我沒偷，就這樣。」

「只有這樣嗎？」教師不客氣地說道：「只這樣嗎？」

守突然想到大造所處的狀況，心裡很疼，感覺自己能理解他的心境。不管是誰都好，請相信，我說的是實話。

守不禁生氣了。這一切都很無聊。爲何得站在這裡忍受如此的數落？你，會害怕吧。守很想衝著閉著嘴、眼神移開的老師這麼說。自己的學生發生了如此不好的事情，想必他光想到這一點就坐立難安、害怕得不得了。

「我要休息一段時間，」守對著門，只說了：「我想，我不在的話，比較好做調查。」

「自我禁閉嗎？」

「不是，休息而已，」守再也無法壓抑，脫口而出：「請放心，我不會向教育委員會控訴人權被侵害的。」

「別說傻話……」教師的臉又蒼白了起來。

「老師，請告訴我一件事。社辦和保管櫃的鑰匙是什麼樣子？」

「一般鎖頭。鑰匙在岩本老師那裡。」

守心想，就算我有很糟的夢遊症，有在無意識中潛進哪個地方的習慣，也不至於用螺栓剪鉗切斷洋鎖。如果只是一般鎖頭的話，幹嘛用那麼笨的方法？

那是外行人幹的，老師！

守離開學校時，腳步相當沉重。與其說是下樓，不如說是快速往前滑。

他想，不能回家。以子雖然生了像眞紀那樣藏不住話的開朗女兒，但她不知是在哪裡累積的修行，擁有能看透孩子心事的本能。就這張臉回去的話，只會讓她增加無謂的煩惱而已。

他突然想起來，急忙拿起出口處的公共電話。說不定以子已打電話到學校知會他，佐山律師傳來了好消息呢。

「什麼都還不知道呢！」鈴聲才響了一次，以子就出來接了，她有點沮喪地說。佐山律師說，警察表示還有各種事情需要調查，要我們再忍耐兩天。

守掛掉電話，有人在背後出聲跟他打招呼。

「日下！」

是宮下陽一，他正喘著氣說：

「啊，找到了眞好。我和時田一直在找你呢。」

「謝謝，不過……」守噓了一口氣問：「怎麼啦？你這副模樣！」

陽一全身是傷。右腕從肩膀吊著繃帶，左腳的趾頭也包著繃帶，因爲鞋子穿不進去，就拖著光腳。嘴唇旁邊裂了，長出瘡疤，而且右眼皮還腫著。

「騎自行車跌倒的，」他慌張地說：「我真的很遲鈍呢。」

「話是這麼說，摔得可眞嚴重，手呢，有沒有骨折？」

「嗯，刮到一點點……。」

「刮到，為什麼？」

「沒什麼大不了，是醫生太大驚小怪了，」陽一雖然做出笑臉，但只覺得那樣子好可憐。

「你不是正在畫要參展的畫嗎？沒關係嗎？」

「沒關係。這種傷，很快就會好的。先不談這個，日下，你怎麼辦？」

「怎麼辦……」守輕輕地笑著問：「要怎麼做才好？」

「那，全都是胡說，」陽一使勁地抿嘴說：「完全沒根據，是三浦他們捏造的。」

「我也這麼想。」

「為什麼能崎老師只相信那些傢伙說的，就不相信你的話呢？」

「那個啊，八成因為我是侵占公款犯人的兒子啦，」守忿忿地說道，看著陽一那溫柔的臉，他一直忍耐著的反抗爆發了，「你難道不這麼認為嗎？孟德爾（註一）所說的遺傳法則什麼的，不是也這麼講嗎？」

陽一眨著眼望著守。守擔心著，他會不會哭出來？

然而，很意外的，陽一用很堅定的聲音說道：

「你知不知道用平假名『つるさんはまるまるむし』（TSU RU SAN WA MA RU MA RU MU SHI）

——『鶴先生是圓圓虫』（註二）畫的人臉？」

「你說什麼？」

「就像胡亂用平假名『へのへのもへじ』（HE NO HE NO MO HE JI）（註三）畫臉那樣。我小的時候，我老爸常畫，我覺得很好玩，不過我央求老爸也畫畫其他東西，比如說電車啦花啦什麼的。然後呢，我老爸就帶我去附近的繪畫教室。我老爸眞的很不會畫，他只會畫『鶴先生』。」

陽一微笑地說：「我將來如果當了畫家，想用『鶴先生』當作簽名呢。不過，我一畫『鶴先生』，就畫得很像老爸的臉，眞是傷腦筋。」

三

隔天、再過一個隔天，大造仍然沒回來。

---

註一：孟德爾（Gregor Mendel）十九世紀末的奥地利神父，利用分析歸納出遺傳法則，而被人稱遺傳學之父。

註二：鶴是日本名門家徽常用的圖案，可變化出各種圖樣，例如鶴丸（圓形中有鶴）、舞鶴、鶴發等。

註三：文字遊戲之一，用平假名へへ（眉毛）、のの〈眼睛〉、へ（嘴巴）、じ（輪廓）七個假名畫臉的遊戲，也叫做「へへののもへじ」。

調查到底進行得如何?雖然淺野家三個人的臉上各自映著焦慮和疑問，但仍然只能堅忍地等待。

守每天早上裝作一副要去上學的樣子，其實是到「月桂樹」打工去了。當他自己決定暫時不上學以後，就直接到「月桂樹」去跟高野說明事情的原委，請求讓他待在書店。

「你決定不去學校，要工作嗎?」

「不是這樣，」守回答，說道:「不過，萬一被退學的話，那又另當別論。」

「別這麼軟弱，一定會逮到眞正的犯人。」

然後，守提到目擊大造發生車禍情形的人出現時，兩人都很高興。

「一定會有好結果，別著急。」

書籍專櫃的店員們對平常日子也出現的守，都露出吃驚的表情:

「怎麼啦?學校呢?」女史的表情顯得特別疑惑。

「這個……」

「學校停課了，對吧。」佐藤啪地拍了拍守的肩膀。

「咦?奇怪!距離流行感冒時期還早呢。」女史完全不放鬆。

「啊，妳不知道哇?最近腮腺炎在大流行哩。」

「腮腺炎?」

「是啊。安西小姐，妳小時候感染過嗎?」

「不，沒有!」

「那麼，最好注意一點。最好也告訴妳男朋友。男性感染了的話，後果很嚴重的。」

「啊，眞的？」

「是的。精子會不見的唷，可傷腦筋呢。」

佐藤裝模作樣地說完，在女史看不到的地方對守擠眉弄眼示意著。

「謝謝！」

「不用謝，有你，我可就得救了。你看來好像有什麼心事，嘿，別想太多。不去學校又不會死。」

這時已接近十二月，針對歲末商戰所發行的月曆、記事本之類的小冊一股腦兒地湧到書店，工作很忙碌。守也跟著忙得團團轉，把大造的事、五十萬日圓的事全拋到了腦後。

週四午休在倉庫休息時，牧野警衛來了。問道：

「哦，少年仔，翹課來幹活兒啊？」

一旁的佐藤站在紙箱上，邊揮手，邊唱了一段〈聽好，萬國的勞動者〉。眞是好歌喉。

「辛苦了。我可以坐嗎？」

「謝謝。」

「話說回來，你眞的二十六歲嗎？你父母眞不幸哪。」

守忍不住噗嗤一聲笑了出來。「牧野先生你呢，情況如何？」

「全身灌飽了百分之一百二十的能源哩。閒得發慌。」

「閒？客人這麼多！」

牧野也是一副不解的表情，說道：「哪，不僅我這麼覺得，問其他賣場的伙伴也是這麼說。」

「果然，是因爲景氣好的關係。」佐藤悠哉地說道。

「笨蛋！景氣越好、小偷越多，不景氣時變多的是強盜。何況，景氣變好應該不是最近的事吧。」

「是客人的水準變好了。」守說道。

「很難說。我聽說不知哪個社區還在舉行意識改造講座……。」

正在這時，高野探出臉來，表情顯得很緊張，高聲喊著：「牧野先生！」

警衛跑過去。守和佐藤相對看了一眼。很快地，牧野又跑回來說：

「喂，打一一〇。有客人要從屋頂上往下跳，正亂著呢。也要通知消防署，不過萬一警鈴一響，就怕人會跳下去……」

牧野拋下這幾句話，又不見了。佐藤飛奔著去打電話，守尾隨在牧野背後。

當他跑出通道後，便看到三步併兩步跑上去的高野和警衛。店內播送的音樂，從古典音樂變爲輕快的流行歌曲，那是爲了通告全店發生了緊急事態。

守跑上樓梯到了屋頂以後，只見通往迷你庭園和兒童遊樂場寬闊的屋頂庭園門前，看熱鬧的人逐漸增多，正擠在那裡。守在人牆的前面抓住一個店員問道：

「人在哪裡？」

「好像是在供水水塔那裡，是一個女孩呢。」

守向右轉，跑到下一層樓，往相反方向跑去。屋頂的簡圖浮現在他腦海。自從被錄用以來，爲了及時應付客人的詢問，他早已把店內的位置背得滾瓜爛熟。

他跑向立著「除工作人員以外禁止進入」牌子的通道，拐過角落，有一扇鐵製的防火門，打開門，眼前出現通往屋頂的窄樓梯。他記得在進行檢查和打掃時，曾看過作業員出入。

爬上低矮的樓梯，前面有一扇半開著的門，門的上半部有纏著鐵絲的玻璃，明亮的陽光照了進來。

門上的鎖是提包型鎖頭。由於賣場裝潢得富麗堂皇，外人看不出來其實這棟建築物相當的老舊。警報裝置和電子鎖都是後來才裝上去的，如果不像攀岩那樣爬上大樓牆壁，根本無法潛入這個通往屋頂的出入口。

守摸索著身上的每個口袋，像個吃飽喝足後假裝找錢包卻一溜煙跑掉、白吃白喝的人一樣。找不到可使用的東西，旁邊沒有女生，連髮夾都沒有。

就在這時候，他想到了胸前的名牌。名牌後面有一根長三公分的安全別針。

如果說圓筒鎖是迷宮，那麼，洋鎖就像規劃整齊的出售地。守才蹲下一分鐘，就啪答一聲開了鎖。守愼重地打開門，從屋頂上探出臉來。

陽光意外地強烈得令人忍不住皺眉，很刺眼。

一如所料。

守的前面有個水泥牆幫浦倉庫擋著，再過去就是供水水塔。

那個女孩背對著他，坐在水塔最上面。從守的位置只能看到女孩穿著紅色毛衣的後背和頭部。守抬眼一望，只見女孩子正慢慢地向屋頂圍欄方向移動。

她是怎麼爬上去的？水塔高兩公尺。守不禁愕然！雖然即使沒有梯子也可能爬得上去，不過，這對女孩而言是個大工程。若是被野狗狂追、拚死逃竄那還另當別論，可是這裡是超市呢。

女孩已經移動到水塔邊緣了。供水水塔就在圍欄旁邊，如果從那兒往下跳，那就不是掉到屋頂上，而是直達六樓地面的直達車了。

女孩背對著守，沒發現他。她的視線似乎停在企圖說服她、聚集在一起的人群。

守從供水水塔角落的陰影處探出頭來，窺伺了一下對面。

從守的方向看，勸說者在右手方向，距水塔五、六公尺的地方，站在最前面的是女警衛。旁邊扭擰著雙手的中年女性，應該是女孩的母親。

靠守最近的、幾乎和守站在面對面位置的是高野，牧野警衛堅守在後。看熱鬧的人群傳來陣陣的喧囂。

接下來怎麼做？守把頭縮回來想著。

看來還是只能從這裡爬上去了。他再抬頭看一眼水塔，決定了。只要雙手能攀到平台頂，就能用腕力把身體拉上去。

女警衛以沉著的聲音勸說著：

「沒有人會傷害妳的，別做危險的事了。」

女孩子呻吟似的說著：

「別過來……，叫你們別過來！」

守再度探出頭，試著引起高野的注意。快、快點看過來。

高野終於注意到了，睜大眼睛直盯著他，吃驚得下巴快掉下來。守連忙不出聲地用嘴型說話。

（請裝做不知道。）

高野儘可能不引人察覺地輕輕微微地點頭，斜視了女孩子一眼。

（你想怎麼做？）高野嘴唇動了。

「別靠過來，我眞的要跳下去喔！」女孩子尖聲叫道。

（我從這裡爬上去，繞到後面去。）

守用手指示了方向。

高野猛力地眨眼睛替代點頭，看來就要往守這邊跑過來了，但他緊縮起下巴，站著不動。

守退回幫浦倉庫旁，心想，別想得太多，先爬上去，再移向水塔。

跳！手觸到了平頂，他努力想攀住但滑下來了。

「小姐，」傳來高野聲音，說道：「別怕。如果妳想待在這裡，那就別動了。我們說說話吧。我是這裡的店員，名叫高野一。一是數字的一。妳的名字呢？願意的話，請告訴我。」

「美鈴！」傳來女孩子母親半哭的聲音，央求著說：「求求妳，下來吧。」

守再跳一次。這一次結實地攀住了。他一腳踩在幫浦倉庫的門把上，奮力將自己的身體往上撐。只聽見高野像哄小孩似的持續勸說著：

「今天妳和媽媽一起來買東西，是吧？謝謝妳們啊，買了什麼呀？」

守上半身已出現在幫浦倉庫上面了。他的視野突然開闊，看見坐著的女孩背影和勸說的店員們。高野向前跨了一步。

「別過來！」

女孩的聲音清楚地傳過來。守走在幫浦倉庫上頭。

他努力地不去看屋頂上圍欄那一頭。儘管如此，靠近圍欄的那一側身體忽然癢了起來。

他低下身子緩緩接近女孩。紅色的毛衣在風中微顫。高野繼續說著：

「妳來書籍賣場了嗎？妳喜歡看書嗎？」

來到了水塔前，距離女孩的背約兩公尺。她又開始慢慢地移動了。守尾隨著女孩，也移動著。終於靠近圍欄了。

「很討厭！」女孩喃喃自語。

「討厭？那很遺憾，爲什麼？」

守做好準備動作。

「好可怕！」女孩說道。原本正常的語氣變了：「討厭，可怕、可怕、可怕、可怕呀……！」

這時，高野以外的勸服者也發現守的舉動了。女警衛臉上閃過驚恐的表情，女孩注意到了，她轉過頭，看到守。

她大聲喊叫。那一瞬間，守感到一陣突來的畏怯。他不假思索，胡亂地朝紅毛衣撲了過去，猛然抱起女孩往後退，跌了個四腳朝天，然後拚命穩住身體不讓自己滾落下去，雙腳叉開用力蹬在屋頂上。

女孩不停地喊叫。勸服者們跑近，高野以驚人的速度爬上水塔，協助手忙腳亂的守、激動的女孩。

「已經沒事了。別動、別動。噓，安靜……」

高野像在唸咒似的反覆說著。終於制止了女孩的抵抗，扶起纖弱、開始哭泣的女孩。但是要讓她下去需要梯子，後來在及時趕上的消防隊員的協力下，女孩子被他們用擔架抬出去了。

「好險哪……。」

兩人坐在水塔上，擦拭淌滿了汗的額頭。高野喘了一口大氣說：

「幹得好！眞是的，萬一稍有差錯，守也會一起倒栽下去呢！」

「不過，沒事了。」

「嘿，少年仔，警匪片看太多了吧！」

水塔下，牧野警衛手叉腰怒喊著。守低頭謝罪。

「這個水塔四周也應該建圍欄，我去跟主任建議。」

「那孩子怎麼爬上去的？」

「和守一樣。好像是在三樓樂器賣場時開始不對勁的，就像一頭躲山上大火的動物一樣，一直往上、往上逃，最後逃到了這裡。」

「咦……？整個狀況究竟是怎麼回事？」

高野突然歪著頭望著守，問：「可是，守是從哪裡上來的？」

「從一般用樓梯。」

「不過，那裡的門應該是上鎖的。」

「今天沒鎖！」

不停打顫的身體終於平靜下來，精神也恢復了，能走下樓了。守往下一看，一名消防隊員正用驚恐的表情仰視著。

「很抱歉，驚擾了大家。」

高野低下頭賠罪，消防隊員忿然地說：

「眞傷腦筋，被這種任性的行爲擺佈……。」

接下來，不僅得對警察局和消防署報告跳樓騷動的原委，會挨罵，而且工作進度也受到嚴重的影響。那天，守加了大約一小時的班，走出「月桂樹」的時候，只覺得疲憊極了。

他踩著腳踏車，正要轉過堤防下面的路時，後面有人喊他的名字。他放慢速度回頭一看，只見眞紀的夾克一角邊隨風飄飛，趕了上來。

兩人回到家，拉開的拉門，像小學生般地齊聲喊道：「回家嘍。」

「回來啦？」

一聲熟悉的、很懷念的聲音回應著。守和眞紀踩著正要脫下的鞋跟，相互對望了一眼。紙門拉開，大造走了出來。

「回家嘍！」他也說道。

# 四

那晚，以子像個大車輪似的轉動著，小小的餐桌上，準備了多得快放不下的晚餐。

「爸連作夢都想喝啤酒，」眞紀噘著嘴說：「眞失禮，比起我們來，他更想念的是啤酒呢。」

大造還是憔悴了一些。不過，喝乾啤酒後的那張笑臉，和以前完全一樣。

「無所謂了啦，哪，能回來就好。」

大造放下啤酒杯，用手制止了正要伸手拿起啤酒瓶斟酒的以子，坐正後說了：

「這一次，眞的讓大家擔心，給你們添麻煩了。我覺得非常抱歉。感謝大家。還害老媽受了傷……。」

大造屈身彎下僵硬的身體，雙手撐在榻榻米上低下頭去。

「爸眞是的，還會不好意思，」最先說話的是眞紀，說道：「吃吧，爸。」

吃過飯，守和眞紀聽大造詳細地說明如何能回家的經緯。

「自願出面的目擊者是什麼樣的人？那個人的證詞是關鍵吧？」

「眞紀，妳知道新日本商事這家公司嗎？」大造問道。

「當然！我們公司的業務員拚死命想拿到那家公司的契約呢。」

眞紀在一家航空貨運公司上班。

「新日本商事原來是一家只做進口高級家具和古董品的公司。大約五年前，也開始建造公寓和休閒旅館。當然，全都採用高級材料做裝潢，所附的家具也是最高級的，一戶售價上億呢，這個投資又成功了，公司業務急速成長。復古風家具流行時他們的業績也領先同行呢。」

「那家公司怎麼啦？」守問道。

「自願出面的是那家公司的副總經理呢，叫吉武浩一……。」

「眞的？那個人我知道。在雜誌上寫《瞻仰書齋》的散文，已經結集成單行本出版了，我看過。」

「那我也知道了。就是大本的、有照片的那本？」

「對對。刊登的都是作家、記者、建築師等等名人的書齋。」

「那本書賣得很好喔。」守說道。

「是個有名的人呀……」以子沉思著說：「他本來不願出面作證也是有道理的……」

「什麼意思？」

以子看了大造一眼。大造咳了一聲說：

「吉武先生目擊到爸出車禍的時候，聽說是在前往情婦的公寓途中。」

守和眞紀一時說不出話來。

「因爲是事後才出面的目擊者，所以警察似乎相當愼重地做了調查呢。吉武先生所說的話裡倒沒有疑點。車禍發生之前，吉武先生在還跟菅野小姐說過話呢。他問了時間，菅野小姐回答了。吉武先生提到菅野小姐好像是急著回家才跑步呢。」

以子簡單地說明了吉武的目擊證詞。

「我能了解，很合理。我如果是一個人回家的話也會跟她一樣，」眞紀點點頭說：「眞討厭，警察眞的疑心病很重耶。我絕不嫁給警察！」

「恐怕對方也不敢領教妳喔。」以子說完，眞紀翻翻白眼皮做了鬼臉。

「說的也是，有那種隱情的人……」

「吉武先生好像是招贅。公司的總經理是他老婆。這是從負責的刑警那裡聽來的，這下子可麻煩嘍，聽說會鬧出離婚事件。」

「眞不幸，」以子很難過地說：「眞是很難得。有那樣的隱情還肯替我們作證，我想他當初一定很猶豫。」

「沒這回事。媽眞是個心軟的人，」眞紀不贊成：「話說回來，爸會被逮捕都是因爲那個人，他應該當場就作證，卻跑掉了。這件事，可別忘了。」

「眞紀很嚴厲呢，」大造苦笑道：「這次事情，讓妳吃盡了苦頭。」

面對守，大造問道：「守也一樣，在學校吃了苦頭吧？」

「沒什麼大不了的。」守回答。眞紀則沉默著。

「不談這個了，那以後會怎樣？」守企圖改變話題，「已經很清楚是菅野小姐的過失了。」

「話是這麼說，可是爸也犯了沒注意前方、違反安全駕駛義務的過失不會撤消。不過，佐山律師會朝課罰金結案的方向努力。而且，和解好像也能成立。」

從現在起，換菅野家那邊要傷腦筋了，守心想。至於大造的駕駛執照暫時吊銷也在所難免了。

儘管如此，姨丈能回來還是很可喜的，而且菅野洋子的祕密能保住也很可賀。守一直掛慮著這事，只能朝好的方向去想。雖然發生了許多事，所幸能以最低程度的傷害落幕。

「……終究還有一些事是無法挽回的。」

眞紀突然冒出一句，彷彿看穿守的心而反駁似的，她的聲音顯得僵硬。

那晚過了九點，守打電話給橋本信彥。爲了知會他已不需要他的證言了。

他不在。傳來電話答錄機要求留話的聲音。守迅速地說明狀況，加了幾句對橋本的協助深爲感謝的話後掛了電話。說實話，他爲了可以不跟他說話就結束這關係，鬆了一口氣。

後來，大姊大打來電話，她替守抄了上課筆記，也傳達了無能、三浦和岩本老師的動向。守跟她報告大造返家和光明的前景以後，她歡呼了起來。

十一點鐘，他外出慢跑。

今晚，他決定變換路線，想再去一次發生事故的十字路。和行徑像小偷的那晚一樣，相同的星星眨著眼睛，天上那輪彷彿一經觸摸就會割到手的月亮也陪伴著他。

今晚十字路口也很安靜。沒有人影，只有號誌燈在閃滅。

他往菅野洋子住過的公寓跑去，低頭致歉。

到妳房裡去刺探，對不起。不過，後來從沒跟任何人提到妳的事，請放心。

守帶著輕鬆的心情，享受著慢跑。回到家附近，瞧見堤防上有一個孤立的白色人影。是大造。

「睡不著嗎？」

守與大造並肩而坐，剛運動過的身體碰到冰冷的水泥，感覺很舒服。

大造在睡衣外頭套了一件生日時眞紀手織的厚毛衣，他把挾在指頭間的短菸頭扔到河裡。菸頭的紅點畫了道弧線，很快地消失了。

「慢跑以後就這麼坐下來會感冒的唷。」

「無所謂。」

大造說了一句「等一下」，人就不見了。過一會兒，只見他手裡拿著兩罐罐裝咖啡，一罐遞給守，說：「很燙喔。」

兩人沉默地啜飲著咖啡。

「給你們帶來很多麻煩。」大造小聲地說道。

「我什麼也沒做。」

沉默了一會兒。大造喝完咖啡，把罐子擺在腳邊，說：

「你這陣子好像沒去學校吧。」

守把正要喝下的咖啡咳了出來。大造伸手輕拍他的背。

「嚇我一跳，」雖然咖啡還噎在嘴裡，但總算能開口說話了，守問道：「你怎麼知道？」

「今天回家時，媽外出去買東西那段時間，大概三點鐘吧，學校打電話來了。」

守全身冒出了冷汗，說道：「幸好是姨丈接，是誰打來的？」

「一個自稱是岩本老師的人要我轉告你，明天到學校去，到了學校後立刻找他……，就這件事。」

是哪一件事？守心想，知道眞的小偷了，還是……？

已經決定處分了嗎？

「姨丈，我沒去學校，不是因爲你。」

大造眺望著河川。

「眞的，完全是其他的理由。」

守說明狀況時，大造一語不發。等守說完後，他才不疾不徐地問：

「以後會怎樣？」

「不知道。不過，岩本老師不是輕率行事的人，明天我一定會去學校，聽他怎麼說。」

兩人沈默地眺望著對岸巴士公司的大招牌，一輛大型巴士正要駛入車庫。在這樣的深夜，還有觀光巴士行駛呢……，守心不在焉地想著。

「守也很難爲呢。」

大造終於開口了：「雖然還是個孩子，眞難爲你了。」

望著姨丈的側臉，守知道姨丈在想什麼，說道：

「眞紀姊已經是大人了。」

「是嗎？」微笑了。

有沒有我的電話？她問這件事時，那看起來稍帶膽怯的臉。

（終究還有一些事是無法挽回的……）

「已經不能再開車了。」

與其說是說話，不如說話像自動掉下來似的，大造喃喃地說道。

「嗯……。駕照暫時會被吊銷吧。不過，要稍微忍耐一下吧。」

「不，不是那意思。」

大造緩緩說著，點上菸，失神地說道：

「做這個行業到現在，從沒發生過車禍，姨丈也很自滿。」

「很厲害的呢。」

「但是，這次車禍因爲姨丈的關係死了一個人，還是個年輕的小姐。如果她還活著，將來不知道還有多少快樂的事等著……」

那倒不盡然……，守心裡如此想著。

「姨丈到現在從沒出過車禍是因爲運氣好。但我把這點忘了，慢慢自滿起來，所以才受到這種算總帳似的懲罰。我無法不這麼想。那晚，姨丈心情很好呢。」

大造絮絮叨叨地說著。

那天，大造有點感冒，身體不太舒服。晚上八點鐘左右，雖然還早，他心想今天就到此爲止，正要把「回送」的標誌顯示出來時，來了個客人。

「一個約莫四十歲左右的太太要去成田機場。她的丈夫在商社工作，隻身駐外卻病倒了，正趕著去看丈夫。她等不及叫無線電計程車，跑到外面時姨丈的車正好路過。」

「很幸運呢。」

「地點在三友新市區的邊緣地帶。平常幾乎是不會經過的地方，那天剛好偶然經過。那位太太還說，平時完全看不到的計程車竟咻咻迎面而來，真是奇蹟。」

我收起「回送」的標誌，把那位乘客送到成田機場，回家路上，在機場搭計程車處又載到一名男客人。那是一個接到頭胎孩子誕生的消息，從海外出差地飛奔回來的年輕父親。那位客人在離車禍現場的十字路口約兩個街口的北邊下了車。

「我心情很好呢。我當時想，這份差事終究不能放棄，於是，車禍就發生了。」

兩人陷入沉默。遠處一度傳出火燄爆裂的聲音。

「菅野小姐像是被什麼追趕似的，不顧一切地衝出來。」

大造用平穩的聲音繼續敘述說：

「我使盡力氣要停住方向盤，但已經來不及了。她先撞上車子的前護桿，然後像稻草人似的飛彈起來，身體就掉在車頭上，撞到擋風玻璃……」

大造雙手撫摸著臉，嘆了口氣說：

「那聲音我從來沒聽過，再也不想聽到。可是偏偏又常聽到。在夢裡、在警察局審訊室、在牢房發呆時，都聽到好幾次呢。」

守想像著，今天那個穿紅毛衣的女孩，如果摔到地面的話，一定……

「我跑下車趨前一看，女孩仰面躺在地上，還有氣。記得還呼叫她『振作點！』可是她好像沒聽到。吃驚的表情就好像是貼上去似的，眼睛睜得大大的，小聲地重複說著『太過份了、太過份了』。姨丈那時頭痛得要命，腦筋一片空白，不過，還是突然想到她是不是和誰在一起，站在十字路口環顧了一下四周，可是沒有人。這時，巡邏警察跑來了。」

太過份了、太過份了、眞是太……。守彷彿也聽到那痛苦的叫聲。

「我很激動，巡邏警察也急昏了頭吧，我根本忘了自己做了些什麼事，好像對著警察怒吼，要他趕快叫救護車、這女孩被人追趕、找一下那個人之類的。」

「什麼時候聽到菅野小姐死亡的消息？」

「在警察局。那時，我以爲這輩子都回不了家了。」

大造噤聲不語。兩人一起俯視著河水，無言地坐著。微微聽到水聲，是退潮時候了。

「我已經沒辦法開車了。」

終於，大造低聲說道：

「只要還活著，我就不再握方向盤了。」

大造托著腮，俯視閃爍的河面動也不動。守凝視著搖晃的竹筏，想著警戒水位退下以後的事。

# 五

「宮下是小偷？哪有這種無聊的事！」

在體育科準備室的角落，岩本老師翹起腿坐在椅子上，守在距他約一公尺處的牆邊，立正站著，但聽到消息後不禁往前逼近一步。

「花了好幾天調查，就只獲得這種無聊的結論嗎？」

平常，鬼岩本不是那種被學生亂喊叫一頓還能保持沉默的教師，但他自覺目前正在處理比守的措辭還要重大的案件，所以他原諒了守的失言。

「宮下到這裡告白的時候，我也是這麼想。」

「什麼時候的事？」

「昨天午休的時候。不過，我仔細詢問以後，卻怎麼都得不到要領，而且他說的話也越來越沒有章法。我要他冷靜一點，就讓他回去了。」

體育教師那堅定的臉皺成一團：

「回家後，他在屋梁上上吊了。」

一瞬間，守的眼前一片空白，教師急忙接下去說：

「但是繩子鬆了掉到地板上，他父母立刻趕過去看，所以沒事。連一點傷都沒。別做出那種表情，有人進來的話，還以爲我要絞死你。」

「所以……，」守嚥了幾次口水，好不容易擠出聲音，問道：

「宮下他現在人在哪裡？」

「今天在家，說想和你見面。爲什麼要胡說八道自首，他怎麼都不願意告訴我理由，只說想跟日下見面、說說話。」

「那我現在就去。」

「不行，先上課，要去宮下那裡等下課後再去。那傢伙也能理解，反正他等著。再自作主張不上課的話，我可不負責。」

守在沒預警的時候突然吃了一記拳頭，只覺眼前一陣搖晃。

「剛才那一拳是爲了你自作主張曠課四天，如果覺得痛，就別再任意行事。像你這種傢伙，大概話說出來以後，就什麼都動搖不了你吧。」

「大概和老師很像。」

「撤回請願！」

岩本老師哼一聲發出鼻音說道，但眼睛笑著。

「所以，社團費用的盜竊事件怎麼樣了？結果還是當我是小偷了結嗎？」

教師看著他說：

「笨蛋！我從一開始就不信那說法。」

「可是……。」

「至少，三浦他們在預謀些什麼我還知道。不過，如果抓不到任何證據就指責他們說謊也沒用。自從盜竊發生以後，我每晚就在鬧街上晃晃，終於在昨晚抓到三浦和佐佐木從禁止未滿十八歲入內的電影院走出來，那一夥人，還喝了酒。」

岩本老師忿恨不平地吐出這幾句話，他確實曾因爲肝臟不好而禁酒。想到這一點，守心裡覺得有點怪怪的。

「我本來想要求派出所協助，但他們沒那閒功夫。惹得我很不高興。」

「不過，在那裡花多少錢和團費被偷沒關係吧？」

「說的也是。現在的學生大家都打工，除了暑假不准打工之外。」

守被岩本斜瞪了一眼後，聳了聳肩膀。

「他們的確違反校規，也破壞了籃球社的規定。才一年級就神色自若地破壞規矩，才會弄丟團費。再說，放任這種學弟不管的學長也不像話，所以我要好好地操操他們。到今年年底爲止，籃球社員全都給我罰清掃校內廁所，而且把新年的集訓改成在我挑選的地方打工，讓他們抵補丟掉的錢。」

岩本老師從口袋取出手帕，發出爆炸般的聲音擤鼻涕後說：

「和竊盜有關的事就這些了。不管怎樣，沒有嚴格監督這些傢伙，我也要負很大的責任。給日下你添麻煩了。」

老師站起來，中規中矩地行了個禮，說：

「對於這樣的處分，你可能覺得太輕或不滿，不過我還是決定把三浦他們留在籃球社裡。那夥人如果哭著說要退出，我絕對不會准。那種傢伙不能放出去，要更嚴格管訓才行，懂了嗎？」

守點了點頭。

「好了，你可以走了。回教室以前，先去見能崎老師，對擅自曠課息向老師賠罪，那個老師一板一眼的。」

「我會的。」

守正要走出準備室，岩本老師像是剛想起來似的說：

「日下，我不相信遺傳。」

守伸到門邊的手不動了，停下了腳步。

「青蛙的孩子大家都變青蛙了，四周全是青蛙吵死了受不了。我只不過是個體育老師，不懂太難的事。不過，之所以不覺得教育很厭煩還繼續做，是因爲看著青蛙的孩子變狗、變馬，很有趣。」

守感到自己的嘴角鬆弛了下來，好久不曾如此打從心底湧出笑意來了。

「只不過，世間有很多沒眼力的人，摸到象的尾巴還大驚小怪地誤以爲是蛇，抓到牛角信以爲是犀牛。那夥人連自己的鼻尖都看不到，每次撞到人的時候就發怒，還對別人嚷叫，你要巧妙閃躲走好哇！」

宮下陽一的家是鋼筋水泥造的三層樓，一樓是辦公室。他的父母一起開了家司法代書事務所。招牌下寫著「受理一切登記手續．不動產鑑定」，一旁所繪的綠意盎然鎮上小屋的畫，看起來像是陽一的傑作。

陽一的母親和陽一很像，都是身材纖弱的人。守被領到三樓後面的房間，門邊掛著一幅陽一的作品。

守敲了門，裡頭傳來小小的聲音回應著：

「哪位？」

「鶴先生是圓圓虫。」

門打開了。守一眼瞧見陽一那張泫然而泣的臉。

「我是多麼的笨啊，連打個結都做不好！」

陽一閃避站在一旁的守的凝視，頭低低地說了話。

守抬頭看了一眼房間的橫木，很結實，能很輕鬆地承載陽一的體重。繩索鬆開眞是太好了。

陽一依然綁著繃帶，而且看起來又像小了一圈。

「幹嘛要那麼做？」

陽一沒回答。

「我聽岩本老師說了。你想說我被栽贓遭退學處分的話太可憐，所以想撒謊幫我吧？」

靜悄悄地。守心想，樓下也很安靜，是因爲宮下的父母也在注意這個房間裡的談話吧。

「但是，那是不對的。更何況還尋死？太無聊了。你曾稍微想一下嗎？周圍的人會有多傷心！你這麼做，我根本無法償還，也沒辦法負責。」

過了好一會兒，陽一用那有如蚊子般嗡嗡的聲音回答道：

「是我幹的……。」

「我不是說不是嗎！」

像是要蓋過搖頭不已正要說話的守，陽一繼續說了：

「我幹的。全都是我做的。日下如果知道我做了什麼，一定會瞧不起我。」

「怎麼回事啊，」守被陽一的氣勢震住，稍感不安，問道：「你做了什麼？」

眼淚沿著陽一的臉頰流下來。

「是我幹的好事，」他重複著說：「張貼日下你姨丈的新聞報導、黑板上的塗鴉、日下你家牆壁上寫著『殺人』，全是我。是我幹的！」

彷彿冷不防地被擊中腹部似的，守發不出聲音，只是交替地端詳著每次大抽大噎地哭，就那麼上上下下晃動的陽一的頭，還有那包裹著繃帶的右手。

「那麼，那隻手……，打破我家玻璃的時候割到的？」

陽一使勁地點頭。守恢復了理智。

「我知道了，」他低聲問：「你是被三浦他們威脅的，是不是？」

陽一再度重重地點頭。

「他們如果親自下手，萬一被人撞見那可不好玩了。所以，威脅你代替他們下手。」

守回想陽一到「月桂樹」來的時候。那時，他似乎有話要說，一定是這件事。

「那傷也不是騎自行車摔倒的吧？你到我打工的地方來，想要跟我告白，卻被三浦那幫人的哪個人知道了，所以挨揍了對不對？」

陽一伸出沒受傷的左手擦著臉。

「如果不照著做，或向誰說了的話，下次沒那麼便宜放過，他們是這麼警告你的吧？竟然敢做到讓你這輩子都無法用雙手、眼睛也看不到。三浦他們以為沒人會知道是他們幹的！」

守耳朵深處的血在沸騰。

以前，大造逮到撞了小孩的司機時，曾說過「氣到好像耳朵都快噴血了」。如果大造沒在後面追，阻止對方停車的話，司機早逃逸無蹤了。那個司機既沒駕照又酒醉開車。

守能理解那種心情了。換了是老年人，腦裡不知哪根血管早就斷掉了。

「我什麼都不會。運動也不行、讀書也不行，女孩子看也不看我一眼。只有畫……，只有畫畫是屬於我的東西，只有這一項，不輸給任何人。如果把畫畫這個專長都奪走的話，我會變成真正的空殼子，所以被威脅的時候，我怕得要命。不如說，他們恐嚇要殺掉我，我還能忍耐也說不定。可是，萬一眼睛被弄失明了、手被壓碎了的話，就跟死了一樣！不是沒有呼吸了，而是心被抽掉了，成了空殼子乾透了！一想到這些，就只能聽命三浦他們的話行事。對那些傢伙來說，要對我下手，就像做熱身運動那麼容易。」

陽一終於抬頭看著守的臉，繼續說：

「不過，我一直猶豫得快受不了了。日下你了解我。沒人理會我，只有你真心地跟我說話。而我竟然做出那種無臉見你的事。所以，我想補償。」

「補償？」

「如果我出面說自己是這次竊盜事件的犯人，事情能解決，日下你就會沒事。我這麼想。可是，我連這一點都做不好。到了岩本老師的面前，連讓自己滿意的謊言都說不出來。前一晚，沒睡覺想了一整夜，結果還是老師說『你乖乖作畫就好了』、『日下的事，就算你不管也沒關係的』。我回到家後，越想越覺得自己渺小、無能得很。沒有活下去的價值。所以，想上吊自殺一死了之，但卻連這一點都失敗了。」

守深呼吸了一口氣，說：

「這是最棒的失敗呢！」

走出宮下的家，守回到學校。這時已是下午六點三十分。他跨過已關上了的後門，小心翼翼地不被人看見，走過夜間的通行門。

校內已完全熄燈，黑暗在空曠中擴散開來。守很快地上了二樓，取出筆型手電筒，查看三浦的置物箱。

面對著他的右邊第四排最上一層，鎖著閃閃發光的紅色圓盤式洋鎖。

他心想，沒啥大不了。

打開三浦的置物箱一看，只見裡頭整理得可能連三浦的母親都做不到的整齊。微髒的毛巾、教科書、資料集、封面捲起的筆記本、汗臭味的圓領襯衫、還剩一半LARK牌的香菸盒……，然後，他撕下一張筆記紙，用原子筆在上頭寫著：

「三浦邦彥相信遺傳」。

他把紙張醒目地立在置物箱中所有東西的上面，然後關上門恢復原狀上了鎖。

他走出學校，進入附近的電話亭，撥了三浦家的電話。

「喂喂？」

三浦本人一下子就接起電話，不知是否在等女朋友的電話，是微妙親切的聲音。

「是三浦君吧？」

「對，是我……。」稍微沉默了一下，然後，很謹慎地問道：「什麼嘛，是你……，日下嗎？」

血壓又升上來了，守感到太陽穴隱隱作痛。他儘可能用對方能聽清楚的沉著語氣，開始說著：

「我只說一次，你給我聽好。三浦，你幹的好事我全都知道了。爲什麼要做那些事？我是外地來的、是鄉下佬、是小偷的兒子、沒爹娘的、吃白飯的吧？你這傢伙最喜歡欺負這種人了。不過啊，三浦，你才是可憐的傢伙呢。你把不該打開的門打開了！」

對方吃了一驚似的沉默著，然後發出發怒的聲音，守也不甘示弱地放大聲音：

「我只說一遍，你安靜地給我聽著。以後再來說想商量，我告訴你，休想！聽好，三浦，我的確是沒爹娘吃白飯的、小偷的兒子，不過我要告訴你更精采的。我老爸，不只是侵占公款的犯人，還殺了人。他殺死我老媽，只不過沒被發現而已。」

啓子遭受折磨，年紀輕輕就死了的責任，有一部份在敏夫。守始終這麼認爲。換句話說，這不是謊言。

「你叫人在我家寫的塗鴉，是眞的。我的確是殺人兇手的孩子。」

沉默，這次對方屛住了呼吸。

「你說中了。三浦，我是殺人兇手的兒子！你相信遺傳吧？賊的兒子是賊！對嘍，就那麼回事，是有遺傳的，所以別小看我，我身體裡流著殺人者的血。殺人犯的孩子是殺人犯，對吧？」

等等……，對方傳來類似要找藉口的聲音。

「給我住嘴，聽好，三浦，是的。你回想看看，以前，你有個想追的女孩，她的自行車說是找到鑰匙，所以能騎車回家是假的。你可能也知道，那是我把鑰匙打開了。我流著小偷的血，那點小事輕而易舉。不過啊，三浦，**別以為我能解開的只有自行車的鑰匙喔。**」

憤怒促發語言，語言又讓憤怒益發強大。守一股腦兒地傾吐一空：

「聽好，從今以後，你如果敢和我、我的朋友、我的家人糾纏不清的話，他們萬一有什麼事，那時候你可就來不及了。不管你怎麼鎖上鑰匙、關起門來，逃躲到哪裡都沒用！我任何鑰匙都撬得開，天涯海角都會追著你跑！你最寶貝的摩托車放在哪裡？在鑰匙鎖得好好的地方嗎？騎著跑以前最好小心喔，用一百公里的時速奔馳，當你發現煞車不靈的時候，你該不會發抖吧？」

電話線上，守感覺得到三浦的膝蓋在顫抖。

「懂了吧？相信遺傳吧。從今以後，盡最大的努力好好去珍惜生命吧！」

加上最後一擊以後，守敲打聽筒似的用力掛斷電話。

胃部那一帶沉重的悶氣消失了。一留意，才發現自己的膝蓋也在發抖。他背靠著電話亭的玻璃門上，重重地嘆了口氣。

# 六

十一月三十日發行的寫真週刊《蜘蛛》通卷第五二四號摘錄如此寫道：

## 「良心」與「情婦」之間

## 自願出面、善意的目擊者

各位讀者當中，不知道有無如此幸運的人？是一個締造百億年營業額的企業負責人，擁有既是資產家又貌美的妻子，另外還擁有比妻子更漂亮年輕的情婦？左邊照片中的人物——新日本商事股份公司副總經理吉武浩一，即是一個罕見的幸運兒。而且，他也是極少見的富正義感和公平的良心的人。

事情的起因是十三日深夜所發生的交通事故，二十一歲女大學生遭個人計程車撞死。這個事件因爲沒有目擊者，司機和被害者雙方都堅持己見。司機主張，被害者無視紅綠燈衝到車子前面；但被害者家屬則主張，是司機無視於信號，雙方形成對立。而對立的結果，是還給遭逮捕的司機清白之身，而使他獲得釋放的，就是吉武氏的目擊證詞。

吉武氏目擊車禍的現場，是與他住家距離很遠的場所，對他而言，找不到在那種時間，出現在那裡的正當理由。他之所以會在那裡，是因爲他的情婦I女住在車禍現場附近的公寓，而他則是在前往情婦住處的途中。這實在是個很危險的理由。

吉武氏出身○○縣枚川市，現年四十五歲，是一位從業務員晉升至目前地位，精明能幹的企業家，但是，他任職副總經理的新日本商事，則是屬於他的夫人與創業者之父所有。擁有情婦而必須相當小心的立場不言而喻。

然而，當吉武氏知道，如果不出來作證，司機便會被冠上業務過失的罪嫌之後，毅然地到城東警察署作證，他提出的證詞和所目擊到的車禍情況，與司機所供述的相同。他的記憶相當正確，因爲他還記得在車禍發生之前，曾向被害人詢問時間，女大學生回答「十二點過五分」。據此，城東警察署認定他的證詞具有可靠性，案情便在認定車禍原因在於被害者過失後結案。吉武氏確實很勇敢，並且證實了他的確是一個將社會正義放在家庭問題前的豁達人物。但是，悲觀的預測亦應運而生，他的離婚應只是時間的問題。

企圖阻止悲劇發生的是I女。和吉武氏親密關係公開以後的她，已辭去俱樂部工作。吉武氏與夫人的關係結果會如何？她正藏身友人家中注意著事情的發展。讀者諸兄當中，如果有像吉武氏般幸運的人，請千萬要注意了；爲了不觸犯妻子、不讓情婦哭泣，當前去赴祕密約會時，千萬別目擊到交通事故。

## 七

淺野家的生活，乍看像是恢復了正常。

眞紀雖然稍微沒精神，不過每天都去上班。以子每天早晨叫醒守，讓他帶著便當上學以後，就展開一天的掃除工作。

生活型態改變了的僅有大造。之前工作到深夜，孩子們早晨外出時都還躺在被窩裡的他，現在卻坐在客廳窗邊目送他們出門。

看報紙的時間也多了。大造熱心地盯著版面的時候，攤開的總是徵人啓事欄。大家心知肚明，只是沒說出口。

大造那輛墨綠色的車，在他回來的隔天從修車廠送回來，但他只清掃一次後就沒再碰過了。

「東海計程車」的里見總經理，好幾次邀他：禁止駕駛期限結束以前來幹活如何？做清掃和協助整理、人員管理都行，除了開車，還有許多活兒可幹。

然而，大造全都委婉地拒絕了。他再也不握方向盤了，連車子都不靠近的決心，無論如何都無法動搖。

「大造先生眞是頑固！」

終於死心告辭的里見總經理對著以子說：

「做司機的人，總有幾次會做這種決定，我可以理解這種心情。太太，以後怎麼辦？」

「總有辦法的！」以子笑著回答。

守的學校生活也恢復正常了。可能那一擊收到極大的效果吧，三浦和他那夥人突然停止了所有令人嫌惡的行動。宮下陽一的傷也痊癒，來上學了。

進入年尾忙碌的季節，一家人在一起吃晚餐的時候，一直開著的電視機正在播報六點鐘的電視新聞。守心不在焉地盯著電視螢光幕，那似曾相識的建築映在眼裡。播報員開始報導：

「本日下午三點左右，K區的大型超市『月桂樹』城東店，一名中年男子突然行兇……」

是月桂樹。守停止用餐。

「兇手用從家庭用品賣場拿出來的菜刀，殺傷了兩名店員。這名男子是住該區，目前待業中的柿山和信、四十五歲……」

「唉呀，那不是守打工的地方嗎？」守撿起掉在地上的筷子，眞紀問道。

「受傷的兩人是該店的警衛牧野五郎先生，五十七歲，和店員高野一先生，三十歲。高野先生受重傷，左肩被刺需治療兩週，另外，事件發生當時，店內約有一千五百名購物顧客，幸好沒有其他傷者。警視廳城東警察署已逮捕了柿山，現在正在調查行兇動機。柿山在行兇後顯得異常亢奮，並從其曾因持有毒品被捕的前科看來，警方認爲，其行兇原因極可能是藥物中毒所引起的短暫性精神錯亂，目前正積極調查中。」

守手裡的碗也差點掉到地上。

在高野被送進的醫院會客時間即將結束以前，守順利地溜了進去。

高野躺在床上，從脖子到肩膀都由石膏和繃帶固定住。空著的右手上吊著點滴。守悄悄地在病房門口探出臉，高野維持原來的姿勢，勉力地把脖子往上提高。

「呀，請進。」他露出笑臉，接著說：

「抱歉，嚇你一跳吧？」

「我從電視上看到的，正吃晚餐時突然看見新聞報導。」

警方稍早已經來探視過，離開了，明天以後才會前來正式聽取事件原由。

「很嚴重呢，痛吧？」

「倒還好，並沒有傷得多深，不過醫院畢竟是醫院，很愼重其事地把我弄成這副模樣。」

高野指著胸口上方附近的傷口給守看。如果再向上十公分的話，是脖子；再向下十五公分，就正中是心臟。

話雖說得輕鬆，但那可是很危險的部位。守感覺背後一陣寒意。

「覺得自己變遲鈍了，本以爲可以制服他，眞是不可原諒。嘿，沒顧客受傷算是不幸中的大幸。」

「牧野先生呢？」

「他啊，在逮兇手時撞到了腰，不過檢查後說骨頭沒有異狀，沒事，現在在家休息吧。」

「話說回來，眞可怕呢，店裡竟發生這種事。」

書籍專櫃和家庭用品賣場位於四樓兩旁。柿山忽然抓狂，空手敲破玻璃櫃抓出菜刀的時候，賣場的女店員立即按下警鈴，要不是高野和牧野立刻飛奔過來，可能會有顧客受傷。

「公司該表揚你呢。不論是前些時候的跳樓騷動或是這次，如果高野先生不在，那眞要舉雙手投降了。」

「你不知道嗎？爲了應付這種狀況，公司才會錄用成績雖然有點差，不過體力要很好的員工。」

高野笑了。笑容中看得出來還是有點痛。

「何況，前一次是守的功勞呢。」

即使在談話時，點滴仍然緩慢地、間隔一定的時間滴落下來。可能是藥效發作，高野看來有點想睡的樣子。守正要悄悄地離開床邊。

「不過，我認爲是『好機會』。」高野喃喃自語。

「什麼事？」

「剛剛我稍微在想了一下，那女孩，還記得嗎？」

「當然。」

「那孩子在學校是優等生呢，好像沒有理由引起這種騷動耶。過了幾天後，她好像也不知道自己爲什麼會做出那種事……」

話聲變含糊了。守望著他，過了一會兒，高野閉上眼睛，守靜靜地走出病房。

守走到了走廊上，和手拿熱水瓶的年輕護士擦肩而過。好漂亮……守目送著她進入高野的病房。

因割盲腸住過院的佐藤說過，單身男子住院後，絕對會對護士產生愛意。

說不定對高野來說，是塞翁失馬焉知非福呢！守心想。

儘管如此，所謂「好機會」是什麼意思？這可不是險些沒命的人該說的話。

走出醫院的一般通行門，閃滅著的警示燈隨救護車急馳而來，一座蓋著黃色毯子的擔架抬進了醫院。

那女孩，爲何要做那種事？**還說連自己也不知道……**。

# 八

歲末，即使什麼活動都不做，顧客還是不斷地湧進，商品銷售得很好。因此，每日的營業目標也定得很高，店員們持續著緊張的每一天。

十二月的第一個週日，開始營業以後到午後休息時間，守和佐藤不負責書籍專櫃，在一樓會館的摸彩專櫃值班。上班時間負責這種日常工作以外的差事，也是這個季節特有的景象。

這兒所使用的摸彩形式，並非常見的，嘩啷嘩啷地轉動把手後跑出小圓球，而是採用比較現代化的電腦連動，像自動販賣機那類的機臺，操作店員把槓桿拉下後，機臺中的畫面便以驚人的速度回轉，由顧客拿著停止鍵，在任一時間按停止，便能領取與畫面上數字對應的獎品。既快速、也不吵，而且大受孩子們歡迎。但是，拉下很重的拉桿再抬起、拉下再抬起，一人各負責一台，對著接踵而來不曾間斷的眾多顧客，如果持續做這個動作一小時，手腕會很疲疼的。

「喂，守，你聽說過修羅道嗎？」佐藤按捺住「厭煩」心情，微笑著問守。

「武術的一種嗎？」

「NO、NO！所謂修羅道，也就是六道輪迴中的一道（註），是在戰爭中死掉的人，被殺害的人掉下去的地方。」

「那和摸彩有什麼關係？是，銘謝惠顧獎。歡迎再來！」

收到小包面紙的顧客依依不捨地回頭望著大大地寫著「特獎一名，巡弋愛琴海七天之旅」的海報。

佐藤操著說書似的語調，繼續說著：

「爭鬥的妄執、怨恨，一旦深植心中而墜入修羅道會怎樣？墜落之處是戰場。朝陽照射，起身拔劍，必須和緊追進攻的敵人作戰。受傷、倒地、又站起來揮劍。太陽下山後，手掉了腳斷了，痛得邊呻吟邊流下眼淚……」

「你又看了什麼怪書了吧？」

「聽完！可是啊，仍然不死。已經死了一次這是當然的啦，儘管全身傷痕累累，早晨太陽照過來後又全好了。然後，敵人又攻過來，必須奮力一搏。就這樣一直重複喔！這啊，還眞受不了！」

「那倒讓我想起全日本聯隊和紐西蘭國家橄欖球隊黑衫軍比賽時的情景。」

「拉桿幾小時又拉又抬的！」佐藤厭煩透了似的揚起頭說：「守，咱們是在欺騙顧客呢。」

「怎麼說？顧客們不都樂在其中嗎？」

「就這個，問題就在這裡。你還眞以爲特獎會出現？有那種好事嗎？據我看，能拉中第三獎的高畫質錄影機就很好嘍。」

「眞的嗎？」

耳朵機靈的女顧客插嘴問道，皺紋都擠到眉頭上了。

---

註：佛教中講六道輪迴，把無色界、色界、欲界三界內不同的天稱為各種「道」。

「沒那回事，第一獎和特獎都有！」

佐藤做出假笑後，把那名女顧客手裡的摸彩券擰掉，按下槓桿，是第四獎。

「還是別說不必要的話，請看，四獎。保潔膜和喉糖，妳要哪一種？」

佐藤音量果然降低了，但繼續說著：

「顧客追求著夢，緊握著摸彩券來。我的胸口很痛的呢。爲了要拿到摸彩券，客人連不必要的東西都買了。我和你呀，因爲犯了這罪，死了以後會掉到修羅道去喔。從早到晚，操作拉桿一直拉到手都快斷了地。等天一亮，客人又接踵而來，每隻手都拿著摸彩，同樣的事情一直重複。卡鏘卡鏘……。」

「你到底在想什麼啊？」

高野住院不在，這時，書籍專櫃代理主任女史姍姍來到。

「辛苦了，我來換班，去吃中飯吧。下午，拜託你們在倉庫檢驗商品。」

「阿彌陀佛，多謝救助……。」佐藤說道。

守和佐藤兩人在自助餐廳吃中餐時，起身給橋本打電話。剛在摸彩專櫃正忙的時候，以子來電留言。

「今天早上，你出門時正好有個叫橋本的打電話來。吩咐要你回電。」

是橋本信彥，有什麼事呢？

對方的電話佔線中。守邊看錶，每隔兩分鐘共打了三次，嘟嘟的聲音重複著。守放回聽筒。

「女朋友嗎？是不是警告你，再不馬上過去要絕交！」佐藤露齒笑道。

「是啊，不過無所謂，絕交好幾次了。之後的重修舊好倒是很有趣的。」

「唉呀呀，眞是看不出來！」佐藤重重地低頭表示佩服道：「眞好啊。這方面我是自由人，從這一站到下一站的隨風飄蕩。可愛的小姐可別阻止我喔！」

「這次的新年假期要去哪裡？」

「要去看巴黎達卡越野賽車。」

「哦！眞好。要花很多錢吧？」

「錢嗎？不少吧。不過，因爲那樣，我拚命節衣縮食，總會想出辦法。我休假這段期間就萬事拜託嘍。萬一我去了沒回來，就朝歐洲大陸那個方向拜一拜我。」

守把這番話和剛才佐藤一直在提的修羅道的話題串連起來，一起問了佐藤關於菅野洋子事件發生以來他偶爾會想到的事。

「佐藤先生，爲了能從事你喜歡的旅行，你沒想過要換更好的工作嗎？」

「好工作？」

「也就是說……更輕鬆能賺大錢的。」

佐藤有點意外，他瞪大了眼睛問：「那不像是你會問的問題哪，怎麼啦？」

「沒什麼。只不過有點好奇。」

「哼，」佐藤揉了揉鼻子底下說：「賺大錢呀？那敢情好，不過啊，那種事多半都很危險吧？如果不是騙人就是自己受騙，我可不上當。書店很好玩，跟我的性格也合——只要勞動就有確實的收入。」

回倉庫後，只見一堆又一堆待檢驗的商品和退書，加上今天店裡錄放影機播放的是明年夏季的時尚泳裝秀，佐藤老是中途開溜。

「太精采了，開叉開得眞高，比裸體還更性感呢，你也去瞧瞧！」

一小時後，制服下的圓領衫就全被汗濕透了。再怎麼整理，待做的活兒仍堆積如山。這些才是修羅道吧，守苦笑著想。

眺望著要大量退回的雜誌堆，守突然想起《情報頻道》。

到底銷售了多少？有多少人看過那則報導？其中的大部份也是循這種途徑，最後還是交給裁書業者嗎？

（有個人全都買走了）

說是要打官司什麼的……可是，像戀人商法這種案子，能將人以詐欺罪嫌起訴嗎？

守的視線正好停在風格有些不同的雜誌上，使他從朦朧的沉思中清醒過來。

那是一份所謂的「剪報雜誌」。從平常發行的報紙、雜誌、寫眞週刊和晚報的報導摘錄下來，然後分門別類重新編輯。據守了解，這類雜誌有兩種，一種是專業書評，一本是和電腦相關的新產品開發專業雜誌。可能各有需求吧，銷售情況大好。

可是，這本又稍微不同，是刊登社會新聞，亦即專門刊登報紙第三版社會報導的雜誌。由於都是犯罪、事故、事件的報導，一般人沒多大興趣購買，若是工作上有需要的人，也多自己做剪報，不會特地去買。剪報雜誌因爲是人工編輯的，售價也比一般雜誌高。

這本雜誌沒透過經銷商，直接送到書店來，在接受這本雜誌寄賣時，高野幾度叮嚀出版社，在指定期限到了的時候，一定要負責自行拿回退刊。

守的視線被「九月下旬～十一月上旬　事故．自殺及其他」的大標吸引，他拿起其中一本。他想，應該會有大造的車禍報導吧。

雖然三大報和一家經濟報，還有淺野家訂的東京日都報刊登了，但篇幅都很小。全部加起來，還不如月底發生的那起誘拐幼兒未遂事件報導的一半多。

而還有各式各樣的事件，是這裡沒刊登出來的。而且，應該每個事件都一樣，對於被捲入的人而言，就像月亮突然掉在頭上一樣。

儘管如此，每一天每一天，總有很多人死了……。在枚川，這是很難想像的。在守的眼裡，這個叫東京的大都市，看起來就像一頭有著頑強而毫不留情的臼齒的怪物，把人咬得碎碎的。

守一頁一頁地翻閱時，視線停留在十月上旬的標題「在東西線月台跳下」。他想起搭乘這條路線電車出勤的眞紀曾提過這件事。（在車站聽說的，自殺者的頭啊就卡在連結器中間，眞的喔！）

再往下看，守不由得在倉庫的地板上坐正起來。

「死亡的女性是……上班族三田敦子（二十歲）……」

三田敦子。

那個座談會的女性之一嗎？

怎麼會？守把雜誌擱在膝蓋上，眨著眼睛。他重看了幾次，寫的都一樣。三田敦子、自殺、沒發現遺書。

十月，三田敦子，跳電車軌道自殺。十一月，菅野洋子，車禍死亡，但情節近似自殺。她衝到了正在行駛的車子前面。

守拿著雜誌，奔向角落的式公共電話，再打一次電話給橋本。

還在電話中。

守咬著嘴唇想了一下，換了個想法，撥電話給剪報雜誌的發行處。前幾個月份的雜誌已經全部退回去了。

守提了要點後，對方請他等一下，音樂聲響起，守著急地跺腳等著。

「喂，久等了。有個加藤文惠小姐的名字，出現在九月二日的報導，她從自己住的公寓頂樓跳樓自殺。」

「報導有沒有提到遺書？」

「嗯。沒發現，只提到在調查動機之類的……」

加藤文惠、跳樓自殺、沒有遺書。

「叫高木和子的名字呢，有沒有？」

對方沉默了一下，傳來翻書頁的聲音後，回答道：

「沒有哩……沒找到。」

那麼，三個人……還只是三個人……已經三個人。

三個人死了。座談會的四名女性中，竟死了三個。

可能是注意到守的樣子很奇怪，佐藤來到旁邊：

「喂，怎麼啦？你這張臉像是剛剛才捐了兩公升的血。」

「對不起，我有點急事。」

守跑向樓梯，要去見橋本。他一定也是爲了這事打電話來的。

四個人當中的三人，有如此巧合的嗎？

## 九

橋本信彥失蹤了。

不，消失的不僅是他，連屋子也消失了。遺留下的只有他曾生活過的綠色屋子的殘骸。裂開燻黑的牆壁、焦黑了的鐵柱裸露著，如墓碑似的直指天空。只留下讓人聯想起魚齒、鋸齒狀的窗框的另一端，瀰漫著一股焦臭味。

守靠近「危險・禁止入內」的繩索旁，腳下響起不知是什麼碎掉的聲音。圓形的酒瓶混在窗玻璃尖銳的碎片中，在灰燼和水窪之間閃爍著。

所有的一切都不留痕跡地燒光了。

融化了的櫥櫃、只剩鋼鐵框架的桌子、守曾坐過的沙發殘留著泡漲的彈簧。

究竟發生了什麼事？守抬頭望著這一片殘骸，說不出話來。**橋本先生究竟發生什麼事了**？

「你認識橋本先生嗎?」

守轉頭一看,只見一個一隻手拿著掃帚,穿著紅色圍群的女性站著。

「嗯,是的。」

「親戚的孩子?」

「不是。只是有一點認識……這,到底……」

「橋本先生死了。」

死了?守呆立著,連橋本先生都死了?

「發生了什麼事?」

「瓦斯爆炸,」女人回答:「很可怕呢。這條路上前面幾戶人家的窗戶玻璃也給震破了,給附近的人帶來很大的麻煩呢。」

女人用望著身體不舒服的孩子從學校早退般的眼神,盯著守看。

「你沒事吧?臉色很難看呢。」

「橋本先生,是因為爆炸死的嗎?」

「是啊。全燒焦了呢,聽說的。」

女人拿起手裡的掃帚向守招著,說道:「總之,出來吧,很危險的。警察吩咐不能讓人進去。」

守照著女人說的話退了出來,但再度回頭看一眼火燒的斷垣殘壁。在一片黑色殘骸中,前次拜訪時看過的壁鐘掉落在地上,上面的玻璃破了,針指在兩點十分的地方停住了。

難怪震破了。粉碎了。

電話接不通。聽人說過，因火災和事故導致電話斷線的話，會暫時聽起來像通話中。

「是什麼原因？知道嗎？」

「嗯，是酗酒？或是老婆跑掉的關係吧？那個人怪怪的，不懂他腦筋裡在想什麼。」

守一時無法掌握女人話裡的意思。

「什麼意思？」

「是自殺啦，」女人邊晃動手裡的掃帚邊說：「家裡的瓦斯栓全打開了呢，還仔細地把一整桶塑膠桶的汽油潑得到處都是，恐怕連火柴都點上了吧。現在，消防署正在調查。你真的沒事嗎？哪，你既然認識橋本先生，能不能和那個人的親人連絡看看？大家都很困擾。我家的玻璃破了而且還積了水，要怎麼賠呀？」

後來的話守就再也聽不見了，外界的聲音全消失了。

橋本信彥也死了，說是自殺。

守頭靠在對面屋子的水泥磚牆上，心想著。

又是自殺，不僅四個人中有三個人死了，和那座談會有關連的五個人中有四個人自殺了。

不可能有這種事，令人無法置信，竟然接二連三地發生這種巧合？無法相信。

這是殺人！有人冷酷而嚴密地擬定殺人，計畫性地冷酷算計，把這四個人殺死了。守感覺自己的脖子彷彿被刀子抵住了，一陣寒意竄遍全身。

橋本是連接那四名女性唯一的環，是連結猛一看毫無任何關連的三具屍體的關鍵。所以，他被炸死了。

從眼前這片徹底摧毀一切的景象可明瞭。櫃子裡有四名女性的採訪記錄，有相片，這些對設計並實行殺人計畫的「某個人」來說，應該是一種干擾吧。

如果橋本意識到那四人中有三人在不同的地方死亡的話……，不，他一定意識到了。他注意到了。所以，被殺了。

不過……，守抬起眼睛。

殺人者到底用哪種方法呢？別說菅野洋子了，其他兩名女性，至少在形式上，看起來毫無疑問的是自殺。有目擊者、而且對象是活生生的人，就算能把人從大樓的屋頂上和車站的月台推下去，卻無法教唆她們做起來像是自願的。

隨風飄來焦臭的味道，以及汽油的味道。

汽油。是的，是汽油。如果只殺橋本一個人，單是瓦斯爆炸就已足夠了。「某個人」爲了要把櫃子裡的東西都清除掉，於是灑上汽油，點上火。

怎麼做到的？以現場的情形看來，如果有人在場的話，絕對不可能毫髮無損地離開。也因此，警察才會判斷也是自殺。

到底是怎麼做到的？

橋本先生想跟我說什麼？守突然想起這事。

他今天早上打電話給我是想說什麼呢？是只傳達三名女性之死是連續殺人，或者連對方使用的方法都掌握到了……？

**今天早上的電話**。他的思緒停住了。

這個火燒的痕跡已冷卻。發生爆炸是在何時？

鐘停在兩點十分。現在是下午過了四點三十分。那麼，發生爆炸**是今天凌晨兩點十分**！

那人不是橋本先生，是假借橋本先生名義的「某個人」打來的。

突然，守覺悟到該如何著手了。

僅存的一本《情報頻道》上還有一個環。是連接四名女性、否定三人死亡之偶然性的唯一證據。冷汗從他腋下滴落。

那本雜誌在家裡。我把寫著地址和電話號碼的紙條交給了橋本先生。「某個人」知道了，於是打來電話。

他的目的是爲了警告我?!

附近找不到公共電話。守發瘋似的跑著，當跳進另一區的一座電話亭後，只覺眼冒金星，他太著急了，以致一時連家裡電話也想不起來。

他握著聽筒，等待電話鈴響，不禁自問，一切是否都太遲了？如果，家裡的電話也是重複著通話中的嘟嘟聲……

「你好，是淺野。」是以子的聲音。

「姨媽，請趕快離開家！」

「咦，你誰啊？」

「我是守，沒時間說明。聽好，別說話，請照我所說的做。趕快離開屋子，什麼東西都別帶，姨丈、眞紀姊也一起，現在馬上走！」

「等等，守，怎麼啦？」

「拜託，請照我的話做，拜託啦。」

「哪……」以子的聲音變尖銳，「不知道你爲了什麼這樣胡說八道，你不在家的時候，有你的電話喔。說是叫橋本先生，要你回電話給他。」

「我知道，所以……」

「我問了電話號碼，現在告訴你吧？」

守發不出聲音來。**是知會電話號碼來的**？

「說是有要緊的話要跟你說，準備好了嗎？要唸嘍。」

不是橋本家的電話。是東京都內的電話號碼。

那傢伙到底在想什麼啊？守頭痛了起來。彷彿在和透明人玩躲避球，下一個殺球會從哪裡飛過來？

他無法撥電話，太可怕了，守想放掉這所有一切逃之夭夭。

可是，他做不到。他撥了以子知會的號碼。

鈴聲僅響了兩次，對方來接了。守不知說什麼好。聽筒握得太緊，指尖都發白了。

一個初次聽到的，很沉著的聲音低聲說著：

「呀，小弟弟，是小弟弟吧。」

過了一會兒，對方很愉快似的說著：

「好像嚇了你一跳。我很想跟你談談呢。把橋本信彥的事拋開吧，他的任務已經結束了……。」

第五章

# 看不見的光

# 一

是「那個人」的聲音。

奇妙的「既視感」（註）籠罩了上來。**謝謝替我幹掉了菅野洋子**，和那時候的情形一模一樣。

所有一切都從一通電話開始，最後，又以一通電話結束。

「你是個聰明的孩子，」那聲音繼續說道。語尾稍微沙啞，像老菸槍。

「又有行動力。我很佩服，眞想快點跟你見面。」

「你！」守咬緊牙拚命忍耐，終於說出：「是你吧？全都是你幹的！」

「全部是什麼意思？」

「別裝蒜了。炸死橋本先生，還有出席《情報頻道》座談會中的四名女性死了三個。」

「噢，」他發出單純的感佩的聲音，「你已經調查這麼情楚啦？眞令人吃驚！今天跟你連絡是爲了通知你橋本死了，然後再跟你提小姐們的事。看來已經沒那必要了。」

「爲什麼？」守無法控制逐漸變得歇斯底里的語氣，問道：「爲什麼做了這種事還要告訴我，你的目的是什麼？」

「還不到要說出理由的時機哩。」

很意外的，對方以近乎溫和的語氣繼續說著：

「時機到了，自然會告訴你。你只要記住，那三名女性、橋本信彥都是遵照我的命令死的就好了。」

「命令？別唬人了。有人可以命令正常人自殺？」

電話那頭傳出明朗的笑聲，就像上課時被學生的笑話惹得不由得笑出聲的教師。實際上，那聲音有著教訓人的意味。

「對！你也許還不能相信，可是這世上你無法相信的事還多得很呢。這是當然的，你還是個不折不扣的孩子。」

兩個推著自行車的女性從電話亭前走過，守和其中一人視線相遇了。女性顯出詫異的表情，似乎在說，你怎麼啦？身體不舒服嗎？有煩惱的話，要找大人談喔。

電話另一頭的「那個人」說不定也做出同樣的表情。**真可悲，你管不了的事，很不巧地只有你碰到**。

太瞧不起人了……守如此想道，恐懼感稍微減淡了些。

「死掉的三名女性，不管在哪裡、怎麼調查，毫無疑問的都是自殺。菅野洋子也是自殺。由於跟我原先的預想稍微有點偏差，引起了不必要的懷疑，不過，她是自己衝到十字路口的。」

「被你命令？」

「對，我總算清理了她們！」

清理？像丟垃圾似的？

---

註：眼前出現似曾相識之情景的一種感覺。

「我一點也不後悔，剩下的一個也打算要清理掉。」

還有一個人。守想起剩下的那名女性的名字。高木……對了！高木和子。坐在相片最左邊，留著及肩的長髮，是個輪廓分明的美人。

「我一點都不害怕。應該沒有人會發現我做的事。但是，我也不容許引起不必要的注意而使得事跡敗露。所以，橋本信彥必須消失。那個男人雖落魄得不成樣子，不過頭腦還不壞。你去找他是個起始，我想，他可能會爲了想知道那四名女性的現況而開始行動。當他知道四人中已死了三個，一定會對我起疑心……。」

「你……，你認識橋本先生？橋本先生也認識你嗎？」

「對，給你一個暗示。我啊，就是那個去《情報頻道》發行處把所有剩下的雜誌都買下來的男子。還有，也是到橋本信彥那裡，謊稱打官司要求看採訪紀錄的男人。」

是個人很好的歐吉桑。守想起水野明美說過的話。

「你……聽說你已經上了年紀？」

「是啊，和你相比，多活了半個世紀。」

「爲什麼要這麼做？」

「爲了信念。」

他斬釘截鐵地說，就像一種宣言。

「是我的信念。是信念在操作著這個衰老的身體。小弟弟，我們約定吧。輪到第四個人高木和子的時候，一定會和你連絡。然後，我會向你證明，讓你相信我能做到什麼程度。」

「這種事可以等到那個時候嗎！」

恐懼感不翼而飛，剩下的只有憤怒。守激憤的內心，已衝出了軀體，揮拳敲打著門。

「我不想知道你有什麼能耐，也沒必要知道，現在，我要掛斷電話，你別以爲你能阻止我跑到離這裡最近的警察局去。」

說完這話的同時，守眞的想把電話掛掉，但這個念頭之所以停住，是因爲對方彷彿看透他的行動，大吼著說道：

「聽好，我做得到！」

他的聲音充滿自信。

「想想，你能失去的東西很多，橋本卻什麼都沒有。那男人剩下的不過是微不足道的自尊而已。所以要封住他的嘴，只能用那種粗暴的手段，不過你就不一樣了。」

守整個人僵住了。等守全身僵硬無法動彈之後，「那個人」繼續說著：

「懂了吧？不管你掌握什麼證據、知道什麼，我一點都不擔心。因爲，你什麼都做不了。我能夠隨心所欲地操縱別人，也可以把你的家人和朋友算進『別人』之中。」

原來已不知飛到哪裡去了的恐懼感，像曳光彈般拉著尾巴又飛回來了。在那亮光中，守看得到許多人的臉。

「卑鄙無恥的人！」

守只能迸出這幾句話，說道：

「既然這樣，爲什麼不乾脆快點把我殺掉？爲什麼不這麼做？」

「因爲我喜歡你。因爲我對你的勇氣、智慧給予極高的評價。還有，我想，我們兩個一定有能夠彼此了解的部份。」

「誰跟你了解呀……？」

「給你看個小小的示範表演……，」「那個人」阻斷守的話，繼續說：

「今天晚上九點，我就利用你的家人提供證據給你看，讓你知道我確實可以任意操縱別人。信不信由你，等你看到以後再採取行動也不遲。」最後一句話，他換了揶揄的口氣。

「你，是個瘋子。你知道自己在幹嘛嗎？」

「關於這一點，等和你見面後有了結論再說。」

一直到最後，對方聲音裡的愉悅都沒變。

「眞是期待啊，小弟弟，我衷心期待能和你見面。我和你之間應該有共通點。一直到我能告訴你的時機來臨之前，請暫時把我忘掉，我一定會跟你連絡。」

「我會找到高木和子，」守斬釘截鐵地說：「找到她，不讓你動手。」

「請便！」

對方笑著說：

「東京這麼大，怎麼找出來？嘿，試試看吧，我不認爲她現在在你找得到的地方，而且也不覺得她會回應你的呼喚。因爲她呀，現在非常害怕。」

高木和子也知道只剩下她一個人。

「還有一點，這是最後一句話喔。你想找我是沒用的，既沒有線索，而且我已準備離開這個電話號碼的地方，你只能等著我來和你見面了。」

他好像在說不知引自何處的話，以一種抑揚頓挫的語調說：

「我既不回覆，也不再回來，一直到時機來臨爲止。」

電話掛掉了。

## 二

高木和子知道橋本信彥死了，也是站在他那已變成殘骸的屋子前時。興起拜訪他的念頭是因爲再也無法忍受了。每天每天，即使邊佯裝笑臉，邊強迫推銷化妝品，某種東西正腐蝕著和子的內心。就像用傢具遮蓋地毯上的污漬，無論再如何僞裝，污點還是在那裡。

千眞萬確。四人中死了三個，只剩她一個人的事實。

橋本也許知道些什麼，這麼想使她坐立難安。出席座談會時，雖然曾決定絕不再跟這個令人不愉快的男人見面，可是現在卻認爲橋本是唯一的關鍵。他是惟一認識她們四個人、知道她們身份的男人。

而這個橋本也死了。

站在爆炸後門的遺跡前，她知道直到此時內心的膽怯根本微不足道。

「喂，妳……。」

不知是誰在叫她。一個穿著鮮紅色圍群的女人很不高興地皺眉望著她問道：

「妳是橋本先生的親人嗎？」

「不是，是認識的人。」

女人瞧不起人似的抬起下巴說：

「那個人呀，死了以後，來找他的人還眞多呢。」

「還有誰來嗎？」

和子做出防衛的姿勢。在她的記憶中，橋本這個男人並不像會有惦記他的人。如果有人來過，一定是和這件事有關的人。

「大約一小時以前，有個像高中生的男孩來過。也和妳一樣站在那裡，表情像個醉得很難受人似的。」

「男孩？」

和子不禁困惑起來。

加藤文惠、三田敦子相繼死後，和子和菅野洋子曾思索過這不是巧合的可能性。說起來，是洋子有這種想法，至於和子，則全面否定了洋子所列舉的推測。

「一定是客人中的某一個！」當時，洋子說了：「他怨恨我們，打算一個個地把我們殺掉。」

「哪有那種有膽量的人？」和子哼著鼻子笑說：「首先，爲什麼非把我們四個都殺掉不可？我們又沒有抓住同一個客人不放！我的客人是我的，妳的客人只有妳知道。即使有人被怨恨我們，也是不同的人。」

「會不會是看了那本雜誌……。」

「我不是說了嗎，我們的客人未必會看那種雜誌！沒看的可能性更大。」

「有，就有一個，」洋子嘟囔著說：「我原來的客人看了那本雜誌的報導後，就糾纏不清了，我怕死了……」

「所以妳搬了家？」

洋子點頭說：「可是，行不通，他很快就知道了，又追來了。」

「堅強點！」

和子想到自己也可能遭遇同樣的事情，暗中顫抖著，重重地說道：

「那個男人又不能拿我們怎麼樣，連打官司都不能。我們只是受僱行事而已，就算有詐欺行為，那也是公司的責任，不是我們個人。」

「所以，說不定會被殺死，」洋子發出幾乎聽不見的聲音喃喃地說道：「又沒有其他洩恨的方法。」

「別說傻話了吧！敦子和文惠不是被殺，是自殺死的。要說幾遍妳才懂？我們到底做了什麼壞事？我們那麼做也許有點骯髒，不過那是買賣、是業務，又沒做該被殺的事。」

洋子不說話了，盯著和子看。

「什麼嘛？」

「和子，妳當眞這麼認爲？妳眞以爲沒做什麼壞事？眞以爲沒有人會恨我們？」

「當然！」

然而，洋子沒有這樣個輕易就相信了，那天分手的時候，她說了：

「和子，一定也有什麼人怨恨著妳吧？妳一定猜想得到可能會做出這種事的人，我知道，其實妳也在害怕。」

沒錯。當時，並不是沒有可疑的「客人」。

但是，那個「客人」已經死了。她用舊的地址查詢的結果，確定那個男人已經死了，在五月的時候，是加藤文惠死前四個月。

她詢問時對方回答死因是服毒自殺。和子想起那個「客人」是在大學的研究室工作。研究什麼？好像是與醫生相關的事。

和子曾硬把《情報頻道》送給那個「客人」。那一本是橋本信彥露出諷刺的微笑，送給她「做紀念」的。

那個「客人」是個單純得令人厭煩的男人。一個早晚浸泡在學問的世界裡，對他討價還價、賣弄風情，都照單全收的男人。和子曾處理過很多「客人」，但是看到催討信的額度還沒發現到和子是在做生意的，也只有那個男人。

「你是傻瓜嗎？」當他打電話來的時候，和子說了：「你還沒清醒嗎？那是演戲，全部……都是演戲，我對你根本一點意思也沒有。」

但是，對方不相信，並沒有停止盲目地追求和子。那並非怨恨，而是因爲喜歡她的關係。

所以和子硬把《情報頻道》寄給他。她是爲了讓他知道，對他那種「客人」她是怎麼想的。

後來，那個「客人」——叫田澤賢一的，就突然不再連絡了。和子並不知道他已經自殺了或發生了什麼事，那就不是和子所能知道了的。

像高中生的男孩子？和子努力回想，田澤賢一有弟弟嗎？

「那孩子，感覺是什麼樣的孩子？」

被和子這麼一問，紅圍裙女人偏著頭說：

「什麼樣子？就像這一帶常見的孩子吧。頭髮沒燙，穿的衣服也不特別引人注意，看起來不像是不良少年。」

「像橋本先生嗎？」

「完全不像，長得挺可愛的。」

當時的日下守已搭上電車。如果和子再早十分鐘下車的話，站在對面月台上的他一旦發現和子的臉，說不定很快就飛奔過來了。

「哪，妳能不能和橋本先生的親人連絡？」

紅圍裙女人說了：

「希望他們提出損失賠償，眞的很傷腦筋呢。」

「能用錢解決的時候，還算幸福的。」

和子回答後，離開了那裡。

回到公寓後，和子迅速打包行李，她沒跟房東打招呼，確定四下沒人後走出去。總之，先去遠離此處的哪個地方住下。租個短期公寓也好。

如此一來，應該不會有人找得到她。至少暫時。

# 三

爲了把時間忘記，守把能做的事全做了。

他做了長距離的慢跑，跑到筋疲力盡；鎖上房門，把解鎖用的道具全磨了一遍；給大姊大和宮下陽一打電話；連絡高野住的醫院詢問他復原的情況。外出的眞紀回到家約七點鐘，她把剛看了的新上映的電影當作話題，喋喋不休地說著。

「我在電影放映途中睡著了，」眞紀坦白地說：「所以我才說啊，看動作片比較好，可是一起去的人都想看歷史劇，少數服從多數，我輸了。」

「那是因爲妳每天晚上都玩到很晚的關係吧。」

以子從旁插嘴，直指眞紀打瞌睡的原因，眞紀伸了伸舌頭。

「一堆的忘年會（註），沒辦法嘛！」

眞紀雖然滿不在乎地分辯，但是守知道她有一半是四處去喝悶酒的關係。

大造的事故，似乎在眞紀和男朋友前川之間投下了很大的陰影。守好幾次聽到她在半夜邊哭邊打電話。她每天很晚才回家，總是獨自一人，也不想跟家人坦白藉以獲得安慰，這些行動很令人擔心。

「不過，眞的，最近好像有些太超過了。昨天啊，有段時間，不管怎麼努力想，都想不出來自己在哪裡呢，醉得太厲害了。」

「眞可怕，這可不是等於在四處宣傳：請偷襲我吧。」

「啊呀，沒事的。媽想像的那種危險的事情啊，有百分之九十都發生在彼此認識的人身上。我叫計程車回家、一個人走，反而安全啦。」

「愛說歪理的女孩。」

在聽著兩人的對話的同時，守兩眼動也不動地隨著時鐘移動。他腦裡一片空白，時針就像在佈滿地雷的平原上的爬行士兵，只肯遲緩地向前匍匐。

「守怎麼從剛才就一直瞪著鐘看。」

眞紀這麼說的時候，是在週日晚上吃完簡單的晚餐以後，快八點鐘了。

「哦？」

「是啊，有約嗎？」

「鐘，是不是有點慢了？」

註：每年年終，日本人都會舉辦忘年會，忘年會上大家會盡情品嘗美酒，好忘卻過去一年的不利，迎接新年來臨。

大造回答：「不會吧。今天才上了發條，對了時間呢。」

淺野家的餐廳內，有個年代久遠，掛在柱子上的時鐘。是那種古董商會喜極而泣收購的，得人工上發條的寶貝，是大造和以子結婚時親戚送的賀禮。

直到現在，已遭遇過幾次地震，也換過掛的地方，可是鐘擺始終沒停過。大造一星期上一次發條，偶爾上油。僅這樣，那掛鐘卻始終以響徹家中的悅耳聲音，告知正確的時刻。

連那座鐘，對此刻的守來說看起來都像是顆定時炸彈。

八點半以後，守關在自己的房間裡。內心有種依賴心理，認爲單獨一個人沒人在旁邊的話，就不會發生任何事了吧。他熄了燈，在房間裡坐著。

然後，瞪著床邊的電子鐘看。

八點四十分，傳來敲門聲。

「是我，可不可以進來一下？」

眞紀的臉探進來，守還沒回答，她就像個玩捉迷藏的小孩似的溜進來，反手關上門。

「怎麼啦？那張臉！肚子痛嗎？」眞紀略歪著頭問道。

不能趕她出去，守曖昧地笑著，搖了搖頭。

「哪，你怎麼想，有好事呢。」

「什麼怎麼想……，什麼呀？」

「什麼什麼呀？就那事啊。剛才說的話呀。眞奇怪，你沒聽到嗎？今天吉武先生到家裡來，和媽說的話。」

這麼一說，守想起好像是有這麼回事。守和眞紀不在的時候，吉武浩一帶著新日本商事的部屬來。

「我認爲是好事呢。反正爸已經不再開計程車了，總得找份新工作吧。爸那把年紀，應徵找事也沒機會了。吉武先生都那麼說了，順著不就好了？」

吉武浩一似乎是來找大造談工作的事。

「爲什麼？吉武先生要……。」

「所以我說吧，那個人是想贖罪啊。因爲自己當場逃走的關係，讓爸受了罪，所以想補償。」

眞紀笑著繼續說：

「爸說讓他想想。老爸和老媽是怎麼啦，新日本商事的薪水多好啊。我也設法說服看看，守也不露痕跡地勸勸看。我們兩個人站在同一戰線吧。」

談著這件事時，時間毫不留情地接近九點。守感到自己的身體僵硬，喉嚨乾渴。

**家人中的……哪一個人啊**？

「就這事。拜託嘍！加油喔！」

眞紀留下這句話，走出了房間。守大大地嘆了一口氣，動也不動地盯著鐘看。

八點五十分。

「守，來整理洗好的衣服！」樓下傳來以子的大聲呼叫：「沒聽到嗎？守！」

八點五十五分三十秒。

「眞沒辦法！」

以子敲了門後，很快地踏進房間，雙手抱著乾了的衣服。

她歪著頭問道：「怎麼啦？身體不舒服嗎？」

守沉默地、重重地搖頭否定。八點五十九分。

「眞的嗎？你的臉色很蒼白呢。對了，你今天白天也是在電話裡說了些莫名奇妙的話。」

因爲守不回答，以子皺著眉頭走出去，臨出房門又回頭望了一眼。

下一個瞬間，電子鐘發出閃光，顯示時間是九點，同時樓下的掛鐘也開始響起。守雙手緊抱住膝蓋。

噹、噹、噹，鐘聲持續響著。電子鐘發出閃光。一秒、兩秒。

已十五秒。

過了二十秒。

三十秒。

守房間的門慢慢地開了，眞紀再度探頭進來。

她眼睛向著守，卻視若無睹，焦距在一百公尺之前。然後，她用生硬的語調說道：

「小弟弟，我打電話給橋本信彥。於是，他就死了。」

門啪地關上。

彷彿解了咒能動了似的，守衝出走廊。他用身體很快地撞開眞紀的門，她正蹲在唱盤前面。

「唉呀！怎麼了嘛！」眞紀手裡拿著唱片，跳了起來說：

「眞討厭，什麼事啊？」

「眞紀姊……，剛剛，妳說了什麼？」
「什……剛才說的話嗎？吉武先生的事？」
**她完全不記得了！**
「你眞的很奇怪耶，守，你到底怎麼啦？」
沒什麼，別介意，守找了藉口回到房裡。坐在床邊，雙手抱住頭。
樓下傳來以子的呼叫聲：「眞紀，電話！」
「誰打來的？」眞紀下樓。那足音仍然很輕，什麼都沒變。
此時的守只能無助地面對著那一波波，打心底湧起的恐懼和迷惘。

# 四

那之後的每一天，守過著有如噩夢循環的日子。一如童話中那個手碰觸到的東西全變成黃金、埋在財富堆裡卻必須餓死的國王般，避開所有的人孤獨生活著。
必須阻止！而且必須自己獨力進行。不能跟任何人提起，再也不能讓任何人捲入。
十二月已過了一半，鎮上更有活力了。商店街裝飾著各種小竹子，車站前，基督教新教救世軍的傳教喇叭聲響徹街頭。每年慣例舉行的街道巡夜展開了，那嘹亮的呼聲經過了淺野家，卻與睡不著盡翻著身的守無緣。

「今年是有三個酉的年，會有很多火災唷。」

以子這麼說，並在守的房間也貼上「小心火燭」的貼紙。那讓守很不情願地想起橋本信彥的死狀，想起融化了的櫥櫃，想起火燒後火場所發出的焦臭味。

不知有幾天，連在夢中都聽得到瓦斯外洩的嘶嘶聲。經常在夢裡出現的，有時是守住的淺野家，同時也是橋本信彥的家。

夢境裡，看得見橋本黑色的剪影。他正睡著，電話響起，電話鈴聲持續，一聲、兩聲、三聲。守喊著：「**別去接！**」然而橋本起身，拿起電話。然後，隨著含糊不清的爆炸聲，窗戶爆溢出火燄。

守往往在這個場景中驚醒過來，全身汗濕透了，彷彿是要躲避爆炸衝擊似的身體縮成一團。找個人說出來吧，把事情一股腦兒都說出來吧，對方說不定也只是笑翻了而已。好疲倦喔。說不定，連守也會一起笑。

然而過幾天後，對方死了。從大樓的屋頂上跳下，在疾駛的車子前縱身一躍。然後，那個人打電話來，低聲說了：

「小弟弟，你毀約喔……。」

不能告訴任何一個人。

因為不能說，所以除非必要絕不多說話。

眞紀不高興地嘟嘴說，最近，守又變得好古怪喔。宮下陽一想跟守搭話來到一旁，終究放棄走掉了。大姊大擔心過頭，生氣了。在「月桂樹」，藉著年終銷售忙碌不堪之際，連出院的高野，守也沒對他說。

距初次造訪的一個星期後，吉武浩一爲了聽大造的回覆，再度拜訪淺野家。是否接受他提出的要求，大造和以子已經談過許多次了。有時候，孩子們加進來，話題談得相當深入。比如，今後的生計。以大造的年齡而言很難再找到新的工作等。

於是，大造決定接受吉武的要求。新的工作是新日本商社最近展開的家具和室內裝潢用品的租借業，大造依據訂單傳票，把貨裝上運貨用的卡車。

知道了大造這個決定後，吉武很高興地鬆開手了。

這次是吉武一個人在下班回家前順道來訪的。眞紀偷偷地跑到正門口窺伺，感嘆地說：「果然開的是好車。」然後走回來。

「外國車嗎？」

「不是的，告訴你，吉武先生不是那種俗氣的人。他還在不知什麼媒體上寫散文呢。他說，世界上有些國家能對其他國家驕傲地提供許多好東西，日本的汽車就是其中之一。所以啊，他說他只開國產車。」

第一次見到吉武本人，在守看來，他比到目前爲止刊登在雜誌上的相片中所看到更年輕、更健康。打高爾夫球曬黑的皮膚顯得膚色很均勻，和他所穿的襯衫、西裝的色調很搭配。

淺野一家都知道，吉武因爲做了目擊證人，使得他的立場變得很麻煩，而揶揄這件事的人也很多。尤其當大造介紹「我女兒眞紀、兒子守」的時候，眞紀和守都不知該做些什麼表情，不知所措的樣子無所遁形。

然而，吉武本人對那件事看起來完全不介意的樣子。

「做什麼菜好呢?如果不合口味怎麼辦?」對以子煩惱地拿出的家庭菜，吉武讚不絕口；爲大造就職高興；爲了配合眞紀的主導欲，從海外出差的插曲聊到室內裝潢的流行動向，連最新的時裝界趨勢都談到了，豐富的話題無止盡。

他提到第一次在英國蘇富比拍賣會上喊價到手的，那支清朝末期慈禧太后在紫禁城所珍愛的長而美的菸管，眞紀聽得出神，忍不住探出身子。自從大造發生車禍以來，第一次看她如此快樂。

「慈禧太后，就是那個非常奢華的皇太后吧?」

「是這麼傳說的。從某種角度來看，也許可以說是她毀滅了清朝。聽說她擁有兩千套衣服呢。大小姐，妳看過《末代皇帝》那部電影嗎?」

「嗯，看過，很棒。」

雖然看過，不過在超過兩小時冗長的上映時間裡，她一半是打瞌睡度過的。一起去看的守記得很清楚，不過，他沒說話。

看著愉快地侃侃而談的吉武，守總覺得以前不知在哪裡見過他。在哪裡?

守裝作上廁所，去看看停在門口前吉武的車以後，終於想起來了，銀灰色的車身!

潛入菅野洋子房間那晚，那部車曾停在事發現場的十字路口。

吉武回家時，在玄關處便要淺野一家人留步，於是雙方就在門口道別。大造他們回房間以後，守悄悄地走到外面。

吉武正把手伸進口袋找車鑰匙，再如何精明幹練的企業家也和一般開車的人一樣。

吉武注意到守了，說道：

「啊，打攪到這麼晚很抱歉，我忘了什麼東西嗎？」他臉上浮現沒有任何缺點的職業性微笑。

「我可以問你一個奇怪的問題嗎？」

「什麼事？」

「吉武先生，這部車曾停在事發現場的十字路口吧。在發生車禍那一個週日，凌晨兩點或兩點半。」

吉武動也不動地注視著守。不久，那雙眼睛和緩了，眼尾刻著笑紋。

「敗給你了，你怎麼知道？」

「我看到了。因爲我有半夜慢跑的習慣，而且發生車禍以後，我心裡總還是惦記著，所以會跑到現場附近去。」

「喔，是這麼回事呀。」

「還有，那香菸也是，好味道呢。雖然有點強烈。」

吉武輕輕地笑著說：「以後，要採取隱密行動的時候可要小心喔。」

紫色的煙霧眞美。

「我想向您致謝，」守說了：「有那麼多的……隱情，您還出面作證。」

「有部份媒體報導得相當聳動，你知道的吧。那太誇張了！如果是我個人的事，你倒不用擔心。我既不會離婚，也不會辭去副總經理的職位。儘管我是入贅女婿，但我並非完全沒有能力，不過世上的人卻這麼看我。透過這次的經歷，我很清楚，所以我會更努力，我必須更大力宣傳因爲有我在，才有現在的新日本商事，我的幹勁被激出來了。」

看到那開朗的臉，守放心了。吉武藏起笑意，繼續說：

「與其說這些，我才該向你和你姊姊道歉呢。對於我跑掉了的這件事，一直到後來出面，花了太長的時間，我很徬徨呢。原以爲，再等等，說不定會有其他目擊者出現……眞是個不爭氣的男人。」

「不過，結果還是出面了。」

「這是應該的。」

說完後，吉武現出擔心的表情說：「最近，你瘦了一點吧？」

守吃了一驚，問道：「您說我嗎？」

「嗯。剛才被你嚇了一跳，這次，該我嚇你了。出面以前，我曾到這附近來過，我想在去警察局以前，先跟淺野先生的家人見個面說說話。結果，沒這麼做就回家了。那時候，我曾看到你。」

守搜尋著記憶問：

「還是開這輛車？」

「是啊。」

守想起來了，說道：

「您停在堤防下面？」

吉武點頭說：「你在慢跑。和那時比，臉瘦了。」

「是嗎？」

守心想，也許是。從「那個人」出現以後，心情就沒輕鬆過。

吉武說得很慢：「這次的事是很不幸的。不過，因爲這樣能和你們相識，我很高興。我們夫婦沒有孩子。」

吉武微笑了，是發自內心的溫暖的微笑。

「認識你和你姊姊，我很高興。有什麼煩惱，別客氣，我希望你說出來。我做得到的會盡力去做。」

「謝謝。謝謝您所做的一切，全部的事。」

吉武直視著守的眼睛說：

「我必須賠償你父親，我只是在做該做的事而已。」

這之後持續著每天的生活時，守總會差點忘記自己所處的狀況。「那個人」不會再跟我接觸了吧？那件事已經結束了吧？可怕的事不會再發生了吧？

但是在下一個瞬間，他又改變念頭，想起「那個人」所說的話：

「輪到第四個的時候，一定和你連絡。」

那不是唬人的。

這些日子以來的報紙和電視新聞中，並沒有任何名叫「高木和子」的女性死亡的報導。「那個人」是眞的在等待時機。他想，還是寧可相信那句話。一如「那個人」所言，守沒有管道可以打聽到高木和子的消息。守在東京都二十三區的電話簿中，先找出「高木」的姓，希望能仰賴千分之一的幸運，依序打過電話，但是並沒有發現要找的「高木和子」。守心想，如果她住在東京都內或近郊，說不定會使用假名，那就更希望渺茫，守放棄了，只覺喉嚨又乾又渴。

只有等待。不過當那個時候來臨，一定要阻止。絕對不能讓高木和子犧牲，守反覆提醒自己的惟有這件事。

可是爲什麼？爲什麼這種事要連絡守，他想說什麼呢？我和你應該有共通點，這句話意味著什麼？

時機到了的時候會告訴你，「那個人」如此說道。現在，守只能等待。安靜而耐心地等待，不讓自己氣餒。

有一晚，守慢跑回來時，只見一部陌生的車子停在家門口，駕駛座旁的車門打開，眞紀下了車。和駕駛座上的男子說完話，眞紀頭也不回地走了。

男子下車，繞到她前面，抓住眞紀的手。守正想，男子若做出比這更激烈的動作，他就要趨前援助了，卻見眞紀掙脫男子的手，甩了對方一巴掌。

眞紀跑進家裡，把門啪地用力關上。守啞然地走過男子身旁回家。

眞紀沒哭，很愉快的表情。

「真精采！」守說了後，眞紀出聲笑了，一點都不歇斯底里。

「那是前川先生吧？」

「是啊。那個人呀，爸發生事故後態度突然變得很奇怪。他是精英份子，一定想過不能跟一個父親被關進監獄的女孩交往吧。」

「姨丈的情形又不一樣。」

經過佐山律師的努力，及大造長久以來從事司機工作的優良紀錄，加上和談順利，最後似乎可以略式命令請求（同我國之「聲請簡易判決處刑」）結案，要是確定如此，只要易科罰金便可終結。

「是啊，經過這事，我覺得自己看清了那個人的本性，可是卻又放不下，還想，說不定……不過，現在總算知道了，我早就不喜歡前川先生了，只不過討厭背後被指指點點地說「淺野小姐失戀嘍」。我啊，一直都趾高氣昂的，因爲前川先生很受公司女孩子的歡迎呢。」

「我也是個虛榮的女人，眞笨！」眞紀開朗地笑了。

「妳會找到更好的人的！」

「嗯，下次找個中用不中看的男人吧。」

「我認識一個絕對是中用不中看的男人。」

「那麼，就快點介紹吧！」

但是，守和高野之間似乎保持著一段距離。眞正的原因出在守這一方，毋需辯解。正因爲高野是值得信賴的對象，所以才讓守感到害怕。再也沒有人比他更令守想坦白說出「那個人」的事。爲了避免衝動，守只好離他遠遠的。

然而，除夕前兩天的晚上，高野來到了守的家中。

# 五

「年底正忙的時候突然來打擾，很抱歉。」

高野已完全恢復了，石膏已取下，粗線毛衣底下幾乎也感覺不到綁著繃帶。

「已經痊癒了呢，太好了，影迷俱樂部的每個人也都放心了。」

「影迷俱樂部？」

隨著「對不起」的聲音，眞紀出現了。她用快要滑落咖啡杯的姿勢遞出飲料，拋出櫃台小姐式的微笑，安靜地退下去。

「看來這裡也會增加一個，」守笑著說：「請趁早覺悟，我姊姊是很難對付的唷。」

兩個人說了一會兒不著邊際的話。守知道高野爲何來訪。雖然知道，但是沒說出口。

「老實說，」喝完咖啡後，高野終於開口了：

「我覺得最近守的態度很怪，所以來看一下。在賣場，沒辦法從容地說話，打電話也……，嘿，即使是連絡業務也請稍微親切一點吧。」

「對不起。」

守只能謝罪。並非有意讓高野不悅，但想到他在爲自己擔心就覺得痛苦。

「是不是有什麼原因？」

「完全沒有，很抱歉讓你擔心了。」

守很想照照鏡子看，看看臉上是否顯現出說謊的表情。

「那我就放心了，好高興，這樣我就不客氣地想聽聽守的意見。」

「我的意見？」

「嗯，我得從頭說明，這和那個惹出跳樓風波的女孩有關。我絞盡腦汁地想過，現在完全陷入走投無路的狀態。」

守想起，高野在醫院也提到過那女孩。

「你說過那孩子是個優等生，不是會惹那種風波的類型。」

「沒錯，所以我一直惦記著。在鬧事的時候，女孩母親的樣子我也感到疑惑。後來，我調查了……。」

高野的語氣突然變得鄭重其事：「你聽過竊盜癖嗎？」

「那是什麼？」

「在心理學上，指的是『病態的竊盜習慣』，意思是並非有經濟上的特別理由，卻被想偷東西的衝動驅使，持續做竊盜和扒手的行爲，是一種強迫性精神官能症。」

公立高中的選修課程中並沒有安排心理學，所以守「啊？」地回應著。

「也就是說……那孩子罹患了這種病？」

「嗯，她本人、雙親也都很煩惱，聽說正在接受專業醫生的診治。」

「好可憐。」

好害怕、害怕、害怕……，那孩子恐懼著的是自己內在無法用理性來有效制止的衝動。

「還有一件事，害我和牧野先生負重傷的，那個叫柿山的男人，」

「從那次事件發生以後就沒再聽說些什麼，是毒品中毒吧？」

高野左右搖晃著頭說：「他確實有前科。不過事件發生時，他很並沒有吸毒。在警察局做的血液檢查結果也是陰性。」

「喔……不過，一度毒品中毒後，即使停止服用也會產生幻覺、錯亂，我好像在哪裡看過這種說法。」

「就是所謂的倒敘幻覺吧。嗯，警方也這麼認爲。」

「警方呀。不過，高野先生你的表情一副不以爲然的樣子喔。」

高野揚起下巴，過了一會兒。抬眼說：

「這兩起事件在僅僅十天之內相繼發生。在這麼短的期間裡，竟連續發生兩次從來沒碰過的事，你不覺得奇怪嗎？」

「不是巧合嗎？各自有不同的發生原因呀。」

「你這麼認爲嗎？不過，發生這些事，是在咱們店裡和學院廣告公司訂了契約之後。」

「學院廣告公司？」

「不是有台錄放影機展示品嗎？就是那個。」

守想起螢光幕框子上的企業標誌，那時候曾想過似乎在哪裡看過。

「本來，正式的公司名稱前面應該加個「行銷」的字樣，但是通常只要說『學院廣告』也行得通。像咱們這種大型零售商、速食店、家庭餐飲店都是他們的客戶，那是一家業務蒸蒸日上的公司。」

「是廣告代理商嗎？」

「不一樣。更奇怪。像是促銷、培育人材、市場調查之類雜七雜八的業務什麼都做。我看過那家公司的宣傳型錄，感覺像江湖術士的花言巧語。不過和那家公司訂契約的企業，業績都有成長，所以我們也訂了契約……。」

「哈哈，有不好的謠言吧？賄賂啦，收回扣之類的？」

高野苦笑了，說道：「不，不是那回事。不如說，違法是業界的常態。」

和學院廣告公司有關的謠言，在某種意義上，更具有科學性。

「告訴我這些事的是在大型企業研究部門工作的大學學長。他說，學院廣告過去曾在某家百貨公司使用新開發的輕度興奮劑，就算不是用呑的或皮下注射，也能從呼吸進入血液，也就是透過冷氣設備把興奮劑散佈到整個店裡。當然，由於是祕密執行，並沒有證據，不過他說這個資訊來源的可信度很高。」

「可是，噴灑興奮劑做什麼用？」

「煽動購買慾。」

守冷不防地像被打了一記。

「嘿，不是有句話叫『購買衝動』嗎？有些人在衝動之下買了沒必要的東西和奢侈品之後會感到很後悔。只要研究消費者為什麼會有那種心理狀態，再以人為的方式導致那種狀態，那麼即使什麼都不做，商品也能大賣。」

「那麼……，拍賣會場上的顧客都會很亢奮吧。」

「是吧。我們在拍賣時，不都播放快板的背景音樂嗎，但相反的，在寶石和家具之類的高級商品賣場就播放沉穩的曲子，如果讓顧客一個個快速地空手走過，那公司可傷腦筋了，這也是控制著顧客呢，這一點，學院廣告做得更徹底呢。」

「這眞是個令人不舒服的話題。」

「是啊。這在速食店和餐廳又不一樣了。說起來，你原以為肚子餓是因為胃和腸子的關係？其實是腦。在腦部有個專門控制食慾的部位，它會發出『肚子餓了就吃吧，吃飽了就停下』的指令。如果利用藥物、低周波（頻率）、音樂之類的方式來控制，使肚子雖不是那麼餓卻有餓的感覺，你想會怎樣？」

「雖然實際上很飽，卻還是想吃……。」

「是吧？於是，餐館的營業額會直線上升。有段時期，『催眠療法能減肥』不就是熱門話題嗎？這和剛才所說的效果相反，原理卻一樣。」

「高野先生想說的是……」守邊整理思緒，慢慢地接著說：

「學院廣告也在咱們店裡做了類似的事。」

「我想，沒有錯。」

「不過，這和那兩個人有什麼關連呢？」

「那兩個人呀，是因爲副作用的關係。」

高野說得很肯定，

「他們被副作用影響了。一般流傳很廣、很普及的藥不也如此？比如說我的情形是，當我頭痛症狀發作時，不能服用盤尼西林。另外，以廚房用的洗潔精爲例，有人手裂得很厲害，但就是不能用洗潔精，因爲體質不合。也就是說，有人不適應學院廣告所開發的促銷新手段，這不足爲奇。」

「因此，那兩人有共通點。」高野舉起兩根手指，繼續說著：

「兩人都在用藥……或者有用過藥的經驗。那女孩，當周期性的憂鬱症狀發生時，就吞醫生開的鎮靜劑。而柿山則是吸毒。所謂「倒敘現象」（註）呀，聽說即使只喝了一杯啤酒或吃了感冒藥，就會發作。」

兩人的談話變得越來越嚴肅。

「廣告學院爲了煽動消費者的購買慾，使用了興奮劑，結果，和兩人所使用的藥混在一起，才會引發那種錯亂狀態……我這麼想。」

「是的，可是卻碰到了瓶頸。」

---

註：幻覺劑停用時，可能出現短暫的幻覺或知覺上的扭曲，妄想與情感障礙等心理與情緒作用，且可能持續數月至數年之久，臨床上稱為倒敘現象。

高野很懊惱地嘆了口氣說：

「首先，我不露痕跡地詢問管理咱們大樓的人，但他們表示最近並沒有新購的設備。如果要噴灑興奮劑的話，必須要運進相當大型的裝置，否則做不到。那不是胡亂噴灑就可以的了。況且，那個柿山，他在警察局接受檢查的結果是陰性的，別說毒品了，連什麼藥物都沒發現。我倒不認為，連警察局的檢查都無法檢測出來的藥物，學院廣告有能耐祕密開發出來。」

「又回到原點了。」

「對，那個呀……」

又傳來敲門聲，眞紀突然出現了，說道：

「說得很帶勁呢，再來一杯咖啡如何？」

「外加蛋糕，」她說著，端著放起士蛋糕的盤子走出來。

「急急忙忙做出來的，怎麼樣？甜的東西，不討厭吧？」

姊姊已完全恢復了原樣，守斜眼看著眞紀雀躍地侍候著他和高野，心想。呵，可喜可賀。

「學院廣告怎麼啦？」

她坐了下來，開口問道。

「咦？」

「你們不是在談學院廣告的事嗎？我稍微聽到了一些，我曾被那家公司害慘了呢。」

高野顯出感興趣的表情問：

「什麼樣的事？」

「啊，我知道了！」

守從旁插嘴，雖無意打擾，但被眞紀說的話觸發，說道：「是那個試映會吧？」

眞紀稍微制止了守，又重新掌握說話的主導權，說：

「學院廣告和化妝品公司所贊助的一場電影試映會，電影本身很普通，可是結束以後，劇院裡一整排都是化妝品公司銷售新產品的攤位。我啊，買了好多根本不需要的東西，回家後後悔得要命，可是丟了又可惜。」

「說的也是。」

眞紀精神來了，說：「所以，沒辦法，只好試著用用看。沒想到根本和我的膚質不合，還起了斑疹呢。眞是的，後來那家公司即使寄來試映會的招待券，我都不理了。」

「妳不是送過我一次嗎？」

所以，才會記得看過那企業標誌。

「守，你不是沒去嗎？」

「我忘記了。不過，姊，那是偏見吧。胡亂花錢是姊的責任，並非學院廣告不好。」

「可是，被氣氛影響了嘛。我呢，平時絕不會做那種事的，我一向很愼重地選擇化妝品。」

此時，高野做了一件意外的事。就像這附近的年輕男子般噓地吹了聲口哨。

「嚇我一跳，妳說中了。」

「什麼說中了？」

「眞紀小姐，那不僅是被氣氛影響，還和潛意識廣告手法有關。」

守和眞紀互望了一眼，模稜兩可地重複道：「潛水艇？」

「不是，是潛意識廣告，也叫做下意識投射法。」

高野稍微想了一下，問守：「有沒有現代用語之類的字典？」

「有！」

眞紀飛也似的跑回自己的房間，抱出一本像電話簿的用語字典。高野在翻閱字典時，守偷偷地問：

「妳怎麼會有這種東西，眞不敢相信。」

眞紀也悄悄低語：「年終慰勞會的賓果遊戲抽中的。帶了回來，可重得很哩。」

「找到了。」

高野指著攤開的那一頁，「廣告・宣傳」項目上。

「潛意識廣告」

在潛意識之下訴求的廣告。在電視或戲院的銀幕或廣播等，以不可能認知的速度或音量送出訊息，爲購買行動提供充份刺激的廣告。一九五七年，美國的J・畢凱利公司和普萊塞斯及依庫衣普曼公司，同時發表了這個方式的實驗結果。根據實驗結果發現，如果在三千分之一秒至二十分之一秒間，在節目進行中的畫面上，每隔五秒讓廣告閃現的話，觀眾雖無法看到及意識到，但會留在意識中。其結果是，爆米花的營業額提升五成、可口可樂提升三成。其後，FTC（聯邦通商委員會）指摘其牽涉倫理性的問題，採取了禁止措施。

「也就是說，眞紀小姐在看電影時，也同時看了電影中所混雜的化妝品的廣告，當然，是在完全無意識的狀態下。」

原來如此，守終於明白了。

「《神探可倫坡》影集（註）中，有一集〈意識下的映像〉，確實有這種圈套。」

「對對，就是那個。」

「太過份了，不公平。」

「在日本，還在質疑這種方法的實際效果，不過並沒有採取禁止的措施。若是學院廣告公司很可能做得出這種事來。剛才我說『眞紀說中了』，事實上也是在興奮劑線索消失了以後，我才想到這件事。」

守的聲音不由得變大了：「是那個錄影機？」

「對。學院廣告公然搬進來的那個錄影機展示品。」

像一陣風吹過似的，三人沉默了一會兒之後，眞紀很少見地愼重地說：

「不過，眞的是這樣嗎？實際效果很可疑，剛才是這麼說的吧？」

「嗯，可是可疑的事，也是有可能發生的。況且，學院廣告所做的應該遠超過我們的認知，也許正在研發確實能喚起潛意識效果的技術，例如採用音響啦、色彩啦，不僅是畫面的要素。」

---

註：為知名美國電視影集，以一位衣著邋遢、矮個兒的警探貫穿全劇。

守坐直了，說道：

「要立刻阻止，如果類似那兩人的事又發生的話……。」

但是，這次高野緩緩地搖著頭：

「可是啊，據我調查了之後，並沒有發現因潛意識廣告而引起錯亂狀態的例子，從理論上來說也沒有。即使方法上有爭議，但人們看到的終究只是廣告而已。」

很洩氣。高野遇到的瓶頸，指的就是這一點。

「有營業額不正常提升的情形嗎？」眞紀試著幫忙。

「沒有呢。因爲是年終，業績提升是很正常的，和預期中的一樣。」

「放了錄影機後大約四十天啊？……說不定從現在才開始。」

「即使如此，問題還是沒變。營業額再怎麼提升，會引起錯亂狀態的廣告，誰會樂於採用？我們公司那些大頭們，還不至於利慾薰心到那種程度。」

高野喝下已冷掉的咖啡，守盤起手臂靠著牆站著。

「沒發生什麼奇怪的事嗎？」眞紀挖空心思地搜索各種線索說：「比方說，客人中突然出現很親切的人之類的？」

「客人？不是店員？」

「對對，過份極力的稱讚商品啦。說不定有那種興奮秀逗的人混在裡面喔。」

「可是，每個人會興奮的事都不一樣。有人對錢興奮，也有的人像我們店裡的佐藤先生那樣，看到山和砂漠的相片就心花怒放。」

「守對什麼興奮？」

「我嘛，對姊……」

眞紀用手裡的托盤輕敲守的頭。高野笑了。

「啊，可是，」守邊揮手阻止眞紀的敲打說：「有一個時期，有個人的確處於興奮狀態，是牧野先生。」

高野揚起眉毛說：

「那個人嗎？他呀，就算自衛隊發動軍事政變，也不過用鼻子哼歌、冷眼旁觀的啦。」

「然後，還會把掉落在地上的手榴彈撿起來做紀念呢。不過，那時他是有點high，就是逮捕那個有八次前科的慣竊的時候。在那之前，不是有兩名高中女生也被逮到嗎？他高興得不得了。」

但是……守想起來了。「從那以後，過了幾天之後再問他，他卻回答說閒得發慌。不僅牧野先生，其他賣場的警衛也一樣。扒手減少了呢。」

「其他賣場也一樣？」

高野重複地問道，視線盯在牆上似的動也不動地說：

「扒手減少了？」

「高野先生的手邊沒有資料嗎？」

「被扒的正確損失金額，不看盤點存貨就不知道了。可是……對了，想想的確如此，我想起來了。」

「稍微吻合了。」守和眞紀正顯出擔心的樣子，高野的眼神慢慢變得明朗了，他說道：

「這就是了，」高野一字一句用力地說：「扒手。相反的構想。學院廣告利用那台錄影機，並不是想提升營業額，**而是為了減少被扒的損失額！**」

「安西女史曾邊歎氣邊說道，單是書籍專櫃一年的損失額就有四百五十幾萬日圓，等於一年裡有一個月以上白做工了。」

「話說回來，單是爲了這個，特地把那麼大的設備搬進來嗎？增加警衛不是更便宜、更快嗎？」

「聽好，」這次坐直的是高野，他說：「想想看，那台錄影機展示品，第一，具有裝飾的作用，也能播映商品資訊，而且又能用來做宣傳。在那裡面加進具有抑止扒竊效果的畫面，眞是一舉兩得呀。的確如守所說，如果只是爲了防扒手而引進是虧本的，那不如把損失額當作虧空的錢死了心還快些。可是，如果能利用潛意識鏡頭，在促銷時**順便**遏止扒竊，那情況會如何？這很容易做到，只需把下過功夫的錄影帶放給客人看就行了。而且，比起仰賴能力不盡相同的警衛更加精確。」

**那傢伙，今天的手法真不漂亮**。守想起牧野曾感到不解地說過：**顯得很奇怪，提心吊膽似的**。

「播映出扒手被發現遭逮捕、警衛在追趕之類的畫面，是針對人們的下意識提出警告。所以犯罪行爲會減少，而且罪行容易敗露。放映那些畫面，會讓意圖不軌的人心裡產生愧疚：如果在這裡做了不法的事，絕對會被逮到的。」

「這麼說來，對那兩個人呢？也足以說明出現錯亂狀態這回事嗎？」

「那兩個人除了藥物之外還有其他共同點，也就是心理上都有相當脆弱的部份。一個是有竊盜習慣的神經衰弱者，一個是有前科的藥物中毒者。讓他們和「會被抓喔」的無意識的警告碰撞看看，那就像踩到他們腦子裡沈睡了的地雷一樣。」

眞紀裝著一副渾身顫抖的樣子說：「我原以爲人只依照自己的意志在行動呢。」

**我能任意操縱別人**。「那個人」的聲音在守的耳朵深處甦醒了。**你可能不相信，但是，我做得到**。

「我們去調查看看，」守斬釘截鐵地說：「錄影帶在月桂樹的集中管理室吧？最好的辦法是實地調查。」

高野在膝蓋上拍了一巴掌，說：「說得對。可是怎麼做？那裡不允許不相干的人進入，門鎖得牢牢的。收放錄影帶的鐵櫃也上了鎖，最棒的是，我沒有任何鑰匙。」

來了！守暗中想道。又來了！究竟是怎麼一回事？

不知是否感覺到他欲言又止的樣子，眞紀站起來說：

「嘿，我得洗碗了。高野先生請慢坐。」

她走出去以後，高野催促似的望著守。

賭一賭吧。守心想，從沒告訴過任何人爺爺教的事，將來也無意透露。如果不說出整個原由能被信任到何種程度呢？

「高野先生，我大概做得到。我想，我能把錄影帶拿到手。」

「你？」

「嗯，我不能說是用什麼方法，而且，原來也不想這麼做，重要的是，你能不能信賴我？」

高野一動也不動地陷入了沉思。

「在幫那個女孩的時候，守走一般用樓梯上了屋頂。那時候你說……門沒上鎖是吧？」

他的表情很嚴肅，說道：

「可是，後來調查了以後，我知道那裡一直都鎖著呢。那個時候……，也就是說，那回事啊？」

守點頭。

高野整整思考兩分鐘後，終於開口了：

「好！怎麼進行？」

# 六

守在第二天，也就是除夕的晚上行動。年假之後從三號開始營業，時間很充裕。

在賣場舉行的小型慶功宴結束後，守佯裝先回家，卻躲進行了廁所。等了約莫三十分鐘，喧嘩聲消失，警衛室和緊急照明燈以外的燈全熄了以後，守從口袋掏出鋼筆型手電筒，走入黑暗的店內。

由於白天已確認了行進路線，守在黑暗中走來毫不慌亂。走到設有監視器的位置時，守如忍者般彎腰弓背沿牆壁奔跑。守拿出偶爾攜帶在身上的防臭噴霧器，確認了在微細粉末中浮現的警報設備的紅外線，小心翼翼地避開。

這些狀況都在白天調查完畢。一整天裡，守神態自若地四處查看，既向警衛打聽，又瀏覽了和「月桂樹」有合約關係的警衛公司的簡介。沒有人起疑（其中一個警衛還有點高興地表示，很少人對設備感興趣呢），還給了他很多方面的指點。守對於周遭的人誇獎他辦事認真，以及遺傳自母親的那張看起來對人畜無害的老實臉孔，只能暗暗稱謝。

打開集中管理室的門毫不費事。這是由密碼開啓及上鎖的按鍵鎖，門把頭上一到十二的數字和ＡＢＣ三個羅馬字按鍵並排著。

守蹲下來，拿出鋼筆型手電筒照射按鍵。十五個按鍵中，有五個按鍵顏色顯得較深，那是手上的油脂沾在上面造成的。

這次又該發酵粉上場了。守拿出毛筆小心地分別在五個按鈕上塗白粉，五個中的四個就是今天最後關上這道門的人的指紋。

有三個數字，分別是三、七、九，加上羅馬數字Ａ。

接著他取出裡頭的袖珍電腦，卸下鎖蓋，接上內部的電路，並依序按這四個鍵的組合……（這不是守想出來的，也不是爺爺教的，而是傳習自電腦迷發表在電腦相關雜誌上的資料），就在此時，守靈光一閃：這兒是「月桂樹」的城東店，全國連鎖第三七九號店。

那麼，應該在何處插入Ａ？一共只有四套組合。

試了幾次，結果是三Ａ七九。眞是辛苦了。

進到裡面，一眼就瞧見收放著錄影帶的鐵櫃。

鐵櫃。說是櫃子，但門板上是轉盤式的結合鎖，不如說它是金庫。守心想，這樣的警備足見學院廣告公司背後果然有隱情。

守動手之前先在狹小的房間內搜尋著。從門的密碼推測，這裡的負責人個性不是那麼謹愼。他想，也許能夠從抽屜裡、電話機後面、花瓶裡，或者地毯下，找出藏著或寫著鐵櫃的密碼。

然而一無所獲，想必是帶在身上吧。沒辦法，開始吧。

首先，在轉盤式鎖的內側放一枝２Ｂ鉛筆，鉛筆的頭對著右手邊，然後在筆尖前方貼上白紙。這是爲了做成類似測量地震時用的儀器。

右耳頂住冰涼的櫥櫃，他開始撥轉盤。爲防止竊賊靠聲音辨識卡榫處，轉盤內側裝了發條，因而無論如何轉動，都只發出滋滋的聲音。

但是在轉動時，當內部某處的咬合點銜接上以後，僅在那瞬間——儘管非常輕微，但鎖的整體還是有反應。那細微的搏動傳到筆尖，在白紙上留下振動的痕跡。之後，依循紙上的紀錄，再轉動轉盤，一個個確認就可以了。

三十分鐘過去了，守大汗淋漓，他抱起放在裡頭的三卷錄影帶，循來路回去，再從一樓廁所的窗戶爬出去。只要從內側開窗，警報設備就不會運作。

高野在停車場等候。他打開愛車的門，催促著守：

「我跟朋友借了剪接室，走吧。」

工作室的技師是高野大學時代的朋友鴨志田。那人長得高頭大馬，活脫是兒童漫畫裡的大熊般，一臉好人相。他管高野叫「一」，叫守「小哥」。

工作室的規模小小的，依舊嶄新的地毯和隔音牆都是白色的。視聽室的構造並非如守以往所想像的那般，而是全用電腦操作，鍵盤和工作檯並排著。

鴨志田立刻展開工作。把守偷拿出來的錄影帶放進電腦，將有如帳號的號碼一幕幕地輸入，依號序顯現在螢光幕上。錄影帶一秒有三十幕。雖然是利用機器卻是相當費時的工作。

有問題的畫面，在第一卷錄影帶的二十五幕最先顯現。

在類似「月桂樹」的店裡，一名男顧客的手被警衛按住。男人的臉上浮現出不可置信的表情。

下一個鏡頭是，三個巡邏警察手按住腰部的警棍，朝近處這飛奔過來，上衣袖子都被風灌得鼓脹起來。

其中兩人將一名男子手腕扭轉在背後按住了。

還有一個女人被警衛追趕著，她把頭往後甩，發出驚叫……聲音不見了，但嘴巴歪斜著……邊喊叫邊逃走。

一幕接一幕，這種鏡頭彷彿醜陋的污點，插入在楓紅、南海樂園和流行服飾秀的畫面當中。

鴨志田低低地吹起口哨。

「這就是防止扒手的特效藥呀……？」

高野高聲吼：「這根本就不叫了解扒手的心理，說穿了只是恫嚇罷了。」

「於是就引發錯亂了，」守看著畫面，出了神。

「應該說是對那些內心藏著炸彈的人吧。」

鴨志田坐在椅子上轉了過來，正對著守和高野說：「可是，很少人對潛意識廣告的效果有清楚的認識吧。單憑這個，就能讓人承認這種因果關係嗎？」

「不管怎麼說，他們畢竟製作了這種錄影帶。」

「話是這麼說，小哥曾看過這捲楓紅的錄影帶，沒錯吧。可是，那時並不知道裡頭的畫面已被動過手腳吧。即使現在也還不能確認那兩人呈現精神呈錯亂狀態時，當時播放的錄影帶是否已動過手腳了？」

他輕輕地攤開雙手，說：

「如果高野一要我做，我可以通宵熬夜把插入這三卷錄影帶裡頭奇怪的鏡頭全剪掉。可是，學院廣告公司還是會拿新的帶子來。還是一樣沒完沒了。要怎麼做？」

高野動也不動地面對著空空如也的畫面，過了好一會兒，終於說：

「總之，拜託你複製這些錄影帶。」

沉默中，只有工作室內的恆溫箱傳出運轉的聲響。守不禁全身顫抖。

# 七

高木和子從那年年底，便在遠離公寓和老家的一個鎮上的咖啡店「塞伯拉斯」（譯註）度過。「塞伯拉斯」是一家只能容納十個人的小咖啡店。店內只有一個與和子同年的男子三田村獨力照顧內、外場。

之所以常到這家店，是和子離開公寓，搬進短期公寓約一週之後的某一天，三田村先向坐在公園長凳上的和子搭話。

「妳每天都在這裡做些什麼啊？」

和子抬頭看了對方一眼，沒有答腔。男人下一句想說什麼，她能推測得到。好像在哪裡見過妳？要不然，如果方便，一起去喝杯茶吧。或者，如果閒著沒事，就交往看看吧？

正如和子預料的，他開口說了：「方便的話，到那家店喝杯咖啡吧。」

男子手指著對面，是「塞伯拉斯」。

「保證好喝，因爲那是我的店。」

和子緩緩地眨著眼睛，打量著「塞伯拉斯」的招牌和男人的臉。對方似乎覺得好玩，笑著說：

---

譯註：希臘語，Kerberos，看守地獄之門的三頭犬。

「那可是我把經營者殺了以後搶來的店喔。所以，地板下還埋著屍體呢。開玩笑的啦，那眞的是我經營的店，不過大約只有一根柱子是屬於我自己的，其他都還是銀行所有的。」

「為什麼找我？」和子簡短地問。

「常到我店裡的客人裡，有一些太太的孩子就讀附近那家幼稚園，她們對妳好像有什麼誤解。」

和子望向緊臨公園的幼稚園。在狹窄的庭院裡，穿著藏青色制服的孩子們活力充沛地跳著、玩耍著。

「因爲我每天都到這裡來朝著幼稚園看，所以那些媽媽們對我產生了戒心？」

「是的。因爲最近發生了很多討厭的事件，大家都變神經質了。」

和子眞是莫名其妙。她完全沒有盯著幼稚園看的意思，反過來說，她是因爲感受到自己危險才逃到這裡的。難道她這張思慮過度的臉坐在這裡的模樣，看起來像是要誘拐孩子？

「終於笑了呢，」對方也微微一笑說：「還能笑的人，就沒什麼問題了。我會跟那些媽媽們好好地說明。總之，喝杯咖啡如何？說了這些失禮的話，得向妳致歉。」

就那樣，和子踏進了「塞伯拉斯」。

店名雖然很奇特，但倒是一家讓人感覺舒服的好店。咖啡很濃、很燙。三田村自我介紹後，以一種沒經歷過什麼勞苦的語氣，閒聊著在這裡經營咖啡店的甘苦，在和子沒有自我介紹以前，他都沒問她名字。

「店名是誰取的？」

和子腳跨在橫槓上休息，問道。

「我自己。很怪的店名吧？」

「非常，像怪物。」

「說中了。是神話中看守地獄門的狗的名字。」

「幹嘛取那怪名字？」

「就是說，這家店是地獄的入口。所以，客人從這裡走出去時，可以說就像從地獄的門口折返吧。客人無論以多沮喪的心情推開這道門，都沒有比進到地獄更惡劣的事了吧。」

和子微笑了。內心不知哪裡緊閉著的門開了，一股暖流注了進去。

後來，她每天都去「塞伯拉斯」。三田村總是很忙，有其他客人在的時候就無法交談，但和子看著忙碌的他就覺得高興。

「新年準備怎麼過？要去旅行嗎？」

快到除夕的某一天，三田村問道。和子搖頭說：

「沒有什麼計劃，一個人待在家裡吧。」

跟老家說了今年不回家。主動提供線索給追過來的人，多可怕。

追過來的人，和子現在很清楚地知道自己被人追趕著。

「我打算除夕夜不營業，新年第一天早上很早就開門。因爲，去參加年初拜神的客人會順道過來。在開店以前，一起去神社作新年初拜，怎麼樣？深夜裡會有點冷，不過，感覺很好唷。」

和子答應了。然後，突然想到，自己一個人很恐怖，如果有人陪的話……。她說了：

「順便拜託一件事好嗎？」

「什麼事？」

「在參拜以前，如果你能跟我一起回去以前住的公寓那就太感謝了。雖然距離這裡稍微有點遠，可是我想回去拿行李。」

三田村的表情變得有些嚴肅，凝視著和子，他的眼裡浮現出疑問：這個人到底過的是什麼樣的生活？

終於，他回答了：

「好哇，簡單的事。」

前往和子的公寓，搭的是三田村那輛舊的迷你車。他一副很丟臉的樣子，說：

「光是付店裡的貸款就很費力了，沒能力管到車。」

「車子只要能用就行了。」

和子公寓門前的郵箱裡，插著五、六封信。有廣告郵件和信用卡公司的通知、旅行公司的簡介等，全都沒什麼用。但是，其中有一封沒寫收信者、郵戳、寄件者名字的信。和子拆開了。

內容很簡潔。

「我想我可以幫助最後倖存者的妳，一月七日，下午三點以前，請到有樂町的MARION（註）來，我會找妳。別告訴任何人，請小心行動，很危險。」

和子拿著信呆立著，這時在公寓入口等候的三田村走了過來。

「怎麼啦？」三田村輕鬆地瞄著她的臉問：「拖欠房租，被宣判得搬走嗎？」

和子連指尖都變白了，三田村也注意到了。

「怎麼啦？」

又問了一次，這次是眞的疑問。

和子一言不發地遞出信，三田看了以後，抬起眼睛問道：

「這是什麼？」

和子內心的河堤潰決了，她開始打哆嗦，無法抑止，經過了很長一段時間後，她抓住三田村的手腕。終於，她說了：

「請相信我的精神是正常的。現在，我一直到都在說謊，但人們都信以爲眞。如果現在我終於說出眞話，我想反而不會有人相信的。」

她開始說了，將整件事源源本本地全盤托出。

那就遵從寫信者的指示試試看，三田村如此建議。

「我也跟妳一起去。那地方人很多，沒問題，不會有危險。不入虎穴焉得虎子。」

「會被殺的。」和子喃喃自語。

---

註：有樂町Marion位於銀座有樂町車站旁的十四層大樓，八樓以下為西武及阪急百貨，九樓到十一樓為電影院，大樓外牆掛有一座大型的機械時鐘，整點時會有人偶樂隊出來報時，是著名的約定見面場所。

「不會的，妳已經不是單獨一個人了。」

那晚，她遷出短期公寓，整理了行李後，搬進「塞伯拉斯」。在那晚，她才明白自己還會哭泣。

新年初拜後的回家路上，兩人遇到對路人分送傳單的少女。她站在寫著「主的教諭」的招牌前，和看來像是她母親的女性，一起唱著讚美歌，歌聲清脆。

「常見的新年彌撒呢，」

三田村微笑了。少女靠近和子，遞出傳單說：

「聖經裡的一節，請看看。感謝主。」

和子接下傳單。爲何會突然覺得這是貴重而神聖的東西呢？

和子坐上三田村的車後，才開始看內容。

少女送給和子的傳單，引用了新約聖經〈約翰啓示錄〉中的一節。和基督教無緣的她也理解句子裡的不吉利。她把傳單揉成一團，投進一旁的紙簍。

「寫了什麼？」三田問道。

「看不懂。」

和子的眼睛望著外面。新的年、新的市鎭。太陽很快就會升起，黎明即將來臨。

扔掉傳單前，最後看到的一句話，深深地滲入她的內心。

——那騎馬的名叫死亡，陰間緊跟著他。

如果日下守沒能及時伸出援手，和子將難逃一週後死亡的命運。

# 第六章

# 魔法之男

# 一

新的一年從三日開始營業，但只有守和高野的精神仍然高昂不起來。

「裝做不知道。」

守問及高野和主任談話的結果，高野懊惱地緊握拳頭回答道，又說：

「把複製的錄影帶擺在眼前，他還佯裝不知道。我一再追究，他們反問：你能證實其中的因果關係嗎？還說，如果這件事攪和得太厲害，會給你的部下添麻煩喔。」

「意思是，我們？」

「主任也很聰明呢，雖然我不在乎被炒魷魚，但書籍專櫃裡有很多人很看重這份工作呢。」

應該有辦法的。高野凝視著開始播放影片的錄影機，說：

「一定要把那玩意兒從這裡驅趕出去！」

從另一層的意義來看，新年對守而言，還是讓他心情沉重。「那個人」還沒跟他接觸，他覺得自己快被沉重的壓力壓垮了。

手裡拿著壓歲錢的孩子湧入書籍專櫃，守也支援會計，爲了應付購買遊戲書和漫畫的小孩忙得團團轉。佐藤遠離日本，正在砂漠——那全被砂塵包圍的地方。守越來越羨慕他。

被母親帶著來買文學全集的小學生，流露出抱怨的眼神盯著動畫人物的專櫃，守不由得同情起他，找零錢的時候，把鑲飾著超人氣漫畫人物的徽章也一起遞給他，小學生的眼神亮了起來，說：

「謝謝！」

守用手勢暗示他趕緊收好。正在這時，有人喊他的名字：

「日下！」

在專櫃的入口處，一個比孩子高出許多的人站在那裡，是吉武。

「很抱歉，在這麼簡陋的地方……。」

正好是午休時間，守受邀一起吃飯，守領著吉武到五樓小吃街的中華料理店。帶著曾旅行世界各地，想必是一定程度的美食家吉武到這小店來，守覺得很不好意思，但又不能走遠，只好委屈客人了。

吉武拿熱毛巾擦了臉後，笑著擺擺手說：

「無所謂。我跟你說過平時我都怎麼吃中飯的嗎？常吃外帶便當呢。」

「眞的嗎？」

「眞的。對我來說，剛煮好的飯和味噌湯是最棒的佳肴。從前，借住在簡陋的旅館那段時間，常夢到熱騰騰的料理呢。」

吉武點了幾樣高級料理後，還加點了甜點荔枝。這裡的服務生是守打工的同事，只見他手裡拿著點菜單，微偏著頭走到廚房裡頭去了。守擔心地想，雖然菜單上有荔枝這道甜點，但恐怕連荔枝的影子都沒有呢。

「我去你家，聽說你假日在這裡打工。」

大造和以子過的是可說是睡覺年。尤其是大造，因爲不習慣耗費體力的工作而疲累不堪，說是腰痛，成天躺著。對吉武突然的造訪，想必很慌張吧。

菜送上來，吉武催促著守拿起筷子，說：

「多吃點，下午也會很忙吧。」

「大白天就吃得這麼豐盛，會被同事怨恨的。」

「那麼，下次一起招待大家。一定喔，我和太太兩個人生活，一直都很憧憬大夥兒熱熱鬧鬧地吃飯。」

「吉武先生也從今天開始上班嗎？」

守一直以爲企業裡的大人物能多休假幾天。

「要處理的事很多。況且，工作時反而覺得比較輕鬆。因爲啊，元旦到夏威夷的日本人村度假，沒想到竟然碰到認識的人。」

「夏威夷？」

守心想，怪不得，吉武皮膚應該曬得更黑才對。

「是爲了打高爾夫球休的假，我太太還留在那裡，她果然是太閒了呢。」

「好好喔。」

「你也去玩一次吧。我在那兒買了一棟別墅，雖然不算大，但看得到威基基海灘，還可以吃到比飯店更棒的飯喔。」

吉武邊說這是慣例，邊拿出一大盒巧克力，說：

「送給賣場的工作人員。大家都累了，一副需要糖分的表情。」

簡直就像「美國伯伯」呢。守邊吃，邊想起從眞紀那裡聽來的故事。一個到美國去創業賺了很多錢的人，去拜訪窮苦的勞動者人家。勞動者一家幸運地得到了錢財，而有錢的伯伯則得到了家庭的親情與溫暖。這是眞紀最喜歡的故事。

可能是守的臉上顯現出回想的表情，吉武感興趣地問：

「想起以前的事所以笑了？」

「啊，不是，對不起。沒什麼，正好想到姨丈的事。」

「姨丈？」

守慌了，說：「嗯，我家的姨丈看來好像已經習慣新工作了，每天都樂得很呢，這一切，都是託吉武先生的福。」

說完以後，自己也察覺這麼說怪怪的，又加了一句：

「喔……，對不起，這麼說更奇怪了。」

吉武答說是，笑了。

「其實，我是淺野家的養子，但那並非正式的，我們的姓也不一樣，其實我和眞紀姊是表姊弟。」

「你父母呢？」吉武慢慢地問道。

「母親已過世了，父親……，」稍微遲疑了一下，說道：「就和去世了一樣，因爲一直都不知道他的行蹤。」

到新日本商社工作後不久，大造有一次顯得很意外地說：「我在公司聽到，吉武先生聽說也出身枚川。」說不定他知道日下敏夫的事，守看著吉武的反應，但吉武什麼都沒說。

直到甜點送上來，有一小段時間氣氛顯得沉悶。守突然想到，問問他也許無妨。

「吉武先生，你認爲人可以任意操縱別人嗎？」

吉武正剝著送來的荔枝的殼，停下手，問：

「什麼意思？」

「也就是說，命令別人，要別人做其實並不想做的事，可能嗎？」

吉武笑了出，「如果有那種方法，我也想知道呢。我想在祕書身上試試看。她呀，眞的很嚴格。沒經過她的允許，我連廁所都不能去。」

果然。守心想，連親眼目睹的自己都無法相信，如何能讓別人認眞思考這件事。

「您知道一家叫學院廣告的公司嗎？」

「嗯，不知道。是廣告代理商嗎？」

侍者送來香片。菜吃得精光，放荔枝的盤子只剩下荔枝殼、吐出來的荔枝子和融化了的冰。

「謝謝招待，下午會打瞌睡呢。」

守和吉武在店門口分手。「我想買點東西再回去，雖然裡頭很混亂，不過逛起來很愉快呢。」吉武如此說道，搭著手扶梯下樓了。

約三十分鐘以後，高野急急忙忙跑到結帳處找守。

「守，剛才到這裡找你的人是朋友嗎？」
「嗯，是啊，還請我吃中飯呢。」
高野依然一臉慌張的表情，說：「那人倒在一樓出口的附近喲，現在……」
守也聽到了由遠而近的救護車鈴聲。
「好像很亢奮的樣子，我在那一瞬間猛然想起那傢伙呢。」
「那傢伙？你說柿山嗎？別說笑了！」
守跳出結帳處，朝一樓飛奔而去。

## 二

他感覺很幸福。十二年來，不曾有過的幸福感緊緊包圍著他。
是個好孩子。真的。上次去拜訪的時候，還特地追過來向我致謝。壓根兒沒想到在十字路口被那孩子看到。
是個好孩子……栽培得老老實實的。無論如何都要給那孩子一個美好的未來，這是我的義務。首先，要很有技巧地開口，表示上大學的時候會支援他。如果那孩子希望出國，再送他去留學。
以後，在我這裡工作也行。當然，不能老讓他當從業員，必須要把我建立起來的事業，讓那孩子繼承。不過，必須要那孩子對我的工作感興趣才行。如果他不感興趣，那就為他想去的地方先建立好人脈吧……不，還是想把他帶在身邊，否則……。

過於陶醉在幸福的情緒中，剛開始，他根本不介意身體漸漸地不太舒服。可能是人潮的關係吧，空氣很糟，爲何不開空調呢？守得長時間待在這種地方嗎？有沒有更好的工讀……對了，不一定要侷限於未來，邀他看看要不要在我公司打工？營業部二科正缺人手。這麼一來，也能常常見到那孩子。

一切都很順利，沒有需要擔心的事。

開始覺得頭痛、呼吸困難。胸部裡，心臟彷彿敲鑼似的咚咚直跳。疼痛傳遍全身，很像宿醉後翌日早晨的電話鈴聲，聲聲傳來令人難以忍受的撞擊，痛苦難忍……。

模糊的視線裡，映照出大批購物者的影子。他看到了畫面明亮的錄影機。剛才進到店裡時，還對那下了功夫製造的漂亮展示品感到興趣。

對了，明亮，這裡太亮了，所以眼睛很痛。

女店員的手伸了過來，先生，您怎麼啦？

他試著回答，沒什麼，稍微有點不舒服……。

然後，他注意到了。

那不是店員。這裡不是熱鬧的商店。這裡是令人心生恐懼的地方，僅在噩夢中才見過的地方，是被拷問的場所，被關進去就再也出不來的地方。

**先生！**呼喚聲。不是。這也是圈套，這是追趕我的圈套。

**先生**。那隻纏人的手變長了，企圖要碰觸他，要抓他，把他抓回去。

他逃走，腳卻不聽使喚。大家都在看他。伸出手、低聲說話。最懼怕的事發生了。必須走到外面去，必須逃出這個地方，還有時間可以逃。我原本想補償的，現在好不容易時機到了，爲何在這時發生這種事？**不公平**。

他沒意識到自己已倒在地上。先是屈膝，然後上半身慢慢地躺下，倒了下去。他抬起無力的手腕，拚命地按著胸部，小心不讓他戴在身上寶貴的東西遺失了，身體壓在手腕上倒了下去。地板很冰。傳出鞋底橡膠的味道。在喪失意識以前，最後他感受到的是，撞擊地面時，嘴角割裂、血流了出來，血的味道像銅。

## 三

醫院的一間病房裡，吉武浩一在被送來的一小時之後恢復意識。守在他的床腳拉近椅子坐著。

吉武倒地時，指甲和嘴唇泛青，又由於手按在左胸的關係，起初以爲是心臟病發作，醫生和護士的表情戒愼、緊張。在走廊上等候的守，膽怯地以爲說不定會聽到最糟糕的結果，兩眼直盯著大門緊閉著的治療室。

但是，吉武被抬進去後三十分鐘，脈搏和呼吸次數都恢復正常，血壓也安定了。醫生歪著脖子表示不解，對守下了指示，「到病房再觀察看看。」

「這是怎麼回事？」

恢復神智的吉武第一句話就這麼問。

「那是我應該說的話吧，你覺得怎麼樣？」

守遵照醫生的指示，按了床邊的護士呼叫鈴時說道。

守邊聽主治醫生和吉武的對話，心裡想著。

（我在那一瞬間，想起了柿山。）

高野如此說道。換句話說，吉武也因為那個潛意識畫面，精神受到了干擾，這一點和柿山的事產生了連結。

「有沒有做過全身檢查？」醫生問道。

「去年春天，花了一星期徹底檢查過了，」吉武回答後，問道：「我是心臟痲痺發作嗎？」

「沒心臟痲痺這種病，」醫生回答：「一切正常……但是你剛才好像很不舒服的樣子，有過這種情形嗎？」

「完全沒有，連我自己都無法相信。我真的暈倒了嗎？」

「總之，先仔細檢查一遍，」醫生宣告：「得暫時住院。」

「我沒事了，還……」

吉武抗議道，但是醫生和護士已走出病房。

「健康第一啦，」守笑著安慰他。

「醫生太小題大作了，」吉武說：「只不過是壓力造成的。經常有的事。尤其是從去年大約十二月開始，早上睜開眼睛會忘記昨晚做了哪些事。嘿，有一半是因爲酒醉的關係。你是跟救護車一起來的嗎？」

吉武看著仍穿著「月桂樹」制服的守問道。

守點頭，說：「跟您家裡連絡了。您家裡的傭人會把住院必要的換洗衣物帶來。」

「喔，受你關照，謝謝。」

個人病房雖乾淨，但很無趣。充滿藥味的空氣和白色的床，其他就只有一張椅子和小小的壁櫥。床邊牆上的掛鉤掛著用衣架吊起的吉武的衣服。

快六點鐘時，傭人終於來了。

「不需要特別準備什麼。我馬上出院，西裝放那邊就好，眞的沒什麼，妳馬上回去。」

吉武果斷地做了指示，事實上，他的臉色也變好了。

「可是，醫生說得住院呢，」傭人說道，不太情願地加了一句：「我今晚住這裡好嗎？」

傭人流露出不滿的口氣。守原想等她人來了後跟她替換，這麼一來，不由得覺得吉武很可憐。

「沒那必要，妳回去，沒關係的。」

傭人微笑地問道：「要通知太太嗎？」

「也沒那必要。她回來時我都出院了。」

她走了後，守稍微想了一下，小心地問道：

「如果方便的話，今晚，我就睡這裡吧。」

吉武撐起身子說：「讓你這麼麻煩……。」

「可是，萬一又發作了，很可怕吧？」

「你睡哪裡？不能睡地板吧。」

「我去借張疊床，應該還有放床的空間吧。我也跟家裡說了，一個晚上沒什麼，我可能也幫不上什麼忙。」

「沒那回事。那麼，就遵從你的美意囉。」

熄燈前，護士來量體溫，看到守，問吉武「兒子嗎？」。吉武困惑似地望了守一眼。

「是私生子，」守裝模作樣地回答，護士笑了。

「眞好玩，不過，很厲害呢。」

過不久，那名護士又出現了，她拿了幾本雜誌來，說：「很無聊吧。」並叮嚀道：「看到熄燈爲止喔。」

夜很長，可是不無聊。因爲，有很多事情要想。

這時候，守初次對高野所提出的假設感到懷疑。這樣的心情和質疑「這麼做能證實因果關係嗎？」的鴨志明是一樣的。

吉武的情況應該和那女孩、柿山不同。雖然吉武爲大造做了車禍的目擊證明，也多少在警察局經歷了不愉快，但應該沒有那種無意識恐懼（會被抓喔、會被抓喔）的理由。

（除非新日本商事逃了莫大一筆稅什麼的……不會吧）

守邊想著，不知不覺地睡著了。

深夜，似乎有什麼東西輕輕的掉在地板上。守被啪的聲音吵醒，果然並沒睡熟。而吉武正安靜地發出規律的呼吸聲。

環顧微暗的房間，吉武的上衣和襯衫從衣架上滑落下來，在地板上堆成一座皺巴巴的小山。

嘿，眞麻煩，守心想，他悄悄起身，順便去上廁所。

他撿起上衣和襯衫的時候，有什麼東西掉了下來。從口袋滑落出來的吧，在地板上發出小小硬硬的聲音。

利用透射在窗帘上昏暗的月光，守摸索著掉下來的東西，那東西滾落在床腳的陰暗處。

是一只白金戒指。上面有簡單的圖案。可能是結婚戒指吧，守心想，所以才放在口袋裡，剛才掉落的是這個吧，守靠近窗邊仔細地看。在戒指內側，刻著日期和姓名首字母。

「KtoT」。

然後，日期是……。這個日期守有印象，和守小心地保管著，而且當想到母親時拿出來看的啓子的遺物——那只結婚戒指內側所刻的日期相同。

是守的雙親結婚記念日的日期。

**K to T**。

啓子送給敏夫。

小學時代，有一次騎自行車，曾遭遇鐮鼬（譯註）。那一剎那，感到右腳一陣冰涼，停下車一看，腿肚上裂開了約十公分。那時，傷口像死魚肚般發白，守嚇了一跳，還盯著看的時候，血啪地噴了出來。

這和那經驗完全一樣，事情發生後才對它有所意識，如血噴出來似的。

是父親。

（我不知道你父親長什麼樣子。）

（也許在哪裡擦肩而過，不過，不認識。）

呆站著想，這個人是父親。

所以，才對潛意識畫面產生反應。

回來了。吉武浩一是日下敏夫。**父親回來了**。

第二天一早，吉武醒來時，守已不在了。他到大姊大的家去了。

每個人家都還在沉睡的時刻。東方的早霞已緩緩升起，但天空中還殘留著星星。送報生的自行車從旁越過。

大姊大家裡廚房的燈已亮了。雙親在出版社工作的大姊大，代替有時工作到深夜的母親做早餐，連本人都說過是「驚人地早起」。

守在她家門口，冰冷的手插在褲袋裡。

門打開了，大姊大走了出來，瞄了瞄放報紙的箱子。轉回身時，發現了守，問：

「日下？」

她嚇了一大跳似的眨著眼睛，說：「怎麼啦？這麼早？」
守沉默著，微微聳了聳肩。大姊大走近了說：
「討厭……，快凍死了嘍。什麼時候來的？」
守答不出來，只是想跟她說，妳說對了，父親眞的就在旁邊，眞不相信有這種事。
「哪……，發生什麼事了？到底怎麼啦？」
守伸出雙手搭在她的肩膀上，拉近自己。並不是想抱她，而是想被抱，想有個依靠。
「怎麼啦？」
大姊大抱著他，小聲地繼續問，邊蹲下來緊緊地把他抱在懷裡，爲他取暖。

# 四

「嘿，小弟弟。」
如先前所約定的，聽到那聲音是一月七日的早晨。
「你好嗎？小弟弟，是一個好年嗎？」
守尚未重新振作起來，也不想重新振作，彷彿突然剛收到精巧但容易損壞的東西似的，無法

---

譯註：旋風在空氣中形成的真空部份，人體接觸後，皮膚會迸裂出血。

伸出手去取。

吉武的口袋出現了日下敏夫的結婚戒指。若用文字表示，不過就如此，但是換成口語，卻變得無法說出口、很沉重的話。沒跟任何人說，也不知該如何坦白。

對大姊大只說了：「只是突然想見妳一面。」她沒追問，何況他的態度並沒有驟然改變。

「如果是這種表情的話，隨時都歡迎喔。」大姊大說道，笑了。

七日的早晨，守的頭腦裡還佈滿雲霧。「那個人」的電話彷彿把雲霧吹散了，守調整姿勢坐正起來。

「今天下午三點，地點在數寄屋橋的十字路口，知道嗎？」

「知道。」

「一定要來，那裡將會是高木和子最後待的地方。我也和你在那裡見面吧，我等著你。」

守中午在有樂町車站下車，走到數寄屋橋十字路口。天氣很好。

沒有目標。然而，手裡緊握著《情報頻道》，憑記憶還能想像刊登在上面的高木和子的臉。但是，根據眞紀的意見，女性會因服裝和髮型而讓人印象改觀（因交往的男性不同，也會突然改變），但守不願想那麼遠。

況且，這人潮。彷彿東京所有的人全聚集在此一樣。購物、約會、看電影，全家一起行動的也很醒目。在如此平和的氣氛中，有如前進在漆黑叢林中的斥候兵、在雪原中失去地圖的登山者，守獨自一人徬徨地走著，走了漫長的一段迷路，瞄了一眼走過的年輕女性的臉，追趕背影，疲倦地停下了腳步，然後，又追隨跨越十字路口的側影跑去。

那示範表演時眞紀的臉……原本一直如常，可是她卻在開始喚他「小弟弟」時，目光失焦。想在這擁擠人群中尋覓時找到的那張臉，也許和其他無數的臉一樣，笑著，聊著，光輝燦爛。說不定到了三點，連來也不來。

怎麼辦？在銀座所有的百貨公司、咖啡店、電影院、劇場，高呼「高木和子小姐」嗎？

時間在無謂的搜尋中消逝。

兩點三十分。

和子扶著三田村的手腕，走上地鐵的樓梯，走到MARION前。這時是兩點四十分。

「信裡寫著要我一個人來。他看到我們在一起，可能不會出現。」

「可是人這麼多又擁擠，稍微分開的話，馬上會走失的。」

三田村發現前面的公園有人在賣氣球。

「就用那個吧，手拿著氣球的話，妳在哪裡也能馬上知道。」

和子手裡拿著紅色氣球。

「像個小孩子。」

「是護身符。」

兩點四十五分。

守在西銀座百貨公司旁一個窄小的花壇坐下，休息一下。

現在只能在這裡等了。到了三點，如果發現有人做出異常行動，就只能立刻跳出去了。

眼前，在很長一段的十字路口上，每隔一定的間隔，就有大批的人潮經過。戴著白色腕章的交通巡邏警察做出手勢，對著超速車和等不及急過馬路的行人，吹出尖銳的哨子聲。

爲何選在這個十字路口？

號誌換了，車子開始在護城河旁的道路上來來往往。

爲何選三點鐘？

兩點五十三分二十秒。

冷不防地有人從背後拍了守的肩膀，守以怒喝般的氣勢回過頭，只見一名慌張失措的年輕女孩站著，手裡拿著夾板。

「嚇我一跳！你一個人嗎？」

女孩以毫不生疏的語氣靠近，「兜售」這事是全年無休的嗎？守回瞪對方一眼後站起來。

「什麼嘛，奇怪的小鬼！」

兩點五十六分。

站在位於西武百貨公司和阪急百貨公司間、前往國營JR有樂町車站的通路入口處的和子，突然感覺周圍擁擠了起來，連應該站在通路對面的三田村的臉都看不見了。和子緊抓住氣球的線，想移動到人較少的地方，走向前去。

人牆形成。前面的人應該沒有理由停下腳步呀，和子覺得一陣不快。

「對不起，請借過一下。」

抬頭正看著什麼的年輕情侶讓出了路，在他們後面也有一群女性正仰頭望著什麼東西。

「對不起……，很抱歉，請讓路。」

兩點五十九分。這時，背後不知是誰快速地挨了過來，那人使勁地抓起和子的右手，在她耳邊低語著：

「現在，幾點鐘了？」

和子的手鬆開了汽球。

守再度回到十字路口。

他在等候信號的人群中瘋狂似地自問，東京有無數的繁華街道、人潮擁擠的十字路口，爲什麼獨獨選擇這裡？

三點整。

身邊傳來悠揚的、音樂盒似的鐘聲。

是MARION。守轉過頭去確認了時間。人群開始移動，所有方向的行人號誌燈都是綠色的。

鐘聲持續著，一如以往聽許多次的音色。每天，精巧地組合的人偶會在一定的時刻，從固定在牆壁上的鐘裡走出來，用小鎚子敲鐘。現在是三點，鐘響的時刻，人們都停下腳步仰頭望著鐘。一群人。

在這裡嗎？在這個極難分辨的眾多臉孔聚集在一起的地方嗎？就像故意讓守找不到高木和子似的。

「啊，氣球！」

走過守身旁的小女孩，從仰望鐘的人群中，指著飛舞在天空的汽球說道。守也反射性朝氣球望過去。

行人的號誌轉紅，車子疾馳而去，捲起轟隆聲。

從仰望著人偶的人群中，有人以異樣的速度急速衝出。黑色的大衣遮住了守的視線，是個女人。她沒停下腳步，筆直地朝車流中的晴海路跑去，提起腳來彷彿要跨過護欄。

守飛奔出去，同時高喊道：

「攔住她！有誰？趕快攔住她！」

時間停頓了。眼看著就要跨越護欄的女子白晰的腿肚映在守的眼裡，黑色大衣下擺翻飛。守躍進人群，彷彿遭受無數拳頭痛擊似的，身體一震又彈了回來。氣勢太強，守踉蹌了。

另外，不知是誰也從人群中掙脫而出，這次是個年輕男子，一臉嚇得僵硬的表情，沒命地跑、跑著，當他的手抓住女子黑色的大衣時，守也跑近了護欄，兩人合力把她拉下來，三個人一起跌下，一屁股坐在地面上。人群中傳出驚叫聲。

女子失去血色的臉上，兩隻眼睛睜得大大的。

是高木和子。沒錯，是在相片裡看過的臉。感謝神！有生以來頭一遭，守如此想道。

「到底是怎麼回事？！」飛奔出來的年輕男子，注視著和子和守的臉，以同樣蒼白的臉喃喃問道。

鐘聲已停，人牆已散。有人以嫌惡似的眼神望著跌坐在路旁的三個人，許多人擦身而過。

彷彿是聽到男子的聲音後才醒來似的，高木和子打著哆嗦、眨著眼睛，茫然地抬頭望著男子。

「剛才妳險些衝到車流中了！」男子提醒似的說著。

「我？」

「妳是高木和子小姐嗎？」

守因恐慌，以至於舌頭都打結了。

「我，我怎麼了？」

「已經沒事了。幸好這個人大聲喊叫，氣球不見了，我根本不知道妳人在哪裡。」

「你幫了我嗎？」和子向守問道。

「這位也是。他是朋友嗎？」

守看著年輕男子，男子點點頭。

「男孩……，對了，你去過橋本信彥的家吧？」

和子伸出手抓住守的夾克袖子，說道。

「他因爲瓦斯爆炸死掉了，你也去了，是不是？」

「是。那以後，我想盡辦法想找到妳。」

「我也想見你呢。你是誰？和橋本先生是什麼關係？你知道些什麼吧？今天要我來這裡的信也是你寫的嗎？」

和子緊抓住守的手又冰又冷。守急忙問：「信？妳是被叫到這裡來的嗎？」

「是啊，」男子回答：「信上寫能助她一臂之力。」

守有些粗暴地拉起和子讓她站起來，然後對著男子說：

「請趕快帶高木小姐離開這裡。你們有可以去的地方吧？以後要怎麼跟你們連絡？」

男子像摟著似的撐住和子，回答道：

「到我店裡就行。」

接著他告訴守「塞伯拉斯」的地點。

「細節的事以後再說，總之，情況緊急，趕快離開這裡。」

「知道了。」

兩人離去後，守覺悟到攤牌的時機到了，環顧著四周。「那個人」一定還在旁邊，這一切他應該都看在眼裡。

然後，守感覺到，「那個人」的手落在右肩上。

## 五

他生病了！

很奇怪的，第一印象竟是如此。曾那麼恐懼的「那個人」，竟然像個老病人。

「嘿，小弟弟，終於見面了！」

他以微微沙啞的聲音說道。身高也和守差不多。原來的肉體不知是否讓病魔給壓縮了，只有頭看起來出奇的大。鬆垮垮的銀灰色西裝，和頭髮的顏色相似。眼下鬆弛，臉上除了刻著年紀的皺紋以外，覆蓋在身上的是疾病把肉刨削掉的、殘骸般的皮膚。

全身唯有盯著守看的兩隻眼睛還活著。

「小弟弟，你當然知道我是誰吧。」

守用力縮起下巴，點了點頭，說：

「第四個人失敗了吧。」

很意外地，老人笑了，說：「你做得很好。我就知道你做得到。高木和子的事不管它。那麼，走吧。」

「走？去哪裡？」

「沒什麼好害怕的，我喜歡你，而且我有話要跟你說，所以用這種方式把你找出來。別說話，跟著我走。」

隨老人搭上計程車，約晃了三十分鐘後下車。頭頂上有高速公路經過，公寓混在辦公大樓中。夕陽餘暉鮮紅得像是不吉利的返照，映在大樓的牆壁上。

計程車離去後，守內心的畏怯感又回來了。剛才的計程車，對他而言，竟像是能載他回到正常世界的最後一艘船。

老人帶領他走進道路稍微凹入的地方，來到一棟五層樓的白牆公寓。走進建築物以前，守牢牢地記住周圍的樣子。

公寓對面，在大樓與大樓之間，潺潺流著縮起肩膀般細細的運河。對面有立體停車場。附近的電線桿上貼著附近的居住情況標示牌。無論會發生何種情況，至少要知道自己身在何處。

老人在五〇三號室前止步，說：

「這裡。」

門上端掛著寫著「原澤信次郎」的牌子。「那個人」的名字竟如此平凡，守覺得很難相信。

「原澤？」

守咕噥著，老人答道：

「那是我的名字，抱歉，我從沒跟你說過。」

走過平凡而簡樸的室內，老人推開後面的房間，讓守進去然後關上門、打開燈，驚人情景在眼前展現開來。

最裡面的牆壁前，擁擠地放置著類似音響的器材。守能分辨的是放置在中央的三台錄音機的走帶機器，以及兩旁的擴音器、調諧……，還有，那是示波器吧，看起來又像增幅器。母親啓子死亡時，在加護病房看過類似的測量心跳和腦波的機器。

盡頭的窗前，厚重的窗簾放了下來，把來自外面的光線都遮掩住了。那窗簾的材質並非棉或羊毛，而是類似X光技師所穿的圍裙。

相反方向的牆上，有一座塞滿書的固定壁櫥，地板上鋪著短毛地毯，有吸音的效果。然後，房間中央有一張安樂椅。

「怎樣？」原澤老人說道。在燈光及全然的寂靜中，那聲音極爲人性。

「你在這裡做些什麼？」

老人將上衣脫下，放在一旁的機材上，說：

「說來話長，你累了吧，坐下不好嗎？」

「不用，」守背對著窗站著說：「你怎麼看都像個病人呢！」

「是嗎？」

「一目了然。」

「是嗎？那麼，時間不多了，從哪部份開始說明好呢。」

老人手插在腰間，像隻鶴般在器材前緩緩踱步，然後停在錄音機走帶機前，說：

「首先，我透露個內幕吧。」

他打開走帶機的開關，紅色燈亮起，從擴音機傳出錄音帶繞行的聲音。接下來，聽到原澤老人唸著日期和時間的聲音。

「被試驗者，淺野眞紀，女性，年齡二十一歲。」

守不禁向前傾，老人的聲音繼續：

「妳叫什麼名字？」

「淺野眞紀。」

眞紀的聲音答道，稍帶睡意、很平穩，不過的確是眞紀的聲音。眞紀逐一且老實地回答老人提出的問題。出生年月日、家庭成員、職業、現在的健康狀態……。

「你的姊姊……，正確的說是表姊，她是個很容易追隨暗示的人。很柔軟，適應能力強，是接受催眠實驗最理想的典型。」

「催眠？」守跳了起來，彷彿被燙傷的貓，他緊抓住老人問：「你，對姊姊施了催眠術？」

「是啊，小弟弟，」原澤老人沉著地掙脫後繼續說道：「把手放開。你不想再聽下去了嗎？」

守喘著氣放開後，老人加大了錄音帶的音量。

「妳喜歡的地方是哪裡？」

「海……，喜歡藍色的海。」

「海的哪裡呢？沙灘？或者是海面上？」

「是……遊艇……遊艇很好。坐在甲板上，吹著海風……。」

老人的聲音繼續，暗示著眞紀：妳坐在遊艇的甲板上，曬著太陽，很快樂、很放鬆……。

「從現在起，請仔細聽我所說的。聽得到嗎？」

「很清楚。」

「妳家有鐘嗎？」

「有。」

「時間一到會響起鈴聲或鐘聲嗎？」

「有，……是掛鐘。」

「那麼，明天當那個掛鐘敲響下午九點鐘的時候，請妳如此轉達給日下守。」

「明天，家裡的掛鐘敲響下午九點鐘的時候，轉達守……。」

「小弟弟，我打了電話給橋本信彥，可是他已經死了。」

眞紀僵硬地重複著相同的話。

「對。知道了吧。那麼，從現在開始，我數到三，然後妳會醒來，走出這棟建築。一走出門口，你就會完全忘記現在所有的事，完全忘記和我見過面、我下命令的事。現在的事全部會在明天下午九點鐘自然地浮現在妳心中。等妳轉達了我的話之後，也會忘記妳曾聽從我的命令行動。」

「完全忘記……。」

「聽好了喔，那麼，開始數，一、二、三，好。」

錄音帶在此打住。

「這是所謂的後催眠現象，」原澤老人開始說明：「引導接受實驗者陷入極深的催眠狀態，在他的下意識裡下達命令。而根據所下達的某種一定的關鍵字……話也好、聲音也行，任何動作都可以……，能夠讓他做出回應傳喚、所下達命令的動作。被實驗者會把這件事忘得一乾二淨，當然，也不會意識到自己的行動，只在記憶中形成一個空洞而已。」

在做模擬示範的前一個晚上，眞紀曾說過有段時間，無論如何都想不起來自己身在何處……，示範後也不記得自己做了什麼。

「很容易做到。我是個很熟練的誘導者。只要能接近被實驗者、向他搭話，就很容易能引導他進入催眠狀態。在規律的間隔中，只要指頭作響、敲敲東西，就能將他們導入較淺的催眠狀態。接下來，花點時間，把他帶到更安靜、更適合，像這裡的地方來，再下達更深的暗示。如果無論如何都很難誘導他們進入催眠狀態，也會使用藥物，主要是巴比妥酸（丙二醯）等。不過，女性不需用到，女性是很容易接受暗示的生物。」

老人指著牆壁旁並排的器材，說道：「這些機器是爲了記錄在催眠誘導狀態下被實驗者的身體和生理的狀態。如果你感興趣的話，我可以教你，陷入催眠狀態的人是多麼有趣的觀察材料。」

守轉移了視線。

「但是，想聽聽這個吧？」老人裝上另外一卷錄音帶，傳出另一個女性的聲音。

「這是加藤文惠，」老人說道：「實在說得很露骨喔。說她如何地賺骯髒錢啦，鉅細靡遺地全說了。有一部份還很自鳴得意。在意識中不太願意表露出來的陰暗面，只要針對下意識下點功夫就不難問出來。」

「『下意識』指的是什麼？」

「在這裡，」原澤老人用指尖輕輕地敲頭，說道：「是二十四小時都不休息的值日生。也有一些學者，以文學性的語言來說，下意識才是人的靈魂。意識僅是塊黑板，寫在上面的東西很容易被擦掉，但是，下意識是雕刻。刻在那裡的東西，宛如太古時代人類祖先刻在洞窟壁上的古代文字般永遠留在那裡。比如說，有人在五歲的時候門牙斷了。下意識會讓那人到八十歲死亡爲止，都記得斷了門牙時的疼痛和恐懼。所謂後催眠現象，是針對下意識動作後產生的現象。你聽過催眠學習這句話嗎？」

「聽過。郵寄廣告中看過，說是在睡覺的時候能記住英語單字之類的。」

「你試過嗎？」

「怎麼可能？」

「聰明，」老人微笑的說：「被商品化的東西都沒什麼不是好東西。高明的技術誘導者並不多見。」

「你自認是其中一個嗎？」

「沒錯，小弟弟。」

爲了讓談話容易進行，老人降低錄音機的音量，說：

「那四名女性的事，我就這麼留下了全部的紀錄。我和她們接觸，而且提供暗示的關鍵字……。」

「可是……，如果相信你的暗示，那些人不都長時間陷入你的催眠當中？或許在你不知道的地方，有誰、完全是另一個人偶然地說出關鍵字，這種事也會發生吧？」

老人微笑地說：

「說實話，我只擔心高木和子時間的問題。其他四個人，在下達關鍵字的暗示之前，最長只能讓他空白十二個小時。橋本信彥，則只讓他空白了三小時。」

老人突然目露精光，說：

「我很確實地監視著他們的行動。因爲不想失敗。但是高木和子，座談會中最後的倖存者，她警惕著，老實說，她逃走或消失的可能性相當高。我幾乎無法查明……。不過，即使我知道會發生長時間的空白，但仍然可以在逮得到她的時機逮住她，就在菅野洋子守靈那晚。」

「可是……。」

「接著，我用了複數關鍵字，在口述關鍵字的同時抓著她的右手，不這麼做的話，暗示會無效。」

「你就是這樣命令『給我死』的？」

「不是這樣，」老人搖頭說：「我所做的，只是對她們下達『逃吧』的命令而已。每個人都有保衛自己的本能，即使被下達『自殺吧』的命令，也不會去實踐。下意識也是那人生命的一部份。」

「逃吧！」

「是的，跑吧、逃吧，別被追捕者逮到，逮到會被殺喔。推開擋住你的障礙物、穿過門、打破窗戶、跳下、逃、逃、繼續逃，否則會被殺死。下意識會實踐那個命令。從某種意義來說，是她們的防禦本能殺了她們。」

在一語不發呆立著的守的面前，老人稍舉起手，喃喃自語道，「對了對了，」伸手向器材的一個角落一探，拿出一個大型信封說：

「你把這個交給高木和子吧。」

守沒伸手拿信封，老人做出笑臉，說：

「不用擔心，這不是危險的東西，倒不如說這是能夠幫助她的東西。她沒死，所以如果不解除催眠的話，可能會出現後遺症。本來由我來做是最確實的，不過沒辦法這麼做了。」

守收下了信封。

「那裡面寫著由我培訓的、在這個領域中一個權威人士的連絡處。當然，我隱瞞了理由，寫的是幾可亂眞的謊話，不過，資料很齊全。如果連絡到他，向他請託的話，他應該會做該做的事。從給你打電話以後，我就準備好了。你贏了。所以，得盡力拯救高木和子。」

守突然想到一件可怕的事問道：

「眞紀姊呢？姊會怎樣？她的催眠解除了嗎？」

老人碰地拍拍守的肩膀，說：

「如果是這事，你不用擔心。在那次示範表演後已確實解除了。你不記得有人打電話給眞紀小姐了嗎，那是我。我利用職稱，撒了個小謊，第二天馬上見面了。那時候，就確實地做了。」

守頭昏腦脹地思索著，最近，眞紀的樣子有奇怪之處嗎？

沒有。當他認定沒事以後，才能直視老人的臉。老人靜靜地說：

「事到如今，我不會撒謊了，對你不會。」

守重新握緊信封，有種安心感，無論發生什麼事，都要把這個信封送給高木和子。那麼，她和眞紀一樣會完全忘記這一切，沒事了。

但是……。

守心中泛起的疑問，終於還原爲語言，問道：

「不過，你殺了其他人，爲什麼要這麼做？」

「爲了正義的制裁，」老人不假思索地回答。一直浮在他嘴邊的淡淡的笑，刷地消失了。

「二年以前，我還在某個大學的研究室做研究。在那裡，有我親手栽培的五名弟子，我們一直都在從事催眠治療、生物反饋，以及在中國擁有長久傳統的氣功研究。如果那個研究落實的話，就能幫助許多爲人際關係煩惱不已的男人，以及苦於不定期陷入憂鬱症狀的女性。」

老人攤開雙手，悲傷地俯視著雙手，繼續說：「可是，那時我已察覺自己的健康出現問題了，我得了癌症。雖然動了一次手術，但癌細胞已移轉到無法切除的部位了。因爲太投入研究的關係，等到發現時已經太遲了。不過，話說回來，人難免一死。」

他輕輕甩掉這個問題似的笑了，繼續說：

「我即使死了，研究員還在。他們擁有更多的時間，能夠繼承我的遺志。我只要在剩餘的時間裡，儘量教授他們大量的知識就好了。很幸運地，現今有很好的止痛藥。」

老人走近書架，抽出一本剪貼簿，翻閱著頁數，指給守看。「你看這位，五個研究員裡是最優秀、我最看重的部下。」

左頁上有張戴著黑框眼鏡，露出白齒而笑的年輕男子的相片。寬廣的額頭、直挺的鼻樑，鏡框裡的眼瞳亮亮的。

「他叫田澤賢一，天生的學者。以前，他每天神采奕奕地走進研究室。」

「你說『以前』，這個人怎麼啦？」

「自殺死了。吃了研究室裡的安眠藥，這是去年五月的事了。」

守抬起眼來。老人的眼睛捕捉到守的眼神，然後，他緩慢地點頭說：

「他談戀愛了，不幸的戀愛。他是個內向誠實的青年，我一直希望他所愛的女性是適合他的人。」

「是誰呢？」守問道。

「高木和子。」

一陣沉默之後，老人維持平靜的語調，繼續說：

「他自殺的時候，我以爲自己會瘋掉。沒參加過那麼令人心碎的喪禮，爲原本應該繼承我的人弔喪。」

「你怎麼知道田澤先生的情人是高木和子？」

「田澤寫了封遺書給我，遺書裡全寫了。他受傷了，受了無法治療的傷，他是眞心地愛著高木和子。」

「即使這樣，也不需要死，太貿然了……。」

「你這麼認爲嗎？我的弟子太過純潔，太缺乏免疫力了，你這麼想嗎？」

「不，不是。」老人粗暴地斷言道：

「小弟弟，你怎麼看待戀愛？爲何戀愛時眼中只有一個人，其他人就不行呢？爲什麼只對一個人著迷？那是很神祕的。對我們學者來說，是至今仍未開拓的領域呢。高木和子利用這點做爲獲利的手段。何況，我的弟子竟然被擊倒了，一個做學問的人被擊倒了。那就像前去探查行星的太空人，在降臨未知的星球後突然被野蠻人用棍棒擊倒那樣……。」

老人的聲音鏗鏘有力。

「小弟弟，她做的事不僅是詐欺和欺瞞而已，那是冒瀆呀。」

守無法回答。

「對那個相信她、申訴著不願承認被騙的他，高木和子硬是寄來那本《情報頻道》的雜誌。」

守睜大了眼睛。他想起橋本提到座談會的報導。

（四個女人所說的話，我可是半句一句都沒加。再怎麼骯髒的話、讓人厭惡的拐彎抹角，都沒必要去加油添醋。）

「那本雜誌和遺書放在一起，也留下來了。我看了好幾次，翻到都能背下來了。於是，我下定決心。」

「殺掉那些女性，」守說道：「可是，爲什麼四個人全殺？如果是這樣，殺高木小姐一個人不就好了？」

「這是超越個人復仇的義舉。小弟弟，她們是標本。」

「標本？無聊，又不是實驗。你是在殺人呀。」

「戀人商法是卑劣的犯罪行爲。犯罪者必須受到制裁。」

老人搖搖晃晃地走近守，說：

「小弟弟，我比你多活了四倍以上的歲月。我了解了一件事。無論在哪個時代，壞人的確是存在著的。」

老人張開雙手，演說似的繼續說：

「但是，幸運的是他們是絕對少數，他們能做的壞事畢竟很少，眞正的問題在於追隨者。不僅戀人商法，多得不勝枚舉的惡質金融犯罪，都不單是想出餿主意的那一小撮人所犯的。之所以能成立、實行，並蔓延，是緣自更多的追隨者。是那些一面很清楚正在發生什麼事情、知道自己應負什麼責任，卻一面找尋出事後逃命路線的人們。當東窗事發以後，他們辯稱，自己並沒有惡意、不知道、自己也被騙了、有不得已的苦衷，無論如何都得弄到錢、我也是被害者……，藉口、藉口，沒完沒了的藉口！」

沉默。

「我只是想，我要那四名女性對她們以不正當手段獲取金錢的行爲，付出正確的代價而已。就只是這樣。」

「你瘋了，」終於，守喃喃地說：「不管有什麼歪理，殺人就是殺人。」

「那該由社會來判斷。就是這樣了，我日子已不多了，能不能再撐一個月都値得懷疑。我早安排好了。我死後，執行遺言的人會把這裡所有的資料，和我的供述一起送去警察局。」

沒什麼好說的了，守一心只想離開這裡。他想站起來，走出去，離這裡越遠越好。守開口了：

「你得意了，對吧？瘋狂的魔術師。」

「魔術師嗎？」老人似乎愉快地笑了，說：「學問是神聖的。絕對不是無用的東西。我是科學家，追求眞實。爲了證實這一點，我教你一件有益的事吧。」

正要走出房間的守，回頭問道：

「有益的事？」

「是啊，爲你姨丈出面做目擊證人，那位吉武浩一的眞正身份。」

守靜靜地盯著老人問：

「你知道那傢伙的什麼事？」

「那個男人說謊。菅野洋子死的時候，他不在現場。這件事我很確信。爲什麼？在那個關鍵字。」

老人舉起一根指頭說：「清算加藤文惠的時候，我用了電話，三田敦子時，我在月台跟她搭話；橋本信彥的時候，我去拜訪他，讓他睡著，下達了暗示以後，開了瓦斯栓，撒上汽油。然後，算好瓦斯適度地滿溢的時間後，再打電話給他，說出關鍵字後再讓他點上菸。」

至於菅野洋子……。

「我利用了她的手錶做關鍵字。鈴聲響起時便能達到目的。事先動好手腳，把鬧鈴調到凌晨零時，等鬧鈴響起，暗示便開始作動。因爲這樣，她才會沒命地衝到你姨丈的車前。所以，當晚我也不在現場，我需要休息。但也因爲這個疏忽，給你姨丈惹了麻煩。」

他移開稍帶歉意的視線，繼續說道：

「她死了以後，我看了所有報導車禍狀況的報紙，也看了電視新聞。當我知道吉武自願出面，說明在現場親眼見到的狀況時，我知道他在說謊。他說那晚曾向菅野洋子詢問時間。她回答『十二點五分』，那是謊言，不可能。」

「爲什麼？」

「十二點五分，暗示早已開始了，那個時間，她正躲著我下達暗示的追捕者，對來自外界的刺激不會有所反應。無論誰詢問她時間，都不可能回答。**絕對**。」

絕對。老人強調著。

「吉武浩一徹頭徹尾地在撒謊。他如果眞在場的話，看到的應該是背後沒人追卻死命逃的菅野洋子才對。他所說的事是不可能的。爲什麼？他爲什麼要撒謊？」

守閉上眼睛，靠在門上說：

「因爲，那傢伙是我老爸。」

老人的表情初次顯出吃驚的樣子。

「那男人是你父親？」

「是啊，我知道，那傢伙是我十二年前失蹤的父親，現在自稱吉武浩一。爲了幫助我和淺野一家，做了那不實的目擊證詞。」

「你怎麼知道的？」

守說明了結婚戒指的事，以及吉武對所謂的「會被逮的喔」潛意識畫面有關的懷疑，再加上……

「那傢伙叫我『日下君』，不應該這麼叫的。因爲淺野一家介紹我是『兒子』。現在回想，爲什麼當時沒有察覺？」

老人定定地凝視著地板一會兒，說：

「小弟弟，可是他的身份應該很清楚。他以目擊證人出面時，警方應該曾對他的身份做了徹底的調查。他根本無法僞造出身、經歷和戶籍。」

「我也想過這一點。可是，我曾聽他說過，他以前曾有段時期在廉價的旅館街待過。在那種地方，用錢可以買賣戶籍吧。像老爸那樣，想要把過去一筆抹消的人，花錢就能買到不需戶籍的某人的身份。不然的話，那也可以頂替某個死在路旁的同夥的身份，這樣，不就可以脫胎換骨了？」

「你說的對，這是可能的，」老人點頭說：「不過，小弟弟，你弄錯了。他不是你父親。不如說，他對你和你的母親，有很大的虧欠。」

老人再度走近錄音帶走帶機，說：

「當他撒謊的時候，我很感興趣。我想知道他說謊的理由，所以，試著對他做了催眠誘導。這是紀錄。」

「對那傢伙？」

「是的。很幸運的，我擁有能輕易接近他那種人物的職稱，否則那是很艱鉅的任務，因為必須打破一堵相當壓抑且厚實的心牆不可。可是，當我知道他說謊的用意時，同時也知道了理由，那個男人有著死了也不願公開的隱情呢。」

老人啓動了錄音機。冗長的告白開始了。對守而言，側耳傾聽那告白，等於是在回溯封鎖在濃霧中的十二年歲月。

# 六

十八歲那年春天，爲了升大學上東京的野村浩一胸中充滿著希望。

在枚川市，他家世代經營旅館業，以土地世家而聞名的野村家，因遭逢第二次世界大戰戰火的波及，房子和財產失去了一大半。此外，爲了在戰後的混亂中生存，資產一點一點地變賣，此時早已不見往昔風光了。

做爲世家壞的一面，是過於重視血緣，不太能接受新人，在野村家這一點尤其顯著，儘管旅館業需要柔軟的頭腦和商業才能，如此偏狹的觀念會帶來致命的打擊。

浩一是野村家的長子，身負著重振老家聲望的使命和重責大任。

那時，野村家僅存的只有身爲世家的顏面和每個月微薄的地租而已。丈夫已死，爲了獨子浩一而活的母親梅子，即使縮衣節食，也執意要送兒子到東京上大學，浩一十分了解這事的涵義。一見看似腐朽的枯木，卻意外地冒出新芽，那新芽就是他。

在東京的求學生活很順利。浩一表現優異，包括他本人在內，沒有人懷疑，只要他再繼續努力，勢將成爲有爲的青年，能夠擔起重振野村家家業的重任。

一切都很順遂，直到最初的不幸造訪以前。

事故發生了！

浩一租屋附近有棟興建中的大樓，當他經過那附近時，在他頭頂的斜上方，工人們正在安裝三樓窗戶的玻璃。浩一邊想著下一堂課要提出的報告內容，正好來到那正下方。撐著玻璃的工人的手鬆開了，吊玻璃的鋼索的吊鉤脫落了。強大的撞擊引力，使正當其下的浩一身負須兩個月才能治癒的重傷。

因爲那起事故，浩一獲得了極豐厚的補償，而且年輕的他傷勢也恢復得很快。他心想，兩個月的空白，事後總能補過來，所以浩一在醫院的病床上拚命看書度過，但是，眞正令人倉皇失措的是出院後再住院的宣告。

他罹患了血清肝炎。

肝炎來自輸血受到水平感染，現今已是眾所周知，而預防方法的研究也在進步中。這件事意味著，浩一遭遇了雙重的不幸。爲避免因出血而死所做的輸血，把他後來一年的學生生活全糟塌掉了。

好不容易重新回到原來的軌道，母親梅子卻病倒了。輕度的腦溢血，生命雖無大礙，但是伴隨而來的經濟問題，逼迫浩一面臨幾乎毫無選擇的窘境。二十一歲的浩一，以「中途休學」這種非出自本意的形式離開了大學，而比這更讓他不願意的是，浩一就職了。

兒子就職時，迷信的梅子請熟人爲他算命。熟人說道：

「運勢雖強，名字卻與事故難以絕緣，改名可能會比較好。」

完全因從天而降的不幸而氣餒的浩一，並沒有聽從。他想說的只有：「不公平。」

初進入社會，浩一在市中心一家中型規模的不動產公司當員工。沒有比這更糟的工作了，浩一本身的挫折感，以及與之相反的反常的優越感——自己本來就不是該待在這種地方的人，使他成爲一個彆扭、不快樂的男人。待人態度之差，對同事採取了嘴裡雖沒說出但卻分辯得出的侮蔑態度，讓他樹立了敵人，別人對他敬而遠之，並進而對工作造成了不好的影響。

於是，他不停地換工作。履歷表的職業欄裡，塡滿了各種公司的名稱，都寫著「因個人原因辭職」。離職的公司中，有的連名稱都記不起來，在提給下一個就職處的履歷表上，像那類的公司就跳過去，適度地修改空白的年月。雖然那一段期間很短，但對所有事都感到厭煩，那時就和流浪者一樣，在廉價的旅館生活。

三十二歲那年的夏天，浩一被一家運輸公司採用了。工作是和總務相關的事務，這家小規模的公司中，男性內勤僅他一人，幫到客戶那裡打轉的總經理提皮包，也是他的職責之一。

當時的客戶其中之一便是新日本商事。

兩人相識、後來成爲他妻子的吉武直美，那時是個年方二十二歲的學生。在結婚典禮上，當提到哪一方先「一見鍾情」的？答案是女方。對涉世未深的她而言，比起周圍那些在雙親保護下，未來獲得保證的青年們，像浩一那樣談生意時堅忍地把皮包擱在雙腳之間，不讓談話停滯地快速翻閱文件，充滿玩世不恭味道的男子，顯得有魅力得多。

而且，在她所不熟悉的世界中鑽營的野村浩一，相貌遺傳自以美貌出名的母親，雖然遭遇了接二連三的不幸，然而相貌絲毫不損。

屈服於女兒強烈的意願，新日本商事的總經理開始調查浩一的身世。總經理最介意的是他那比手臂還長的曾就職公司名單。滾石不生苔，直美的父親是相信那句話中壞意思的信奉者。如此頻繁地滾動，什麼都學不到，終究是兩手空空如也。

然而，過了一段時間後，在那很長的名單中，從另一層意義來看，倒是有件事引起他的注意。

野村浩一過去就職的公司，職種和工作內容各行各業都有，但卻都是現今開始成長或已在成長中的行業，有些原本是籍籍無名的小企業，但如今已在那領域嶄露頭角的例子。

這是偶然嗎？直美的父親以身爲新日本商社總經理的頭腦，思考著。

但並非偶然。無論是以何種理由換工作，獨生女鍾情的這個青年有先見之明——更直率地說，嗅覺很靈敏。而本身也是白手起家的直美父親熟知，僅有這種先見之明，並非靠訓練和教育即能培養。

浩一與直美在那一年年底結婚。浩一在新日本商社就職，開始工作。曾思考過重建野村家的他，毫不猶豫地答應入贅做女婿，結婚典禮預定於直美畢業後舉行。

然後，與事故無法絕緣的名字所喚來的最後、最大的不幸，在野村浩一即將成爲吉武浩一的一週前降臨。

# 七

十二年前，三月。

前夜從東京出發，進入枚川市的時候，浩一愛車內的鐘指著凌晨五點十五分。細雨一絲絲地敲打著擋風玻璃，市鎮籠罩在冰冷的水蒸氣中。

爲了一週後舉行的結婚典禮，他回枚川接母親。預定在老家過一晚，把到現在爲止無法在電話和信裡道盡的事向母親稟報，然後再一起回東京。沒有什麼事比得上讓母親親眼見到這終於到來的機會（雖繞了遠路，但終於回到預定的路線）更讓人安慰的了。

進到市區後，他稍微繞了一下路，沒有直接進入國道走中央路，而是在車站前右轉抄捷徑，打算先在包圍市鎮的山腳下繞一圈後再回家，他想享受凱旋的樂趣。

車窗的右邊，看得到曾是野村家所有的小小高山。山頂上已整好了地，建築中的休閒飯店的鋼筋聳立在黎明前紫色的天空中。

「九月一日開張！」電燈照在鷹架上的橫招牌上。

並非作夢，浩一心想。新日本商事要出手經營休閒飯店，現在雖然很困難，但並非不可能。在不久的將來，等他實際掌握經營權時，一定會這麼做。

等到那一刻來臨前，要充份地貯蓄實力。他已在思考新日本商事的經營方針，必須朝向更大眾化的路線擴大。提升大眾水準的時代，一定會到來。

車子繞了市鎮半圈，來到與市區西邊的道路交叉處時，雨勢越來越強，雨刷雖在動作，但視線逐漸模糊起來。

清晨的捷徑上，不見任何擦肩而過的車子，也看不到路人。他稍微在加速器上加了馬力，和氣候相反，他的情緒很高昂。

車子很順暢地加速了。這輛車是直美送的。「用這輛車去迎接母親……」，從她手裡拿到的鑰匙還留著她的體溫。

先看到有個黑色人影，還是先踩了煞車？他已不復記憶。宛如從薄霧中游出的人影，和出現時一樣瞬間消失了。隨著沉重的衝撞聲，車子大大地震盪了一下後，他急忙煞車。浩一的身體因反彈力向前衝了出去。所幸附有保護駕駛緩衝裝置的方向盤減低了衝擊，他毫髮無傷。

四周的一切全靜止了，只有自己的心跳聲在耳邊鼓動著。擱在儀表板上的手有如脫色般蒼白。

他打開門走到外面。他的鞋子陷在泥濘中，滂沱大雨猛烈地敲打他的肩膀。一整團破布似的東西掉落在路旁。那塊破布有腳，僅一隻腳穿著鞋子，脫落的另一隻鞋子掉在浩一的腳旁，近得叫人心驚。

浩一一步步地拖著腳走近。

破布一動也不動。他蹲下去觸摸對方的脖子，脈搏已沒有跳動。

那是一個和浩一年紀差不多的男子。右眉下方有顆黑痣，臉部有一半像插進水窪似的倒臥著，壓在下面的左耳有一條血流冒了出來。浩一抖著手抱起那人的頭部，那頭像剛出生的嬰兒似地搖晃不穩。

浩一的手放開屍體，手掌在膝蓋上擦了好幾次，從脖子灌進去的雨水，使浩一的背脊發冷。

男人所撐的傘，傘柄朝上掉落一旁，傘內也浸滿了水。

右手邊的山林中，鳥兒高聲地叫著。

浩一環顧四周。

這是郊外。曲線緩和的道路朝森林方向延伸，終於被隧道吸了進去。曲線最寬的地方有個傾斜的號誌，是無人平交道。左手邊房舍的牆壁上，用油漆寫著「枚川染物公司」的老舊倉庫並排在那裡。

沒有人。

要逃就趁現在。他再一次搓揉著手，混身濕透地呆立著。

要逃就趁現在。雨把輪胎的血跡清洗得乾乾淨淨。

彷彿回應著內心的聲音，他緩慢地搖著頭，對著以活人不可能做到的角度仰視著天空的屍體說道：

「我沒注意，」

他想辯解，

「我看不見前面。」

**喂，逃吧。你想斷送未來的一切嗎**？

突然，背後響起巨大的警告聲，他像被恫嚇地跳了起來。無人平交道的號誌開始閃滅，柵欄卸下，火車要通過了。

浩一茫然地望著號誌燈，噹、噹、噹，警告聲響著，上下並排的紅色燈交互閃滅。上、下、上、下。

駕駛員會注意到吧？火車上看得到屍體嗎？乘客看得到嗎？

噹、噹、噹。

血倒著流。浩一跑上去抱起屍體，拖到車旁。打開車門，又推又拉地拖著被雨淋得濕透了的屍體，好不容易推進了後座。

他跑回原地檢查了一下地面，抓起傘折好，扔到屍體旁。流進水窪裡的血被雨沖淡了，流了出去，不見任何血跡。

要坐上車時，他被鞋子絆倒，是那人脫落的另一隻，他死命地撿起來扔向屍體，把屍體的腳再往內塞，關上門的時候，火車伴隨著轟隆聲疾駛而過。

自己是怎麼駕駛的、想了些什麼、都不記得了。一路濺起水窪裡的水，把車子駛到家門口。爲了不讓任何人發現凹下的擋泥板和剝落的塗料，他將車頭先駛入車庫。

母親梅子聽到聲音，走出來了。那車庫是在狹窄的庭院裡豎起柱子、上面再用塑膠布遮住的簡單篷子。爲了浩一開車回家的次數增加，梅子把微薄的存款傾囊花掉，匆忙地蓋了這個車庫。不需要太好的車庫，屋子馬上要改建了。他對著不想離開枚川的母親，做了這樣的約定。

「回來啦……，怎麼了，那表情……？」

聽到母親的聲音，他終於哭了出來，爲了壓抑哭聲音而咬住了拳頭……。

梅子沒有責難他。聽完他的話後說：

「屍體必須想辦法處理。」

把興建車庫時鋪車篷用剩的塑膠布鋪在後面房間，屍體就搬過去放在上面。梅子很冷靜，而且相當謹慎。因腦溢血後遺症，她的右手已不能動，但指示浩一的聲音很堅定、不紊亂。

浩一遵照指示，剝掉屍體的衣服，揉成一堆塞進紙袋裡。從那人上衣口袋掉出的錢包，裡面放著駕駛執照和身份證。

「日下敏夫。媽，妳知道嗎？」

梅子彷彿從他手上搶過去似的，把錢包和其他東西一起塞進袋子裡，綁好，才答道：

「市公所的助理財務課長。」

浩一用塑膠布綑緊屍體，綁上繩子後，藏在後面的房間。

「車子怎麼辦？」梅子說道：「碰撞到了吧？」

那晚七時左右，地方電視新聞報導枚川市公所的助理財務課長失蹤。浩一聽了新聞後，把車子從車庫開出，並裝作折回時不小心，將車子的前頭撞向家的石牆。

被叫喚到浩一家的修車商快速地開走浩一的車子，十五分鐘後送來代用車。

「我呀，從以前就不喜歡對面的石牆，」梅子對兒子說道。

等到深夜，浩一將屍體裝進代用車後行李箱，連鐵鏟一起塞進去。在離開枚川市時，沒碰到任何麻煩。

從市區駛了一個小時以上，在山中停好車，浩一手拿鐵鏟和手電筒走下車子。這一帶被縣政府指定爲自然保護林，既沒有遭採伐，也沒有被掘土的危險。在雜木林中稍往上爬，於斜面中央找到合適的地方。只須回到車上，拖出屍體，再埋起來就行了。全都他一個人做。梅子在熄了燈、關掉收音機的黑暗中，始終望著前方等待著。

在塑膠布上掩上土的時候，他注意到，在搬運時繩子鬆脫了，致使屍體那彎捲著的左手掉了出來，只覺那手就要動起來抓住浩一的腳似的。

但比那更嚇人的，是他的左手手指上閃亮的戒指。

漏掉了。好險。邊拔起那枚戒指，浩一擦了擦額頭上的汗。儘管屍體被發現的可能性微小，但還是可能有萬一，留下能被查出身份的東西是很危險的事。

剛才挖出來掩蓋用的土再重新鏟回去，浩一在地面上用力踩踏讓土更牢固。他回到車上，因恐怖和重度勞動的關係，雙手仍不停發抖，一時之間無法開車。

好不容易發動了引擎，梅子小聲但堅決地宣告：

「這不是你的錯，忘掉它！」

然而，浩一無法如此想，而且，也忘不掉。

和直美的結婚典禮順利地結束。成爲吉武浩一的他蜜月旅行回來後，第一件事就是打開郵寄來的地方報，只見報上大大的標題寫著「日下敏夫」的名字，吉武感到血液直衝腦門。

然而，那是關於日下助理財務課長依然行蹤不明，以及他在失蹤前侵占公款的報導。

在東京的生活極爲順利。枚川的事件早已埋在黑暗裡。關於日下敏夫的失蹤，沒有人懷疑。這等於是吉武的安全受到保障。

只有一件事，讓他感到煩惱，就像鞋中那顆固執的石頭讓他持續疼痛般，那就是對日下敏夫的遺族的罪惡感——當然，這絕不能公開說。

他們的丈夫、父親是侵占公款的犯人，那是不容懷疑的事。然而，他並非自己高興地消失了，也不是逃走。他連辯解的機會、酌情量理的餘地、補償罪業的時間都沒有。使日下敏夫消失的人是自己，因爲這樣，他的妻與子被遺留在人世。想到這個罪過是自己造成的，一陣強大的罪惡感就湧上心頭。

每次回到枚川時，就能獲得少許的訊息。吉武總是想盡各種辦法，探聽日下妻兒的事。

日下敏夫的妻子啓子，和很快就要五歲的獨子守，兩個人已搬離公務員住宅，在市區內租了一間公寓。

吉武去看過那公寓，它在市區內也算是很老舊的建築了，一旦持有者不再受枚川市建築課關照的話，很快便會遭到拆除的命運。

吉武等在狹窄的私人道路一頭，少年和母親迎面走來。可能是去購物了吧，母親和少年的雙手都捧著咖啡色紙袋，紙袋上印著店名，那店雖在市內，但位於距離很遠的鎮上。吉武了解了，在這附近，沒有商家願意賣日用品和食品給他們。

孩子仰頭跟母親說著什麼，兩人輕輕地笑了。在公寓的不知哪個地方，發出窗戶砰地用力關上的聲音。

日下母子走上逐漸毀損的公寓樓梯，吉武凝視著那背影，無言地吶喊著。

爲何不離開這裡？你們爲何要留在這裡？既然看得見未來會發生什麼，卻還是要留下來，這是爲了什麼？

從那以後，日下母子就停駐在吉武的心裡。無論在東京過著什麼樣的生活，他們的事片刻也沒離開過他的內心。

吉武利用了世家的關係，暗中協助啓子找到工作。一旦提及家人沒有罪，值得同情，沒人會反對這種表面話。然後，他相當慎重地雇用了幾家的徵信所，調查日下母子的生活狀況。他做了萬全的準備，萬一他們有任何困難，隨時都能立刻伸出援手。

吉武本身的工作很順利。新日本商事的路線轉變成功，而且，他在公司內的地位一年比一年重要，老丈人對他的信任感也提高了。

但是很諷刺的，與此相反的是他和直美的感情逐漸冷卻。直美認爲是兩人之間沒有孩子的關係，但他知道並非如此。

因爲工作以外，他的心全被日下母子佔據了，已無其他人插入的餘地。日下敏夫失蹤了五年，啓子與守還是沒有離開枚川的跡象，吉武手邊偷拍他們的相片增加了。

在家裡，一個人待在書房時，從書桌的抽屜裡取出那些相片凝望的時候，吉武的內心很不可思議地充滿平和。在充滿罪惡意識的同時，被一種奇妙的一體感包圍著——在那時，這對母子才是他的妻子、孩子。

啓子溫柔的臉龐上有著悲傷眼睛，但生活的辛苦並未奪走她那生性溫柔的氣質。少年長得很健康，在相片裡，雖可以發現他眼中早熟的影子，但是，感染吉武一起笑出來的，是那毫無顧慮的笑臉，非常燦爛。

眞想和這孩子見面，這成爲他的新願望。

事件發生後八年，當他晉升爲新日本商事董事的那年春天，他回到枚川。在枚川，公立學校的運動會將在四月底舉行，用意是度過漫長的冬天後兼舉行祭典。儘管從遠處也好，他想親眼看看少年的樣子，那時少年已十二歲。

吉武站在校園的金屬絲網外面，忘了自己從開幕典禮起一直都站著，眼睛只顧著追逐少年的身影。是個有活力的孩子，跑得又快。

最後的競技，當六年級學生組對抗，少年是接力賽的最後一棒。寫著號碼的紅色布條斜肩掛著，少年的神情很認眞。

接到棒子後少年起跑了，吉武的手掛在金屬網上，目不轉睛地直直盯著。他想，那孩子簡直就像長了翅膀。他是第五個起跑的，卻以令對手可憎、沉著的跑法拉近了距離。他超前三個人，轉過最後一個彎，進入他抓住的金屬網對面的直線跑道，僅以些微距離領先，少年衝破了終點線。一部份學生高聲歡呼，他也拍起手來。幹得好！吉武忘情地出聲喊叫。

金屬網的另一邊，站在家長席邊的女性回過頭來。

是少年的母親，日下啓子。她身邊是個矮胖的老人，一起拍著手。

繁花盛開的春天，在櫻花樹的香味之下，吉武的肩膀上飄下櫻花的花瓣。那一天，不是在冰冷的雨中，而是被溫暖的陽光和櫻花包圍著，日下啓子看著他，然後慢慢地綻顏，對著他輕輕點頭。感謝不認識的男人對她孩子的讚禮。

梅子出來迎接回老家的吉武，她面無表情地說：

「幹嘛回來？你家在東京吧？」

那晚，在漆黑的房間裡他單獨一個人時，吉武浩一重新確認了一個不變的事實——他愛著日下母子。包括他們的勇敢、堅強的意志、他們的生存方式，他全都愛著。自己在那個下雨的早晨捨棄了的東西，他們沒有扔掉，而且，今後也絕不會丟棄。

過了半年，梅子死了。喪禮以後，在把屋子拆除之前，他搬開地板，找到那個紙袋，全都腐爛了，他決定在處理梅子遺物的同時，連同紙袋也一起燒掉。剩下的只有最初不知如何處理，逐漸變成不忍丟棄而一直保管著的日下敏夫的結婚戒指。

他試著把戒指套進手指，戒指就在他指頭的第二個關節不動了。他感覺像是日下敏夫在拒絕似的。

此後，他就再也沒回到枚川。

調查日下啓子母子的生活狀況持續著，吉武繼續過著東京的生活，直美僅把他當作是公司重要幹部的一員看待。

吉武就任新日本商事副總經理的那年年底，日下啓子驟然去世。

他避開他人耳目，關起門來嗚嗚地哭著，他怨恨著到底沒補償她的機會。

十六歲的守被親戚領養，吉武再度利用徵信所，觀察新的家庭和守的生活情況。當他知道新家很和平以後，他的內心也暫時恢復了平靜。

但使那平穩動搖的，是菅野洋子車禍死亡的事故。

透過警察局裡的朋友，他知道車禍的詳細情形，也知道車禍的狀況對淺野大造——守的姨丈相當不利，由於沒有目擊證人，使得他的處境艱難。

那時候，他有個叫井田廣美的情婦。與她的關係，是在與直美變形的結婚生活中，如隱花植物般長出來的東西。有一晚，當他望著淋浴出來的廣美那沒化粧的臉時，吉武發現了一件事。

井田廣美和日下啓子長得很像。爲了找安置廣美的住處，他說服執意不願的她，搬到既不是代官山也不是麻布，而是東京老市區，因爲即使只是幾秒鐘，他也希望能有接近守的時間。

實際上，事故的當晚，他就住在廣美的公寓裡。事故發生時，他正在前往公寓的途中，並沒有經過車禍現場，當然什麼都沒看到。一直到看到隔天早上的報紙，他才知道發生車禍的事。

爲此，他改變了裝束，親自謹愼地做了調查。住老市區的人們，對在自己街上發生的車禍顯得很關心。他因爲工作關係而持有新聞記者的名片，這招奏效了。他聽取了有關被害者的服裝、車禍的狀況、汽車的顏色及所有的事，全記在腦海裡，到警察局出面時，非常留意證詞，不致不自然或不清楚。

此時僅因情婦問題緋聞纏身，還不至於動搖他在新日本商事中的地位，也沒有離婚的顧慮。因爲，直美在冒險地做了與他結婚的失敗決定之後，不再對任何事下大膽的判斷了。

作僞證，那同時也是接近日下守的唯一方法。然後，那孩子的未來就由我來開拓。

爲了那孩子——他一心只想到這個。如果這麼做，能對我所做的事有幾分之一的補償，那麼作僞證還算是便宜行事呢。這一點也不爲難，說謊根本也沒什麼了不得的，一直到現在自己不都生活在謊言中嗎。

這一切都是爲了那孩子，爲了守。從今以後，我便能緊跟著那孩子。比起一個侵占公款的父親，我能給他更多更美好的未來。那孩子的母親說不定也因寧可如此而歡喜。

我要親眼見到那孩子成長。僅只這一點期待……內心僅只……。

# 八

錄音帶播完了。

「太過份了，」原澤老人咕噥著：「眞的太過份了！」

靠著門，那句話仍傳進了守的耳朵。他覺得身體裡面，自己縮得小小的。

他感到反胃。

「你相信嗎？」老人問道。

在長長的沉默中，只聽到錄音帶倒帶的聲音。

「相信了吧，你知道我能做到什麼程度了吧，先不管喜歡與否。」

守點頭說：「我相信，很合邏輯。」

「你想怎麼做？」

「把那個……給警察局。」

「你帶去嗎？」

「在你送供述書的時候。」

「噢，那不可能。」

守抬頭，一副不可置信的樣子，問：

「爲什麼？你把那個……你是爲了揭發這件事，所以才這麼做的吧？」

「不對喔，小弟弟。」

老人深吸了一口氣，彷彿直到現在所說的話只是開場白，是爲了現在才要開始說的話留了力氣，老人大聲地說：

「記得我說的話吧。我說過，我和你能互相理解，我和你有共同點，你想想，爲什麼？」

老人按下退帶鍵，取出錄音帶，拿著錄音帶挨近窗戶說：

「這種東西只是為了讓你聽聽而已，沒什麼價值。」

說完後，快速地打開窗子，把錄音帶丟出去了。

守跑近窗子，沒出聲。錄音帶劃了一道和緩的弧線，掉到五樓下的黑暗中。從窗戶探頭俯視，下面那浮著油的運河的水發亮著。

「為什麼要這麼做！」

「死心吧！那是受催眠者的告白，原來就不能當作呈堂證供。」

「小弟弟，」老人厲聲繼續說道：「我無法滿足只是揭發高木和子，無法滿足僅仰賴司法，你也一樣吧？我們國家法院判的刑太輕了。」

「那麼，你要我怎麼樣？」

「你被騙了，十二年來一直都被騙了，而且以為被所謂吉武的目擊證言所救，那是雙重的騙局。那男人不僅殺死你父親潛逃，而且還為了求得自己的良心平安和自我滿足，欺騙你、接近你，希望被你喜歡。一邊設大騙局，還一邊希望獲得你的原諒。十二年前零售掉的良心，還企圖用不正當的方法買回來。」

「你能寬恕他嗎？」老人和緩地問：

「那是你的問題，是你自己一個人的問題。我什麼都不會做，只有你自己能解決。在我的口供書裡，我也不準備寫吉武不可能在菅野洋子車禍現場這件事。所以，方法只有一個，小弟弟，」

原澤老人冷峻地注視著守，說：

「由你自己去制裁。」

和原澤老人分手後，守的腦海裡仍充滿著老人的聲音。

（我給了吉武浩一一個關鍵字。）

路上號誌閃滅，車子的後車燈閃爍著。

（一句簡單的話，實在很簡單，你這麼說就行……）

風推著守的背。

（東京今晚又起霧。）

「東京今晚又起霧，」他試著小聲地說。

（如此，吉武將神不知鬼不覺地自殺。你也能在一旁看到。）

沒辦法回家了。

（我們已經不會再見面了吧，我期待你做正確的選擇。）

從一開始就全是騙局。

（我必須對你父親賠償，所以只是在做該做的事而已。）

想補償。

（有那種隱情還替我們作證，眞是很難得。）

以子充滿感激地如此說道。大造因吉武的關照，在新日本商事任職。

母親找到了工作，我們母子能在枚川生活也是那傢伙的關係。

那不是補償。

守極力否認。那是同情！吉武浩一同情我們，今後也準備要繼續同情。

（要讓他們繼續存沒、繼續說那些沒完沒了的藉口嗎？）

我做不到。因爲，那是……

**（小弟弟，那是在啃嚙你的靈魂。）**

天空中，一輪新月如擦亮的刀刃般閃爍著光芒。

# 九

沒客人的「塞伯拉斯」裡，高木和子在等候著。當守推開門的時候，她回頭注視，那張臉彷彿今天一天就經歷了十年歲月似的。

守對著緊握住三田村的手的和子，開始滔滔不絕地說了。守想，這樣正好可以整理自己的心緒。他盡可能詳細地將原澤老人殺害四名女性的原委，用著替老人辯解的語氣說著。

守說完後，溫暖的「塞伯拉斯」飄散著一股冷冷的空氣。

「我……」和子的手按著臉頰，說：「我們，做了很過份的事。」

守沉默著。

「我們的確做了很過份的事……不過，那也太超過了。」

（太過份了、太過份了，眞太……）

「還不至於該死吧，」和子啜泣著說：「我們又沒做該要被殺的事！」

「別再說了，」三田村靜靜地說道。和子猛烈地搖頭否定，抬頭看著守說：

「你怎麼想？你也認爲我們被殺是罪有應得的？你，你知道三田敦子變成什麼模樣嗎？她的頭被撞斷了呢，屍體碎成一塊塊的……加藤文惠也是，喪禮的時候根本無法開棺道別呢。她的臉，不見了。」

和子緊抓著守，眼淚落在外套上，邊開始搖晃，邊說著：

「我不懂。爲什麼非要做到這種地步不可？告訴我，我們做了那麼不可原諒的的事嗎？拜託你告訴我！我們有必要受死不足惜的懲罰嗎？」

和子的臉被淚水弄髒了，守轉移了視線。

「我們都知道自己很壞，也很自責。不過，沒辦法呀，開始做了一次，就沒辦法再照我們的意思停止了，怎麼都沒辦法。沒有人是因爲喜歡而做的。」

**要讓他們繼續說沒完沒了的藉口嗎？小弟弟。**

守凝視著地板，冒出一句話來：

「那個人，已經不再殺人了。」

三田村手環著哭個不停的和子的肩膀，看著守說：

「意思是已經不再追殺她了嗎？」

「是的。」

守拿出老人交給他的信封，說明了其中內容，和子碰也沒碰信封，但三田村收下了，和子自言自語地說：

「已經不再殺人了……不過，爲什麼？」

守從櫃台的凳子滑下來，走向門，說道：

「現在，那個人想交朋友。」

最後一章

# 最後一人

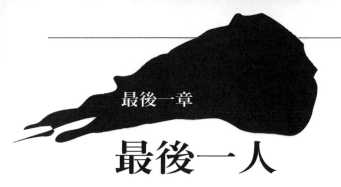

# 一

那天，東京少見地下雪了。

新日本商事的總公司位於時髦的歡樂街六本木。走上地下鐵樓梯，走到六本木路，旁邊就是麻布警察署，守在建築物前停下腳步。

我正要去殺人。

在入口處，正在值勤的警官，兩眼追著六本木路的車流。守轉頭一看，每個地方都燦然閃爍的都市上空，雪花默默地飄落著。道路上濕濕亮亮的，經汽車的車頭燈一照，營造出地上的銀河。

吉武指定的咖啡店「破風館」是家老式建築的店。

門很重，自有其涵義，彷彿在告訴守，在此處折回吧，現在還來得及。

不，已經太遲了！守的腳踏進了店裡。

天花板落下的燈光照射著店裡，微暗，空氣中溢滿了咖啡香。幾乎滿座的客人們看起來也都像被暈染成琥珀色了。

吉武從最裡頭的座位站起來，對著守揮手。

守走近吉武，那一步一步是吉武的死亡之路。

「天公不作美，很冷吧？」

吉武擔心似的說道。

守心想，你殺死我父親的那天早上的雨，也很冷吧。

「無所謂，我喜歡下雪。」

「喔，和枚川比起來，東京的雪很可愛，是雪的嬰兒呢。」

吉武開朗地說著。桌上有個空了的義大利濃縮咖啡的杯子。

服務生走近，吉武追加了一杯義大利濃縮咖啡，守不客氣地點了「美式咖啡」。

「你說有什麼話要告訴我？」

守在電話裡跟吉武要求，說有話想跟他談，希望他撥出時間。守表示，由他前來拜訪，不介意約在公司附近見面。

「身體狀況已經沒問題了嗎？」

「完全恢復了。原來就沒什麼地方不好，醫生也百思不解呢，我原來的體質就很結實。」

守有種窒息感，說不出話來。無法從吉武打高爾夫球曬黑的臉移開。

你在打高爾夫球、喝酒、很正經地對刑警提出證詞時，我父親早就死了。在連哪裡都不知道的山裡早化成一堆爲枯骨。我憎恨父親，母親一直等候不歸的父親的期間，你一直都是幸福的。只有你一人幸福地活著。

「怎麼啦？」吉武的臉色沉了下來說：「從剛剛就用奇怪、嚇人的表情盯著我看。」

「是嗎？」

守伸手去拿杯子，卻落空了。黑色液體沿著陶杯的邊緣流出來，把守的指頭弄濕了。守心想，血也是這種顏色嗎？

「有沒有燙到？」

吉武的手伸了過來，守趕忙移開椅子。

你同情我們……同情……同情……

那比什麼都無法原諒，知道嗎？

「是不是感冒了？衣服全濕了，而且臉很蒼白，你沒撐傘來嗎？」

不是因爲冷而發抖。

「今天還是趕緊回家的好，下次再找時間談吧，」吉武搜尋口袋，取出錢包，說：「家裡會擔心的喔，在這附近，應該能買到襯衫和毛衣吧，換了衣服再回去吧。」

守把吉武拿出來的一萬日圓紙鈔，從桌上揮落下去。

**來吧，說吧**。東京今晚又起霧。讓事情有個了結。

隔壁桌的男人打量著掉在地板上的紙鈔和兩個人的臉。終於伸出手，撿起紙鈔放回桌上，守和吉武看也沒看。

終於，吉武開口了：

「呀……，如果惹你不高興，那很抱歉。我……，雖然不太會說話，但是……」

吉武拿起杯子看了一下杯裡，彷彿他欲言還止的話留在杯子裡似的說：

「你……呀，我有時候會把你當成自己的孩子，所以，有時候會做出不禮貌的事，請原諒。」

來吧，說出來吧，很容易的。東京今晚又起霧。

吉武拿出香菸，無所事事地把玩著，像個被罵的孩子般無助。

店裡傳來喧鬧聲。在人如此眾多的都市裡，只不過死了一個人，又有誰在意呢？

（謝謝替我幹掉了菅野洋子。）

父親會跟我這麼說吧，守心想。謝謝替我殺了吉武。

（守，不管發生什麼事，都不能找藉口。）

（我想補償日下君。）

宮下陽一爲了守，想死。

（我爲自己做的事很徬徨，覺得自己好悲慘。）

守咬著嘴唇。不可以爲了補償就無所不用其極。

「今天就到這裡吧，」吉武說：「走吧。」

他先站起來，走向結帳的地方。

守走出咖啡店。下雪了，積雪了。整座城市又冰又冷，守也開始覺得又冰又冷。

吉武走出來，吐出是白色的氣息，守的呼氣也是白色的，比雪還白。

守和吉武在從「破風館」透出的燈光中面對面站著。雪變成粉狀，兩人的頭髮彷如老人般都花白了。

經過三十年、五十年，我對自己所做的事有自信嗎？守心想，在不知何時會死去以前，我不會感到後悔嗎？

「至少買把傘吧，」吉武說：「回家後，泡泡熱水澡暖暖身喔。」

我是爲了殺你才來這裡的。

「那麼，再見了。」吉武轉過身去。

很寬的背。守心想，父親如果還活著，相信他的背也是那麼寬。

吉武回頭問道：「應該還能再見吧？」

守沒回答，吉武走了出去。

一步、兩步，漸行漸遠。

你做了不公正的交易。你用髒手，企圖買回十二年前零售的良心。

那只是爲了自己。

「吉武先生！」

守喊道。在遙遠的街燈下，吉武轉身過來。

那裡，有著時間，有著十二年的距離。而那連聲音都傳達不到的距離，逐漸陷入逕自飄著的雪中。

「吉武先生，東京……。」

「咦，你說什麼？」吉武手豎在耳朵旁問著。

（要繼續聽他們的藉口嗎？）

「東京今晚又……。」

（可是，我想補償日下君……）

吉武折回守的身邊問：

「你說什麼?」

猶疑的線嘎然斷了。守說了:

「東京今晚又起霧。」

瞬間,吉武偏起頭,一副匪夷所思的樣子。守屛息著,心想,被那老人騙了,根本沒發生什麼事。

不久,吉武的眼中浮現焦距渙散的樣子,瞳孔的顏色變淡了。

他睜開眼睛,環顧四周,發現了看不見的追趕者,然後快步離開。遺留下雪、守,還有凍著了的都市。

就這樣了。守踏步向前。

(這樣眞的好嗎?)

在內心中,守吶喊著:媽媽!媽媽信任父親。信賴著留下離婚證書卻戴著結婚戒指離家的父親。因爲戒指有父親的心,所以,父親帶著。

那雖然是沒什麼出息的做法,卻是正確的方法。

(我所做的如果能補償幾分之一的話……)

雪落在頸子裡。一對親密地撐著傘的情侶回頭,望了守一眼後超前過去。

(謝謝替我幹掉了菅野洋子,那傢伙死了活該。)

可是,她膽怯,後悔著。

(哪,告訴我,我們眞的……)

我不過讓她們付出了正確的代價而已。

不對！

守跑到剛才一路走過來的路上，吉武已消失了蹤影。穿過閃滅著的行人專用號誌的斑馬線，守往新日本商事的大樓跑去。

正門口的門關著。守滑了一跤撞到膝蓋，爬起來找夜間服務台。

守看到警衛室的燈，伸出手猛敲服務台的窗，問：

「副總經理的房間是哪間？」

一個責難似的聲音回應道：「你是誰啊？」

「我叫日下，在哪裡？」

「有什麼事？」

「**幾樓呢**？」

「五樓，你，喂……。」

守跑向電梯，守衛追出來。他按下按鈕，停在五樓的燈慢慢地作動，守向樓梯跑去。五樓。左右對稱的門有好幾排，他查牆壁上的導覽圖，知道吉武的辦公室在左邊走廊的盡頭。走廊上的地毯有濕濕的足跡，守甩著被雪滲透了、沈重的夾克往前跑。

他穿過祕書室，用身體撞開門時，吉武的身體正要跨越面對桌子的那扇開得大大的窗子。

「吉武先生！」

話沒傳到，吉武沒聽見。

吉武的膝蓋正跨在窗框上。

守心想，聲音傳達不到。守飛跳過去抓住吉武的大衣衣角，只聽見不知哪裡破裂的聲音，鈕扣彈了出來。兩人糾纏在一起倒在地板上，帶肘的旋轉椅受到撞擊，滑倒在地板上。

守倒在桌腳，吉武則眨著眼睛。

喘著氣的守衛飛跑過來，說：

「這到底……，副總經理怎麼啦？」

暗示的時間結束。關鍵字已失效，看吉武的眼睛就知道。

「我……」吉武張著嘴巴問守：「在這裡……日下君，我究竟……你怎麼會在這裡？」

「是認識的人嗎？」守衛插嘴問道。

「啊，是的。可是……。」吉武望著守，抬頭看著雪飛進來的窗子。

「你可以走了，」吉武對著守衛揮揮手，守衛一臉狐疑地走出房間，房裡只剩守和吉武兩人。

守看著吉武的臉，他的眼角現出細細的皺紋，曬過的皮膚褪色似地顯得蒼白，前襟開了的大衣如流浪漢般地裹住身體。

「要告訴你忘了說的事。」

守抓住桌子，站起來，靠近窗戶俯望，路已完全變白，各種顏色的傘交錯而過。

他緊關住窗戶，鎖上，然後，背向吉武說：

「我們不再見面了，這是最後一次。」

他走出房間時，仍看見坐在地板上的吉武，雙手撐著，像極了道歉的姿態。

守緩緩步下樓去。中途，曾一度坐下，必須歇息才行。

外面，雪下得更大了，夾克和褲子都變白了。

就這樣永遠站在這裡算了，像郵筒般，守如此想著。

雪沾滿全身，他開始走，白色路上留下足跡。我在下山，無法往上爬。

找到電話亭。

鈴聲響了幾次。原澤老人已經衰弱到無法走路的程度嗎？

「喂。」聽到聲音了。

「是我。」

很長的沉默。

「喂？聽到了沒？今晚不是起霧，是下雪。」

下巴開始顫抖。

「聽得到吧？是雪。我做不到，原以爲做得到。知道了嗎？我沒辦法像你那樣。我拉了吉武一把。」

雪沿著臉頰後融化流下。

「我做不到，殺死父親的傢伙，我卻做不到，沒辦法下手，你了解這種心情嗎？我做不到，眞好笑。」

守緊緊地握著拳頭，敲著電話亭的玻璃，最後眞的笑了出來，笑個不停。

「你很行的呢，雖然瘋狂，卻是對的，我連什麼是對的都不懂，我什麼都不想知道，我希望什麼都不知道，可惡，如果能殺死你，那該有多好！」

電話亭外，下雪變成了暴風雪。雪敲著玻璃，發出柔軟的聲音。

守頭頂住電話，閉起眼睛。

「再見，小弟弟。」

傳來慢慢擱置電話的聲音。

我不回應，再也不回來。

在返家的漫漫長路上，守做了個矇矓的夢。夢見一直揮著手杖的老魔術師，站在狂亂的地軸上，等候著不可能出現的兔子。

二

在淺野家的門口前暈倒以後，過了整整十天，守無法下床。

守感染了肺炎，經醫生勸告後住院。因爲高燒不退，一直迷迷糊糊地睡著，經常翻身睡不熟，嘴裡不知在嘟噥著什麼，守護在一旁的淺野家的人也聽不清楚。

守並沒有完全失去意識，慢慢能模糊地辯識四周的情況、人的臉了。大造、以子、觸摸著守額頭的真紀白晰的手。而且時常覺得母親也在一旁，曾想掙扎著爬起來。

看不見父親的臉，守一心想要回想，卻像徒手掬起細沙似的落了空。

在漫長的昏睡期間，聽到枕邊眞紀和以子的交談。

「爲什麼要這麼做？連傘也不撐，雪下得那麼大……。」

眞紀在旁邊，盯著守說：

「媽，」她平靜地說：「妳發覺了沒？這孩子是不是瞞著我們什麼？」

以子稍微想了一下，回答：

「啊，是嘛。」

「我也這麼覺得。感覺很強烈。不過呀，我拚命在想爲什麼呢？卻想不透。想不出來！」

「我也一樣。」

「話說回來，這孩子如果有什麼事隱瞞我們，那一定是隱瞞著、不想讓人知道比較好的事，所以才藏在自己心裡不說，雖然感覺起來很寂寞，不過我至少還懂這一點。」

「媽……」眞紀對以子說：「也許這孩子這麼做是爲了保護我們。所以啊，除非他自己說出來，拜託，就別再追問了好嗎？我覺得他爲了我們已盡了最大的努力了。」

以子答道：「就這麼做，我答應妳。」

大造進到房間來。

「怎麼了，爸？」

「買了冰來。」

進入恢復期以後，探病的客人來了。

大姊大一見到守就一副快哭出來的樣子。

「眞難得哪，」守聲音還不是很有力氣，取笑她：「是不是下紅雪了？」

「笨蛋！」她眼淚也不擦地說：「不過，還能這麼瞎說，看來是死不了的。」

「哪會死？如果只是肺炎就死了，那以後怎麼生活？」

「喂！」

「嗯？」

「我呀，一直覺得日下已經遠遊到不知到哪裡去了。」

「我可一直都在這裡的喔。」

「哼，的確不見了。」

「那麼，就算是回來了吧。我一直都在聽得到呼喚的地方呢，因爲大姊大的聲音很大。」

宮下陽一來探視的時候，守要求他一件事：

「那幅『不安的謬斯』，能不能弄到個複製品什麼的？」

「我想可以，從畫冊上剪下來也行。」

「我想要。」

「那還不容易，馬上弄給你，」陽一很高興，又有些不可思議地說：「突然看上那幅畫啦？」

「沒自信談喜歡或不喜歡，不過，感覺自己好像懂了。」

高野來的時候，守最先問的是那個錄影帶展示機的事。

「和那些高幹們還在大作戰呢，」高野回答：「不過，我是很善戰的，因爲，員工們也開始覺得不妥了。」

「你告訴大家潛意識廣告的事了嗎？」

「嗯，我們這邊只能以幾個人來對抗，不過現在開始在跟工會接觸了。我們把那捲錄影帶拿去給工會的幹部看後，他們都從椅子上跳起來了呢。總之，事實上我曾被刺殺過，所以很有說服力的。」

趕快好起來吧，大家都等著你呢。佐藤君想跟你聊砂漠，在那邊，連風都好像是活著的……守的內心，宛如一座傾斜不動的鐘擺。至今仍無法思考吉武、原澤老人的事。心想，就暫時這麼安靜不動，什麼都不想地度日吧。

二月底，關東地方又遭逢大雪。

那天早上，大造對守和眞紀說，駕駛執照已經拿回來了，能開車帶他們回家了。

大造辭掉了新日本商事的工作，開始在東海計程車公司工作。吊銷駕照的期限一結束，他又恢復了靠開車賺錢的差事。

大造的內心始終擺盪著。菅野洋子的死是一個莫大的震撼，也是一個阻力，因此，重回司機崗位需要更大的力量才行。

至於那份力量，是來自一封信。

一封以整齊筆跡寫的信，寄自發生車禍那天，大造收回「回送」牌子後所載的女乘客。

她丈夫因腦血管蜘蛛膜下腔出血病倒，她飛奔到醫院時，醫生已宣佈無救了。

「只有一件事，太太，請試著呼叫妳先生看看。能將妳先生從死亡的深淵帶回來的，只剩下妻子的聲音而已。」

她遵照醫生所說的，握住丈夫的手，拚命地呼叫，持續不斷地告訴他，她在這裡，在等著他。

彷彿回應了她的呼喚，丈夫甦醒了，生還了。

「如果那時候我沒來得及……，沒搭上淺野先生的車子，如果我到機場晚了的話，就只能搭下一班飛機，那麼我的先生就回不來了。我只想跟你說聲謝謝，所以寫了這封信。從今以後，也希望你爲了像我這樣的客人，繼續你的工作。淺野先生的計程車，載運著一條條生命。」

這封信，使得在大造內心只升了一半的旗子再度升了起來。

三月，原澤老人的口供尚未公佈於世。

守說服了爲他擔心的淺野一家人，在三月最初的休假日，獨自回到枚川。他想知道，十二年前，父親清晨起早，去那種地方是爲了做什麼。

枚川的梅花已開始綻放，山的陵線仍白得清晰。

前往市立圖書館，借出十二年前的市街地圖。和現在已經完全不一樣了。

守循著地圖找舊市街，知道父親想做什麼了。

日下啓子與爺爺睡著的小小隆起的公墓上，仍殘留著雪。

「我知道爸想去哪裡了。」

那棟建築現在位於市中心。十二年前，建築物更小，位於山腳下。那是一條捷徑，是筆直連接那棟建築物的捷徑。選擇一早前往，是爲了儘量避免造成辦公室的混亂吧。

那是縣警枚川警察署的建築。

「老爸決定要自首侵占公款的事。」

在返回東京的特急電車上，守心想，他終於懂了爺爺話裡的意思了。你父親很軟弱，你了解軟弱父親的悲哀的時機，一定會到來。

父親雖然軟弱，卻不卑鄙，他有意用正確的方法支付不當手段的代價。

這樣就好了。老爸，你也認爲這樣就好了吧？我沒殺吉武，沒辦法下手，這樣就好了。

## 三

原澤老人的口供，在三月下旬交給了警察局。

那以後發生騷動的程度，連本來料想得到的守也吃了一驚，情況非常混亂。警察來了、媒體來了、附近的居民們什麼都想知道。

四名女性的相片也刊登在各處的報紙、雜誌，和受歡迎的八卦節目的大標題字一起在媒體上播放，成了社會上的熱門話題。

有一天，看到電視新聞中播出高木和子的相片，以子吃了一驚地指著說：

「這個人，在爲菅野小姐守靈的那晚，還幫了我呢。」

檢舉彈劾不道德商法的聲浪也高漲了，但那大多是暫時的情緒激動而已，守漠然地感到不安。就像是暴風雨，雖強勁，胡亂地把一切都掃平了，但很快都將成爲過去。

比如說，像菅野洋子妹妹的事，雖然曾讓守牽掛，但現在已不是守能管得到的了。

如原澤老人所言，他並未指責吉武的證言是謊話。吉武至今仍是善意的目擊者，隨著事件重新被揭發，他也再度成爲媒體追逐的對象。他如何回答、說什麼話，守聽都沒聽，就關掉電視和收音機了。

大眾對催眠術的關心也突然提高。「月桂樹」的書籍專櫃裡，從生硬的催眠學術研究書到應用方法，相關的書籍在平台上堆積如山，書籍銷售量呈飛躍性的成長。

守也抽出其中一本來看，讀完後，他重新認清，原澤老人果然錯了。

並非如老人所說的，所有人都能由他自由地下達自我破壞的暗示。那些女性被老人操控，不停地奔跑，卻爲了閃躲而死，是因爲她們的內心早已有了不能不逃的念頭。

換句話說，她們很後悔，很害怕。

無風不起浪。他們是結了「罪惡感」果實的樹。原澤老人所做的只是粗暴地將那棵原已晃動的樹連根砍倒了——僅此而已。

原澤老人只是處罰了容易處罰的罪人而已，說不定是因爲想不出還有更該處罰的人。

或者是說，在魔術師所夢見的黑暗的夢中，也許已完全無法分辨這兩種之間的區別。
守爲了沒能理解那一點就和老人分手，感到些微的後悔。

高木和子在「塞伯拉斯」避風頭。
當原澤老人的口供引發騷動時，她曾考慮要離開那裡，她不想給三田村帶來麻煩。
但是，他沒有答應。
「沒必要逃避，」三田村說：「妳已經付出充份的代價了，妳應該比任何人都更深刻地瞭解這次的事情。」
「你不會瞧不起我嗎？」
三田村笑著說：「妳呀，只是稍微跌了一跤而已。妳站起來時，我拉了妳一把。所以，不要老在同一個地方打轉，慢慢地走出去吧。」
四月過後不久，和子從外面回來時，三田村說：
「日下君來過了，留了話要給妳。」
「他說了些什麼？」
和子下定決心，即使被那孩子責備也要坦然接受，那孩子有責備她的資格。
「他祈禱妳能安全無恙地度過這一關，還有……」
「還有？」
「在爲菅野洋子小姐守靈的那晚，謝謝妳保護了姨媽，他是這麼說的。」

和子手擱在櫃台上，默默地低下頭，終於小聲地說道：

「那孩子原諒我了呢。」

如何找尋爸爸？守盡想著這件事。

在枚川一帶的自然保護森林。從市內開車約一小時的距離，對於連一個標誌都沒有的地方，一個人找是不可能的了。如何讓警察動起來？坐在堤防上，思索的時間加長了。

當意外地收到原澤老人的信以後，他帶著信爬上堤防。

信的開頭是那竟然稍感懷念的呼喚。

「小弟弟，嚇了一跳吧。當你看到這封信的時候，我已不在人世了。

意志的力量眞是了不起。我仍用自己的手寫這封信。儘管使用了比與你相會時加倍的鎭痛劑，但我仍活著。

這封信，會比口供更晚轉到你手中吧。我在遺言中如此指示的。當你在看這封信時，如果覺得已沒必要，那麼就撕掉扔了吧。

小弟弟，你當時曾說，想乾脆也把我殺掉算了，曾說什麼都不想知道。

你沒殺死吉武。

小弟弟，即使如此，我想，你和我還是有著能互相了解之處。我們兩人雖然有不同的部份，但也有著共同擁有、集合體似的小部份交集。至少你比任何人都了解我所做、我想做的事。比此時那如垃圾場倒翻了似的喧鬧媒體，以及任何有識者都更了解。

我和你所選的手段不同。我不認為自己錯了，而且你也是這麼想的吧，你並不後悔沒殺死吉武。

你為何無法殺死吉武呢？只是因為無法殺人嗎？

我想，不是這樣的。人，只要處於不得已的狀況，都會殺人。甚至會做出更嚴重的事。

你無法對吉武下手，是因為即使你本身並沒有意識到，但你卻察覺到那個男人，那個男人用他自己的方法在愛著你和你的母親。

你了解吉武，了解，而且同情他。

在臨死之前，我有東西要送你。

你打電話給我幾天後，我又和吉武見了面。然後，一度解開他的催眠後，又下達了新的暗示和關鍵字，我把它寫在信裡。

不過，不要忘記了，這是複數的關鍵字，說這句話的時候，要用右手和他握手。你不覺得這樣很好嗎？

這是我最後的工作。為了你而做的。

還記得我送給橋本信彥的威士忌吧？我總是送給人最需要的東西。這個關鍵字，就像是對橋本而言的威士忌一般，並不至於毀滅你。

如果同情吉武，就給他自首的機會。

然後，別再拘泥過去了。因為，對今後的你而言，等候著你的是一個雖仍未開拓，但將是個有爲的人生。

再見，小弟弟。這次才是眞的離別。當所有事情都結束了以後，要永遠地忘記我喔。

你住的鎮上，櫻花已經綻放了吧。最後，覺得遺憾的是，只是無法親眼見到，並謳歌那春天的花而已。」

信的最後，加寫了簡短的關鍵字。

看了那關鍵字，守終於和老人相互理解——守心想，雖然晚了，但也許終能相互了解了。關鍵字很容易就記住了。

櫻花盛開了。邊眺望著對岸顏色繽紛的花朵，守把信細細地撕碎，扔向運河，隨風翻飛。

晚上七點鐘，守推開和吉武約好見面的「破風館」的門。

他坐在和上次一樣的座位上。

兩人漫無邊際地聊著，吉武一直在笑，高興著能再和守見面。守也說了很多話，兩人都沒有碰觸和原澤老人有關的話題。

走出咖啡店，春天暖和的夜晚，街道上彷如水晶玻璃般的燦爛。

兩人舉起手互相道別時，守喚住吉武：

「有一個請求。」

「什麼啊？」

守伸出右手說：

「請握握手。」

吉武瞬間猶豫了一下，但伸出很大的右手，緊緊握住了守的右手。那隻手是冰涼的，但很結實。

那時，彷彿要說什麼悄悄話似的，守靠近他，說了：

「魔術師的幻想。」

守尾隨慢慢走著的吉武身後，在麻布警察署前面，吉武停住了。

吉武抬頭望著建築物。然後，以很沉著的態度走進去。守目送了以後，也舉步走了。

當來到看得到「杏桃」（Almond）粉紅色霓虹燈閃爍的地方，兩個年齡相彷的女孩從地鐵樓梯拾級而上，和守相遇。兩人都是蓄長髮的漂亮女孩，興奮的眼睛閃亮著。兩人的表情寫著：夜晚現在才要開始。

和守的視線相遇後，女孩們竊笑著。

「嗨，」其中一人向守搭話：「多美的夜啊，你要去哪裡？」

「回家！」他回答。

＊關於破解金庫的技術等，係參考杉山章象氏著作《破解金庫》（同時代社出版）。謹致謝意。

＊文章中關於潛意識廣告之記述，係分別引用集英社出版《情報・知識IMIDASU》、小說開頭係引用創元推理文庫・中村保男翻譯《布朗神父的祕密》。

＊作品中的人名・團體全屬虛構。

日本推理名家傑作選 001 **魔術的耳語**

原著書名／魔術はささやく
原出版者／新潮社
作者／宮部美幸
翻譯／姚巧梅
責任編輯／鄭靜儀
文稿潤校／陳岳夫
發行人／何飛鵬
總經理／陳蕙慧
法律顧問／中天國際法律事務所　周奇杉律師
出版／商周出版
台北市 104 民生東路 141 號 9 樓
電話：(02)25007008　傳眞：(02)25007759
E-mail：bwp.service@cite.com.tw
發行／英屬蓋曼群島商家庭傳媒股份有限公司
城邦分公司
台北市 104 民生東路二段 141 號 2 樓
讀者服務專線：(02)2500-7718；(02)2500-7719
服務時間：週一至週五9：30～12：00；
13：30～17：00
24小時傳眞服務：(02)2500-1990；(02)2500-1991
讀者服務信箱e-mail：service@readingclub.com.tw
郵撥帳號：19863813
戶名：書虫股份有限公司
城邦讀書花園網址：www.cite.com.tw
E-mail：service@cite.com.tw
香港發行所／城邦（香港）出版集團有限公司
香港灣仔軒尼詩道235號3F
電話：(852)25086231　傳眞：(852)25789337
馬新發行所／城邦（馬新）出版集團
Cite (M) Sdn. Bhd. (458372 U)
11,Jalan 30D/146, Desa Tasik,Sungai Besi,
57000 Kuala Lumpur, Malaysia
電話：603-9056 3833　傳眞：603-9056 2833
E-mail：citecite@streamyx.com

美術設計／張士勇
印刷／中原造像股份有限公司
排版／浩瀚電腦排版股份有限公司
總經銷／農學社
電話：(02)29178022　傳眞：(02)29156275
□2004 年（民 93）2 月初版
□2006 年（民 95）3 月7日初版九刷
定價／ 280元　Printed in Taiwan

**國家圖書館出版品預行編目資料**

魔術的耳語／宮部美幸著；姚巧梅譯. - 初版.
-- 台北市：商周出版：城邦文化發行,
民 93
面；　公分. --（日本推理名家傑作選；1）
譯自：魔術はささやく
ISBN 986-124-112-4（平裝）

861.57　　92023461